光文社文庫

オムニバス

誉田哲也

光　文　社

目次

それが嫌なら無人島…… 5
六法全書…… 55
正しいストーカー殺人…… 107
赤い靴…… 161
青い腕…… 223
根腐れ…… 289
それって読唇術？…… 343

解説　宇田川拓也…… 394

それが嫌なら無人島

へえ、先っぽが回るドライバーって、ラチェットドライバーっていうんだ——などと、呑気に感心してしまった自分が腹立たしい。

姫川玲子は、東急ハンズ北千住店の工具売り場に来ていた。別に、先っぽが回るドライバーが欲しかったわけではない。超強力な両面テープが欲しかったわけでもない。理由は全く以て不明だが、あの勝俣健作に呼び出されたから、仕方なく来ただけだ。

いま玲子がいるのは、葛飾警察署に設置された特捜（特別捜査本部）だ。住所でいったら葛飾区立石二丁目。一方ここ、東急ハンズ北千住店は、足立区千住三丁目辺りか。

葛飾区と足立区。葛飾署と千住署。行政区としても、警察署の管轄としても、双方はきっちり隣合っている。今現在、勝俣がどこを拠点に捜査活動をしているのかは知らないが、あえて玲子のいる葛飾署の近くに待ち合わせ場所を設定した、つまり、勝俣が玲子に気を遣った、と思えなくもない。

でも、だったらあともう少し、葛飾署の近くにしてくれてもよかったのではないか。ここまで来るのに、タクシーでも二十分はかかった。正直、近かったという感覚はない。単に工具を売っている店なら、もっと葛飾署に近い場所にもあったろうに——。

そんなことをぼんやり考えていたら、来た。短足を少しでも補おうとするように、ガニ股で大袈裟に歩いてくる不恰好な中年男。いや、すでに「初老」というべきか。

「よう、姫川。時間前に来るとは感心だな。顔面のペイントもバッチリ決まってんじゃねえか。ブスがよく隠せてる」

この男の雑言に一々腹を立てないくらいの人生経験は、すでに玲子も積んでいる。

「お疲れさまです、勝俣主任。あの、一つ伺いたいのですが……」

「待ち合わせをここにしたのは彫刻刀を買う都合があったからだ。他に理由はお前の陰毛の毛根ほども存在しない。何か文句があるか」

「いいえ、特にありません。では改めまして、どのようなご用件でしょうか」

彫刻刀って工具売り場かな、とは思ったが、あえて言わずにおく。

「いいか姫川。これはな、俺様が厚意で忠告してやるんだからな。よく覚えておけよ」

勝俣は、フンッ、と鼻息を噴き出してから玲子を睨め上げた。

「はあ」

「俺だってな、わざわざ死神の顔なんざ見にきたかねえんだ。見たかねえけど……まあいい。用件だけ手短に伝える。すでに、大村敏彦はオメェんところに移送されてきてるだろうが、オメェはオメェの仕事だけやっとけ。余計なことには首突っ込むな。具体的に言うとだな、本所で何があったのか、根掘り葉掘り大村に訊くんじゃねえぞ。分かったか」

大村敏彦とは、いま玲子が捜査している事件の被疑者だ。しかし、大村は長らく本所署に身柄を拘束されており、玲子は取調べは疎か、その顔を直に見ることすらできなかった。だが昨日、ようやく葛飾署に移送されてきて取調べができるようになった——というのが、今現在の状況だ。

「そりゃ、訊かずに済むなら訊きませんけど、こっちの調べに必要となったら、そのときは訊かざるを得ないでしょう」

「それを訊かずに上手くやれって言ってんだ馬鹿が」

なるほど。この程度の雑談をするには、この場所は適度にざわついていていいかもしれない。他の客との距離もとりやすい。

っていうか、また「馬鹿」って言いやがったな、この糞ジジイ。

「私の仕事に関しては私が判断いたします。申し訳ありませんが、勝俣主任の指示に従うつもりはありません」

玲子と勝俣の階級は同じヒラ警部補。しかも、係も担当管理官も違う全くの別動隊。玲子が指図を受ける謂れはない。

ただ勝俣という男が、そんな常識論の通用する相手でないことは、玲子も承知している。今も、極端に短い人差し指で玲子の目を突かんばかりに差してくる。

「だからよ、姫川。最初にこれは、俺様の厚意だと言ってやっただろう。穿らねえのがオメェのためなんだよ。今まで、オメェが勝手な行動をとるたびに、少なくねえ数の仲間が犠牲になってきただろうが。あれをまた繰り返してえのかって、俺はそのことを言ってんだよ」

本当に、人を効率的に傷つけたり、確実に不快にさせるという点において、この男の右に出る者はいないのではないかと玲子は思う。そもそも「仲間」とか「犠牲」とか、そういう言葉を出せば玲子が凹むと高を括っている辺りが勘弁ならない。

「犠牲者は出しません。その上で、自分の仕事はやり通します」

そんな自信なんてない。ないけど、出任せでも口にしていないと、一歩も前に進めなくなってしまう。それは嫌だし、警察官としても許されないことだと思う。

勝俣がゆるくかぶりを振る。

「そういうこっちゃねえんだよ……どう言ったら分かってくれんのかね。世の中にゃよ、触れねえ方がいいことだってあんだよ。正義がいつも正しいとは限らねえし、真実が尊いわけでもねえんだ」

分からなくはないが、明らかに悪と分かっている行為の片棒を担ぐわけにもいかない。

「だからって、冤罪を看過するわけにはいきません」

「そういうことを、軽々しく口にするんじゃねえ」

「そもそも、勝俣さんはこの件とどういう関係があるんですか」

「それが言えるくらいだったら、わざわざ忠告なんざしねえわ」

「全然、わけ分かんないんですけど」

「馬鹿は分かんなくてもいいから、分かってる人間の言うことは聞いておけ」

「嫌です」

しばらく、勝俣は玲子を睨みつけて動かなかったが、やはり最後には「この死神が」と呟き、くるりと背を向けて去っていった。

あの背中に跳び蹴りを喰らわせたらスッキリするだろうな、とは思ったが、三センチとはいえヒールのある靴を履いているので、今日のところは勘弁しておいてやる。


大村敏彦が関わったと思われる「青戸三丁目マンション内女性殺人事件」というのは、こういった内容だ。

長井祐子という二十一歳の女子大生が今月、十月一日から四日の間に殺害された。死体が発見されたのは十月六日の夕方。死体の直腸内体温は気温近くまで下がっており、死後硬直は全身緩解、腐敗はさほど進んでおらず、当初は死亡日時を絞り込むのが難しい状況だった。

犯行現場となったのはマル害（被害者）の自宅、葛飾区青戸三丁目◎△－▲、グランハイツ青砥、三〇二号室内。マル害は約八畳の洋間に置かれたベッドに、仰向けの状態で横たわっていた。死因は頸部に扼痕があることから、扼頸――手で首を絞められたことによる脳循環不全及び窒息と考えられたが、死因とは別に、上半身に殴られたような痕も複数あった。

室内は多少荒れてはいたものの、犯人が物色したというよりは、もつれ合ったときに手が当たって払い落としたとか、せいぜいその程度だった。よって物盗りの犯行というよりは、顔見知りの犯行、もしくはストーカーの線が濃いと考えられた。

まもなく鑑識から、現場で採取された指紋の一つが前科者のそれと一致した、との報告があがってきた。

それが大村敏彦だった。年齢は三十二歳。

玲子たちは大村に事情を聴くため、自宅周辺で張り込みに入ろうとしたのだが、その態勢が整う前に特捜から連絡が入った。大村はすでに別件で逮捕されており、現状は本所警察署に留置されているというのだ。

　これから事情を聴こうという相手が、すでに別の署に身柄を拘束されているという、珍事――しかしこの、本所署が大村を逮捕した事案は、結果からいうと不起訴に終わった。そしてようやく昨日、大村の身柄は葛飾署に移送されてきた。勝俣が言っていたのは、その不起訴に終わった一件については大村に訊くなと、そういうことだ。

　今日、十月二十六日は日曜だが、刑事と人殺しに休日はない。明日の朝には新件調べのため大村を検察官に送致しなければならない。それまでに、できるだけ調べは進めておきたい。

　留置場から連れてきた大村を、刑組課（刑事組織犯罪対策課）の取調室に入れる。立会いは亀有署刑組課の湯田康平巡査長。かつての「殺人犯捜査十係姫川班」に所属していた、あの湯田康平だ。

　湯田が大村の腰縄を椅子に括り直し、手錠を外す。

「では、午後の調べを始めます」

　勝俣に呼び出されていたため、午前中は少し早めに切り上げ、東急ハンズとの往復はタクシーを利用し、昼食もその車内で済ませた。コンビニで買ったハンバーガーと野菜ジュース。決して美味しくはなかったが、エネルギー補給としてはそれで充分だった。

しかし、大村敏彦という男は、実に嫌な顔をしている。

細く整えた眉に、厚ぼったい一重瞼。不機嫌そうに下がった口角、不満げに突き出した下唇、微妙にしゃくれた顎。おまけに小太り。ヤンキー気分が抜けないまま社会人になり、そもそもストイックでもなんでもないから、三十を過ぎた辺りから急に太り始めた——のかどうか本当のところは知らないが、まあ、一見して非常に社会性の乏しい人物であることが窺い知れる人相だ。

ちなみに、弁解録取書を作成した段階では、大村は長井祐子殺害を否認している。

「ねえ、大村さん。一つ、根本的な質問をしてもいいかな。あなたはさ、佐久間健司殺害については、基本的には認めてるんだよね、本所署の取調べで。検察官に送致されて、調べを受けたときにもそう供述している。結果的には証拠不充分ってことで、不起訴になったわけだけど」

これは本所署の案件について訊いているのではなく、あくまでも確認しているだけ、と自身に言い訳しつつ、続ける。

「ここからはね、あたしの想像だから、適当に聞き流してくれていいんだけど……たぶんあなたは、ある種の裏取引をしたんだよね。佐久間殺しの犯人であることを認めさえすれば、正当防衛とか喧嘩の末の傷害致死とか、少なくとも、通常の殺人よりは罪が軽くなる方向で落とし処を作ってやるから、みたいに言われたんでしょう」

一瞬、大村は口を開きかけたが、駄目だった。言葉は、呑み込まれてしまった。

もうちょっと、突いてみる必要がありそうだ。

「まあ、それが合理的な話か、合法的な手法かどうかは別にして、よ。あっちで殺人を認めたってことはさ、こっちの件ではそれ以上のことをしちゃった、っていう自覚があったからだと、あたしは思ってるのね。つまり、長井祐子殺しで服役するよりは、佐久間殺しで服役した方が軽く済むと、そういう打算があったわけでしょう。違う？」

大村の目に、何やら強い感情が湧き上がってくるのが見える。怒り、反抗心、虚勢。一体なんだろう。

「ザッケんな……向こうでパクられたのは濡れ衣だろ。こっちだって同じだよ。あんたもちゃんと捜査しろよ。俺は、祐子を殺してなんていねえんだよ」

喋ると、さらに嫌な顔になる。

「あら、それは変じゃない？　だってあなたは、本所署で佐久間を殺したことを認めているし、地検……検察でだって認めてるじゃない。濡れ衣とかじゃなくて、あなた自身が、佐久間を殺したって言ってるんだよ」

どうも、そこが大村にとっての「痛いところ」のようだ。

「だから、それはよ……」

「分かってる。取引でしょ？　祐子殺しより、軽く済ませてもらおうっていう肚だったんでしょう」

これは司法取引などとは根本的に違う、もっと犯罪性の高いケースではあるのだが、まあ百歩譲って——別に勝俣の忠告に従うとかそういうことではなく、あくまでも玲子の担当案件は長井祐子殺しなので、今はそれを優先することにする。

「……うん、じゃあ、分かった。殺してないって言うんだったら、それはそれでいいわ。でも、長井祐子という女性を知らないとまでは、言わないよね？」

大村は答えず、ただ玲子の目を睨んでいる。

「言えないよね。だって、祐子の自宅からは、あなたの指紋がたくさん出てきてるんだから。そこをさ、知らないって言われちゃうとさ……仮によ、あたしがあなたの言い分に納得して、ああ、大村さんが殺したんじゃないんだな、って思えるようになったとして。じゃあそのときにね、明らかに殺人現場からあなたの指紋が出てきてるのに、長井祐子なんて女は知りません、家にも行ったことはありませんって、そんなバレバレな嘘をつくようじゃさ、そんなんじゃ、あなたの言うことなんて誰も信じてくれなくなっちゃうわけよ」

よしよし、こういう話なら聞く耳を持つようだ。

大村の目に宿っていた、反抗的な色が少しずつ薄まっていく。

「あたしは何もね、デッチ上げてでもあなたを殺人犯にしたいわけじゃないの。本当のことを言ってくれれば、それでいいの」

「だったら……俺は、祐子なんか殺してねえよ」

おい、そこは調子に乗るな。

「待って待って。そういうことじゃなくて、じゃあ殺してないってことに、あたしが納得できるような説明をして、って言ってるの。結果だけね、殺してねえって言われてもさ、それだけじゃ納得できないよ、あたしだって。そこまでお人好しじゃないもん」

大村が眉をひそめる。このタイミングを逃してはならない。

「とりあえずさ、二人の馴れ初め……は違うか。出会いっていうか、どうやって知り合ったのか、その辺から話してみてよ」

後ろにいる、湯田の呼吸が微かに乱れる。笑いを堪えているのだろうか。だとしたら、一つ言っておきたい。今は大村に合わせて、わざと砕けた口調で喋っているだけだ。最近の玲子の取調べが、常にこうだとは思わないでもらいたい。

作戦が功を奏したか、大村が口を開く。

「どうやって、って……嘘だと、思うだろうけど」

「んーん、そんなことない。話してみて」

「ほんとかよ。ほんとに信じんのかよ」

「それは、聞いてみないと分かんないけど」

大村が仰け反り、背もたれに体重を預ける。

「ほらよ。疑ってんじゃねえかよ、聞く前から俺のことを」

「そうじゃない。それは違うよ。信じられない場合もあるかもしれないけど、同じくらい信じられる場合だってあるよ。そこはさ、あなたがまず信じなさいよ。あなたが信じないものを、あたしが信じられるわけないでしょう」

自分でも無茶苦茶な論理だな、とは思うが、こういう勢いに乗せられる人間は決して少なくない。

まさに、大村はそういうタイプのようだった。

「……マジかよ……っていうかよ……向こうから、声かけてきたんだよ」

ああ、それは無理。にわかには信じ難い。

長井祐子という女は、調べていくとなかなか闇が深いというか、ただのイイ子ちゃんでなかったことはすでに分かっているのだが、でも、見た目は非常に可愛らしい女の子だ。つるんとした丸顔で、目がクリッとしていて、身長も、玲子と違って百五十七センチと低めで。体形はややポッチャリめだが、でもけっこうな「タヌキ顔」だから、少しポッチャリしてるくらいの方が可愛いというか、男にはモテるだろうなと玲子は思っていた。

そんな祐子の方から、この「嫌な顔の典型」みたいな大村に声をかけたなんて、そんなことが、あるわけがない。

「へえ、そうなんだ。祐子から、なんて声をかけてきたの？」

「だから、俺がバイトしてた店で……」

大村がバイトをしていたのは、「ぴいぷる」というレンタルビデオ店だ。これまでの捜査で、大村が店の端末を使い、無断で会員の個人情報を閲覧、一部をコピーして持ち出し、詐欺グループに提供していた疑いが浮上している。玲子たち捜査陣は、祐子との出会いがその発端になったのであろうと見ていた。

具体的に言うと、大村は長井祐子が来店したときに接客し、可愛い子だなと目をつけた。その後、店の登録データから祐子の住所等の連絡先を入手、大村がストーカー行為をするようになった。だが祐子は、これを知人男性に相談。この知人男性、古賀龍平というのがけっこうなワルで、大村の一連の行為を逆手にとり、店からもっと会員情報を盗み出してこい、さもないとストーカーだと言って警察に突き出すぞ、と逆に脅してきた。大村は仕方なくこれに従ったが、今月初めになって祐子との間になんらかのトラブルが生じ、殺害するに至った——というのが、玲子たちの筋読みだった。

だが大村が祐子に付きまとっていたのではなく、祐子から大村にアプローチしたのだとなると、だいぶ話は違ってくる。

「うん、バイトしてた『ぴいぷる』で？」

「CDとか、DVDとかさ……探してたもんが、見つかんないことって、あるだろ。誰だって」

「うん、あるよね。あたしなんかはそういうの、すぐ機械で検索しちゃうけど」

大村が短く舌打ちをする。

「ねえんだよ、あの店は、そんな大手じゃねえから。そういう、店内在庫とか、他の店の在庫までオンラインで見れるような、ご立派なシステムはねえの」

それは玲子も承知している。承知の上で、わざと言ったのだ。

「そうだっけ、なかったっけ」

「ねえよ。だから、欲しいものが見つかんなかったら、客は店員に訊くしかねえんだよ……祐子も、そんなふうにして俺に、声をかけてきた」

なんだ。声をかけてきたって、そういうレベルの話か。

「たとえば、なんとかっていう恋愛映画はどこですか、みたいな？」

「別に、恋愛映画じゃねえけど……まあ、そういうことだよ」

「で？　可愛い子だなと」

「……まあ、思ったけど」

大村、三十二歳。祐子、二十一歳。そんなに、驚くほど歳（とし）が離れているわけではない。

「可愛い子だなと思って、それから？」

「それから……まあ、店でたまに見かけて。見かければ、また来てるなと。それくらいは、思うわな」

何が「思うわな」だ。人殺しのくせに。

「あの可愛い子が、また来てるなと、思った……それで？」

「んん……そうしたら、うん……そうしたら、さ……また、祐子から、話しかけてきて、さ……私、こういうの好きなんです、みたいな、話になって」

大村、気持ち悪い。思い出して、ちょっと照れた感じになってる。

「何が好きだって？」

「そんとき言ってたのは、ホラー系だった。好きなんだけど、一人じゃ怖くて見れないんですよ、みたいな」

これが本当だとしたら、祐子も、ずいぶんとベタなアピールをしてきたもんだ。

「うんうん、女子はね、なかなか怖くて見れないよね。そんで？　じゃあ俺が一緒に見てあげようか、みたいな」

「アホか。そんなわけあるか」

違うのか。っていうか「アホ」って言うな。

大村はえらく真面目な顔をしている。

「……俺だってよ、自分がブサイクなことくらい分かってんだよ。女と、ちょっと話せたくらいで、勘違いなんかしねえって……でも、帰り道で、急に声かけられて、話できませんかって言われたら、そりゃさすがに、ちっとは勘違いだって、期待だってするだろ。ひょっとして、俺に気があんのか、みてえな」

意外。大村は、自身のブサイクを自覚していたのか。

「帰り道って、なに、大村さんのバイトが終わって、帰るときってこと？」

「ああ。朝四時とか、四時半とか」

「そんな時間まで、祐子は待ってたの？」

うん、と素直に頷く。

「そうは言っても、店に来たのが二時とか三時とか、そんくらいだったからな、その夜は。別に、外で何時間も待ってたとか、そういうことじゃねえよ」

なるほど。

「うん……それで、話できないかって言われて、それから？」

「そんときは、連絡先、交換して。それから、メールとか、するようになって……今からバイト、とかなんとか……今度メシ、行こうか、みたいな」

そういう、楽しかった日々もあったのに、どうした。

「なに、普通に順調じゃない」

「ザケんなよ……そんなんで済むわけねえだろ」

そりゃそうだ。最終的に殺しちゃったくらいだから。

「だよね。こっからだよね。そんなあなたたちに、一体、何があったの」

「だからよ……あー、あっちで喋ったことと、なんかゴッチャになってきた……えーと、だからァ……祐子の部屋に、初めて行ったときに、もう、ソッコー古賀に踏み込まれたんだよ。テメェ俺の女に何してんだ殺すぞ、みたいな」

古賀龍平は、暴力団にも半グレ集団にも属してはいないが、やってることは似たり寄ったりというか、振り込め詐欺などで荒稼ぎをしているグループのリーダーと目されている男だ。逮捕されたという話は聞かないから、おそらくまだ逃げ回っているのだろう。

大村が続ける。

「まだなんもやってねえのに、とは思ったけど、怖えからさ。実際、グーで殴られたし。勘弁してくださいって、土下座して謝って……そしたら、赦してやるから、店の会員データを盗んでこいって」

なるほど。大村の話も、これはこれで辻褄が合っている。

「ということは、祐子は最初から、あなたをハメるつもりで声をかけてきた、ってこと?」

「ああ。気づいたときには、もう遅かったけどな」

「で、まんまと協力させられた」

「うん……そんなときに、たまたま錦糸町で出くわしたんだよ。あの、刑事の横山と」

横山克則。本所署の刑事課、知能犯捜査係のデカ長(巡査部長刑事)だ。

詳しいことは玲子も知らないのだが、十代の頃の大村は相当ヤンチャだったらしい。実際、十九歳のときに傷害容疑で逮捕もされている。おそらく、そのときの捜査・取調べに横山も絡んでいたのだろう。

そんな横山と再会し、大村は、いま古賀という男に利用されて困っていると相談を持ち掛けた。横山は、大村と古賀の関係をその時点で知ったのか、あるいはそもそも知っていて、その上で偶然の再会を装って大村に近づいたのか、その辺は分からない。でもとにかく、横山は大村を利用することを思いついた。それが、本所署における冤罪事件の本質だと、玲子は睨んでいる。

話を元に戻したい。

「その、横山巡査部長とあなたの間に何があったのかは、今は訊かない。それよりも、祐子と古賀について聞かせて。あなたは古賀に言われて、いわば詐欺の片棒を担がされていたわけだよね」

大村は俯き、小さく頷いた。

「そりゃ、そうだけど……でも、自分の身を守るためには、仕方なかったんだよ。だってそうだろう。あんな、本職のヤクザ紛いの男に……」

「そう、そこは理解できるの……あ、今は訊かないとか、言っちゃったけど、でも実際、どうだったの？　あなたと警察が繋がってることが古賀にバレたとか、そういうことなの」

「いや、そういうんじゃなくて……まあ、その……こんな俺でも、さ……たまにはいい思いも、させてもらってたんだよ」

「は？」

まさか。

「なに、それって……長井祐子、と？」

今度は大きく頷く。

「ほんと、たまにだったけどね……でも、夢っつーか、希望みたいな？　そういうもんも、抱くじゃん、そうなったら。祐子にさ……お前だって、あんな怖え奴から、本当は逃げてえんだろ、俺と逃げようぜ、大学なんてもういいじゃん、あんな男の操り人形になりながら大学行ったって、まともに勉強なんてできねえだろ、とか、そんな感じのことも、言ってたんだよ」

この男の説教にしては、かなり上出来だ。

「それ聞いて、祐子はなんて？」

「泣いてた……嬉しいって。そんなに私のこと思ってくれてたんだ、ありがとうって……そんときは、言ってたんだけどな」

実際は、そんなタマではなかったと。

「言ってたのに、どうしちゃったの」

「古賀と、何があったのか知んねえけど、あの夜は、いきなり祐子がキレて。包丁は振り回すわ、抱こうとしたらさ……フザケんなって、何回かしたみたいに、俺が部屋に入って、抱こうとしたらさ……フザケんなって、殴ってくるわ蹴ってくるわで、もう、こっちも必死だったからさ、ある程度は反撃したよ。

包丁取り上げて、バコーンってぶん殴って。そしたら、龍（りゅう）ちゃんに言いつけるからね、全部バラすからね、私のことレイプして、写真撮って強請（ゆす）ってきたって言ってやるって……強請ってもいねえし、レイプもしてねえけど、写真撮ったのは事実だったからな」

現状、そのような写真は発見できていない。

「ちなみに、その写真はどこにあるの」

「もうねえよ。携帯に入れてたけど、もう消した。祐子の部屋から出て、すぐに消したよ」

そこ、物凄（ものすご）く重要。

「それが、祐子を見た最後ってこと？」

「ああ、そうなるね」

「具体的に、あなたは祐子にどういう危害を加えたの」

「だから、こっちが危なかったんだって。ガチで正当防衛だって」

「うん。分かるけど、だとしても、行為としては、何をしたの」

「え、だから……俺も殴ったし、蹴ったし」

「殴ったのは、顔面？」

「んん……よく覚えてねえけど、顔を押さえてうずくまったから、そうなんじゃねえの」

「それから？　他には？」

大村が眉をひそめる。

「それから……うずくまってっから、一回は部屋を出ようとしたんだよ、俺は。もういいやと思って。そしたら、祐子がバサッと立ち上がって、またなんか構えて、刃物かどうかは分かんなかったけど、なんか持って、襲い掛かってくっからさ、怖えな、出てくのに、背中も向けらんねえな、と思って……だから、またぶん殴って、そしたら、ベッドに、バーンって倒れたから、そこに馬乗りになって、首絞めて……」

思いっきり、殺してるんですけど。

「で、気づいたら、祐子は死んでいたと」

「いや、そんときはゲホゲホする程度で、死んではいなかった。祐子は、生きてた……ツーか殺してねえから、俺は。女のくせに、あんま舐めた真似すんなよって、そう言って出てきたんだから」

犯行を否認するのは自由だが、これが事件の真相だとは、玲子もなかなか思えない。

「その揉め事は、何日の話？」

「たぶん、二日。夜……十時頃、だったかな」

一応、推定される死亡日時の範疇には入っている。

「じゃあ、その時点で祐子は死んでいなかったとして、だったらあなたは、どこで祐子が死んだことを知ったの？」

「そんなの、警察に決まってんじゃん」

「警察って、本所署？」

「しかねえだろ、ここに来る前はずっとあそこにいたんだからよ」

「それって何日の話？」

「忘れたよ。向こうにいたときのことは、あんま覚えてねえんだよ。頭真っ白っつーか、ほんと……記憶、ねえんだわ。いつのまにか、俺が祐子を殺したことになってて、しかもそれを、助けてやるから、傷害致死の方を認めろ、みたいな……あ、ヤベ、言っちゃった」

まあ、犯罪者の大半は、このレベルの馬鹿だ。

特捜本部が大村を疑った、そもそもの理由は指紋だった。

大村は十九歳のときと、二十一歳のときの計二回、傷害事件を起こしている。最初の事件は不起訴、二度目は執行猶予だったが、指紋データは警察庁のコンピュータに残っており、それが本件の犯行現場で採取されたものと一致し、大村の名前が浮上した。

しかし特捜本部も、現場に指紋があったというだけの理由で大村を疑ったわけではない。大村の容疑が決定的になったのは、むしろレンタルビデオ店の店長、手嶋智郎の証言だった。彼に、最初に話を聞いたのは殺人班（殺人犯捜査）十一係の畠中巡査部長だった。畠中の報告はこうだった。

「店長の手嶋によると、大村は自身のＩＤを使い、複数回にわたって会員の登録データを閲覧、一部はプリントアウトしていた可能性もあるとのことでした」

山内係長が訊く。

「その、端末を操れる店員というのは、何人いるんですか」

「基本的には、全員だそうです」

それはひどい。個人情報の管理体制がずさん過ぎる。

再度、山内が訊く。

「全員というのは、正確には何人ですか」

「店長の手嶋、チーフといわれる、いわば副店長格のスタッフが四人に、普通のアルバイトが十……十四人なので、全部で十九人です」

「その全員が、自由に端末を使える状況だったと」

「はい、そのようです」

レンタルビデオ「ぴいぷる」は「株式会社ぴいぷる」によって運営されている。こうなった以上、「株式会社ぴいぷる」は個人情報保護法違反に問われることになるだろうが、今それは措いておく。

山内が玲子を指差した。

「姫川主任。畠中と、小幡の組を連れて、そのチェーン店のネットワーク構造、個人情報の取扱い状況、大村が持ち出した情報の特定を行ってください」

「分かりました」

翌日、玲子たちも「ぴいぷる」を訪ねた。正式には「レンタルショップ・ぴいぷる青砥駅北口店」という名称になる。

その手の店の中では、決して広い方ではない。やや大きめのコンビニくらいのワンフロアだ。そこにＤＶＤとＣＤとコミックスを並べているのだから、それぞれの品揃えも決してよくはない。玲子が利用している豊島区要町の店と比べたら、在庫量は三分の一か、下手したら四分の一程度だろう。

その店構えと店長の人柄は、直接は関係ないはずだが、でも不思議と比例するというか、手嶋智郎という男は実にスケールの小さい、オドオドと縮こまった印象の男だった。

そのときは玲子が直接話を聞いた。

「改めてお訊きしますが、ごく普通のアルバイトの方も含め、ここで働くスタッフの誰もが、端末を操作して会員の個人データを見ることが可能なんですね？」

手嶋が、震えながら頷く。

「はい……すみません……」

「では、大村敏彦が端末を操作して会員のデータを閲覧したことを示す、記録のようなものはありますか」

「あ、はい、あの……この前、刑事さんに、作っておくように、言われたので……はい、これ……あ、違う……すみません、こっちでした。ごめんなさい」

クリアファイルに入れられた、何かのデータを羅列したA4判用紙が十枚ほど。

「……あの、これじゃ、何がなんだか分からないんですが」

「あ、すみません……この、一応、マーカーをしてあるのが、大村くんのIDでして、それを、こう、ツーッと見ていくと……これがそうなんですけど、ちゃんと、こっちに……その、長井祐子さんという、会員の方のデータを、開いているんです。お分かりに、なりますかね」

まあ、分かるけど。

「それは、長井さんが来店して、何かをレンタルしたとき、ということではなく？」

「はい、そういうのと、このリストは、モードが違うというか、全くの別物なんですが、あの……必要でしたら、次までに、長井さんの、レンタルしたものの一覧表も、作っておきますが」

それはそれで作ってもらうことにして、手嶋にはさらに話を聞いた。

「では、手嶋さんが大村さんの行動を不審に思ったのは、正確に言うと、いつのことですか」

手嶋は、取調室に入れられた被疑者より、よっぽど緊張した様子で玲子の問いに答えた。

「えっと、それは……ちょっと、さっきの、いいですか……これを見ると、あの、ですから、ここですね……九月の、二十六日に、なりますか……十八人分のデータを、大村さんがプリントアウトしていると、いうのが分かるんですが、私が見たのは、このときだと思います。何か、大村さんが、コピー機から抜き出して……あまり、勤務時間中に、アルバイトさんが、事務所にあるコピー機を使うことは、ないんですけど、でも大村さんは、何回かそういうことがあって……しかも、あとから考えると、コピーしてたにしては、上の、元原稿を置く、ガラスのところを開けなかったというか、ただ、出てきたものを持っていっただけ、みたいに、見えたもので……コピーじゃなくて、何かプリントアウトしたのかな、と」

この証言によって、大村に対する疑惑が決定的となった。

その後、本所署から大村を連れ出せない日々が続きはしたものの、逆に考えれば逃亡される恐れは極めてゼロに近かったわけで、ある意味、玲子たちは自分たちの捜査に集中することができた。

そして昨日、ようやく本所が大村を手放したと、いうわけだ。


十月二十六日、夜の捜査会議で、いきなり大きなネタがあがってきた。

報告したのは姫川班の日野利美巡査部長だ。

「……えーと、本日、ようやく、マル害の胃の内容物の意味が分かったというか、残留成分と一致する食品が、見つかりました」

数秒、講堂内がざわついた。というのも、祐子が死亡する一、二時間前に食べたものが、あまりに謎過ぎて、それに関する捜査はこれまでほとんど進んでいなかったからだ。

日野が続ける。

「まず、ハンバーグらしき挽き肉料理と、何かの揚げ物の衣、と思われていた部分ですが、これは、コンビニチェーン『ビッグストップ』の、一部の店舗で試験的に販売されていた、『ハンバーグコロッケ』なる商品であることが分かりました」

首を傾げた今泉管理官が、半笑いを浮かべて日野に訊く。

「ハンバーグをコロッケみたいに揚げたら、そりゃ、メンチカツってことじゃないのか」

日野が、中途半端に頷く。

「まあ、常識的にはそうなんですが、この商品に関しては、一度完全に、ハンバーグを作ってしまうと。下味から何から、本格的にハンバーグを作って、表面に焦げ目がつくらい焼いて、それに衣をつけて、各店舗に出荷。あとは各店舗のフライヤーで……あの、レジの中にある揚げ物をするマシーンですね。あれで揚げて、保温器に入れると、そういう手順だそうです。祐子がこれを食べたのだとすれば、胃に残っていた揚げ物が衣だけだったことも、焦げ目までついた挽き肉料理というのも、同時に説明がつきます……あと、もう一つはティラミス揚げパンでした」

玲子の後ろで、菊田が「おえっ」と漏らす。分からなくはないが、玲子は逆に、ちょっと食べてみたいと思ってしまった。

「こちらは、九月いっぱいで販売を終了していたため、なかなか行き当たらなかったのですが、一部の店舗では、賞味期限が切れていなければ、という条件付きで、在庫分は販売させていたようです。で、この二つの商品を、祐子は両方とも食べていたと思われるのですが……」

まだ菊田が後ろで嘔吐いている。いいから、ちゃんと日野の話を聞け。

「この商品を二つとも、奇跡的に十月上旬まで販売していた店舗がありました。ビッグストップ青戸八丁目店、住所は葛飾区青戸八丁目、◎◎の△です」

地図で確認する。祐子の自宅からは、ずいぶんと距離があるように見える。

山内係長も同じ疑問を持ったようだった。

「マル害の自宅からの距離は」

「二キロ弱、徒歩だと二十分前後かかると思われます」

「その途中に、別のコンビニはないのか」

「あります。四軒ほど」

「そうだとしても、マル害はその店に行ったと、あなたは考えるわけですか」

日野が背筋を伸ばす。

「はい。祐子の自宅周辺に……というか、葛飾区内にビッグストップはそこしかありません。そもそもビッグストップは東京にはあまりないですし。それに……私もその、ハンバーグコロッケというのはよく分かりませんが、ティラミス揚げパンというのは、ちょっと食べてみたいと思いました」

また講堂内がざわつく。だが見回すと、嫌そうな顔をしているのはほとんどが男性の捜査員だ。隣の川にいる葛飾署の若い女性捜査員は、逆に「えー、分かんない」とでも言いたげな顔をしている。

日野が「お静かに」と、周りを手で抑える仕草をする。

「今ここで、この商品の良し悪しを言っても仕方ないでしょう。そもそも九月で販売を終了してるんですから、みなさんの印象の通り、実際あまり売れなかったんだと思いますよ。でもね、問題は一般ウケじゃなくて、祐子が食べたかったかどうかですから。食べたかったら、二キロ先のコンビニにも行くのかって話ですよ。私はね、行くと思いますよ。私だって、ちょっと食べてみたいと思うんだから、祐子くらいの歳の子だったら、普通に二十分くらい歩いて、食べに行きますって」

女性であるということ以外、あまり玲子とは共通点のない日野だが、今のこの報告に関しては全くの同意見だ。日野はもともと洞察力もあるし、粘り強い人だと思っていた。今回のこのネタには、そんな日野の持ち味が上手くハマったのだろう。

日野が続ける。

「ですので、ビッグストップ青戸八丁目店に防犯カメラ映像の提出をさせたいと思います。十月一日から四日までの映像を確認すれば、祐子が何日の何時まで生存していたのか、絞り込めると思います」

山内と顔を見合わせ、今泉が頷く。

そのまま、今泉がマイクに手を伸ばす。

「分かった。その店舗の防カメ映像については、早速令状を請求する……報告、次いってくれ」

その日の会議は、二十一時半頃まで続いた。

十月二十七日、月曜日。

大村を通常の巡回護送で東京地検に送り出し、玲子が特捜に戻ったときにはもう、朝の会議は終了していた。その時点で講堂に残っていたのは、情報デスク担当の四人と山内係長だけだった。

「大村、無事、送検いたしました」

「……はい。ご苦労さま」

玲子が殺人班十一係に配属されて、もう二年になる。だがこの山内とは、いまだに打ち解けられた気がしない。いや、玲子に限らず、山内が誰かと親しげに話しているのを、玲子は見たことがない。

それでも、仕事にこれといった支障はない。

「係長。日野チョウたちは、もう……」

「ええ。簡裁（簡易裁判所）でフダ（捜索差押許可状）が取れたので、そのままビッグストップ青戸八丁目店に向かうとの連絡がありました。店長に立会ってもらって、映像をコピーして……午前中には戻ると言っていました」

山内はそう教えてくれたが、実際に日野たちが戻ってきたのは昼過ぎだった。

「機械が古いんだかなんだか知らないけど、コピーするのが遅いんですよ。ジー、ガガガガ……っていって、五分くらい止まっちゃって。バタヤンなんて、店で三冊も雑誌買って、読み終わったらバックヤードで鼾(いびき)掻(か)いて寝始めちゃって」

「ちょっと日野さん……いいよ、そういう話は」

「よかったじゃないの、掻いたのが鼾で」

横にいた中松(なかまつ)が「日野チョウ、下品」と呟いたが、はて。玲子には、今の何が下品だったのかよく分からなかった。

それはいいとして。

日野たちは早速、持ち帰ったデータを山分けし始めた。具体的にいうと日野組、中松組、小幡組の計六人で手分けして見るため、六台のノートパソコンに分割コピーするようだった。

だったら、玲子にいい考えがある。

「ねえ、日野さん。どうせなら八等分しなよ。そしたら、あたしと湯田で二人分引き受けられるから」

　大村は今日、夕方までここには戻ってこない。当然、玲子たちの取調べ予定もない。昨日までの分の供述調書はもうできている。今、どうしてもやらなければならない仕事というのは、玲子たちにはない。

　まるで少女のように、日野が両手を胸の辺りで組む。

「え、いいんですか。それは助かるわ」

「うん、特に急ぐ調べものもないし。ね？　康平」

「はい、もう全然。余裕でイケます」

　そんなわけで、玲子は刑事部貸与のノートパソコン、湯田は情報デスクにある大きなパソコンを借りて、計八人で見始めた。

　コンビニの防カメ映像だから、基本的には非常に退屈な絵面だ。客がいなくなったら早回し、でも客なんてのはたいてい急に入ってくるものだから、入ってきたら慌てて止めて巻き戻し、長井祐子ではないことを確認して、また早回し――。

　そんな作業が何時間か続き、情報デスクの方で湯田が奇声をあげたのは、夕方の十六時を少し回った頃だった。

「おっ、おっ、オオォーッ……ビンゴかもしんないです、ビンゴかもしんないですよォ、これは」

周りに散っていた七人が、ザッと湯田のいる方に集まる。情報デスク担当の四人も、それとなくモニターを覗きにくる。

むろん、一番いい位置を確保したのは玲子だ。

「どれどれ」

「いま巻き戻したんで、これから入ってきます」

タイムカウンターを見ると、十月二日の二十三時十三分となっている。大村の供述を信ずるならば、大村に暴力を振るわれたあとということになる。

大村の言う通り、祐子は、大村が殺したわけではなかったのか？

まもなく小柄な女の子が店に入ってくる。デニムのブルゾンに、淡い花柄のワンピース。確かに、祐子が殺されたときに着ていたのと同じコーディネイトだ。肩から下げている赤い革の巾着型バッグも、現場のベッド脇に転がっていたものとよく似ている。大きめのマスクをしているのは感染症対策か、それとも殴られた痕を隠すためか。

その祐子らしき女性は雑誌コーナーに行き、二冊ほどパラパラと捲って棚に戻し、辺りを見回しながらスナック売り場に行き、だが何も手には取らず、調理パン売り場に移動。

そこで何かを手に取り、レジへと向かっていった。残念ながら、それがティラミス揚げパンかどうかは、この映像では確認できない。

湯田が玲子を見上げる。

「どうっすか。決まりじゃないっすか」

「だと、いいけどね」

さらに祐子らしき女性は、レジ脇にある保温器を指差して何やら注文し始めた。

日野がメモをとる。

「二十三時十八分……この時間の会計データを確認します。これがハンバーグコロッケとティラミス揚げパンだったら、もう決まりだね」

しかし、玲子はもう、レジ前にいる祐子らしき女性のことは見ていなかった。それよりも雑誌コーナーの向こう、ガラス戸の外、店内の明かりが漏れて、ちょっと明るくなっている駐車場に佇(たたず)む、見覚えのある人影から目が離せなくなっていた。

なんであの人が、こんなところに？

十月二十八日、火曜日。

玲子は朝の会議を終えるとすぐ、大村を留置場から出して取調べを再開した。今日から大村は、十日間の第一勾留期間に入る。

「おはよう。昨日は検察官に、どんな話をした？」

大村のテンションは、いかにも「寝起き」といった感じだ。

「やってねえって……長井祐子なんて殺してねえって、そう言ってやったよ。当たり前だろ」

それでいい。これから重要なことを確認する。

「あっそう……ところで大村さん。実は昨日、長井祐子さんがいつ殺されたのかが、おおよそ特定できたのね」

大村の細い眉が、ギュッと中央にすぼまる。

「おい、今まで特定できてなかったのかよ」

「うん、正確なところはね」

「そんなことも分かってねえのに、俺のことを人殺し呼ばわりしてたのか」

いや、「人殺し」とか「殺人犯」とか、心の中では思ってたけど、直接口に出して言ってはいなかったと思う。

「確かに、殺してはいないかもしれないけど、殴ったことに変わりはないでしょう。それだけだってあなたは、立派に刑法を犯してるのよ。あと、店のデータを盗んだのは間違いないんだから、あんまりいい気にならないでね」

　ひと呼吸置く。

「……で、ここ、ちゃんと思い出してほしいんだけど。あなたは二日の夜十時頃、長井祐子の部屋を訪れ、結果、彼女に暴力を振るうことになってしまった。首も絞めたけど、でも殺すまではしないで、部屋を出てきた……ここまでは間違いないよね？」

　眉をひそめながらも、大村が頷く。

　よろしい。

「……はい。で、いま問題なのは、そのあと。あなたはその後、どこで何をしていたの？」

　大村の、眉間の皺が深くなる。

「え、と……それは、言っていいのかな」

「なに、また本所絡み？」

「まあ、そうなんだけど、でもいいか、これくらいは……その、俺はさ、まあいろいろあってね、横山をさ、頼ったわけだよ。助けてくれって」

　横山巡査部長を、頼った？

「長井祐子を、殴ったあとで？」

「そうだよ。だって、そうだろ……祐子は、そもそもは古賀の女なんだから。祐子をボコって、馬乗りになって首絞めて……そんなことチクられたら、俺、マジで古賀に殺されるって。でまあ、細かいことはともかく、俺は横山を頼ったわけ。でもすぐには連絡とれなくて……なんか、向こうもテンパってたみたいで、結局、連絡ついたのは明け方で、会ったのは朝の、七時くらいだったかな」

せめて、もう少し早く会えていればよかったのだが。

「横山に会うまでの間は、どこにいたの」

「隠れてた。いろんなところに。横山以外のサツには会いたくなかったし、それに、下手にフラフラしてて、古賀の関係者と出くわしても嫌だったから」

それも、分からなくはない。

「いろんなところって、たとえばどんなとこ」

「本所署の近くの公園とか、マンションの駐輪場とか……ゴミ置き場とか」

「ということは、そのときのあなたのアリバイを証明してくれる人、なんていうのは」

「いるわけねえだろ、隠れてたんだから。誰かに見られてたら、逆にアウトじゃねえか」

だよね。

玲子はもう、大村のアリバイを証明するのは諦（あきら）めることにした。

その代わり、ぴぃぷる青砥駅北口店の手嶋店長から提出してもらった、端末の使用履歴のリストを鑑識に持ち込み、指紋・掌紋を採取。長井祐子の自宅から採取されたものと照合させた。

すると、やはりあった。

ぴぃぷる青砥駅北口店の店長、手嶋智郎の指紋が、長井祐子殺しの現場で採取されたものの一つと一致した。

翌日、再度同店を訪れ、手嶋に任意同行を求めた。

「お仕事の、区切りのいいところでけっこうです。交替のチーフの方は、何時にお見えになります？」

「あ、あ、その……七時、ちょっと前には」

その言葉通り、十九時前にはチーフがレジに入ったので、玲子たちは手嶋を店から連れ出し、葛飾署まで引っ張ってきた。

取調室に入れた段階で、手嶋はもう観念している様子だった。

「手嶋さん。私たちが何をあなたにお尋ねしたいか、もう、分かっていらっしゃいますよね」

カクンと、首を折るようにして手嶋が頷く。でも黙っている。

もう少し、玲子から促してみる。

「先に、手嶋さんから何か、仰りたいことはありますか」

首を折り曲げたまま、手嶋は口を開いた。

「わ、私、が……長井、祐子さんを、ここ……殺して、しまいました……」

これくらい、他の犯人たちも素直だったら楽なのに。

「ですよね。今まで、苦しかったですよね……でも、もう大丈夫ですよ。正直に話してください。本来の、真面目で誠実なあなたに、戻っていいんですよ」

厳密に言ったら、人殺しに「誠実」も何もないとは思うが、この程度の方便は、玲子だって使うことがある。特にここ一、二年は、わりと意識して使うようになってきた。

手嶋の両目に、涙が溢れる。

「はい……あの、最初は……大村くんが、店のデータを、勝手に、見て……コピーしてるって、気づいて……でも、それ以上、何もしてないんだったら、ただもう、やめてくれればいいって、そう思ってて……でも、大村くんが、あの、長井って女性と、外で、会っているのを、見てしまって……それが、その……ちょっと、険悪な感じだったので、ひょっとして、大村くんが……ストーカーというか、強引に、彼女に、交際を迫っているのではと、そう、疑い始めて」

ストーカーかも、と一足飛びに疑うこと自体に疑問を覚えなくもないが、もう少し聞いてみよう。

「し……心配、だったので……彼女の、アパートというか、あの部屋を、見張るようになって……大村くんとは、違う男が、出入りしているのも、見ましたし、大村くんが、入るのも、見ましたし」

そうなると、どっちがストーカーなのか逆に疑わしい。

「これは何か、とんでもないことになる、と……なんか、そんな予感がして……で、あの夜、でした。案の定、大村くんが彼女の部屋に入っていって、外に聞こえるくらい、なんか、揉め始めて」

ちなみに祐子宅に隣接する部屋の住人は、そういった声や物音は聞き慣れているので、この夜だけ特別どうとは思わなかった、と証言している。

「少ししたら、大村くんが部屋を出ていって……私は、本当は、大丈夫ですかって、訪ねていこうとしたんですけど、なんか、勇気が出なくて……そうしたら、彼女が、部屋から出てきて……意外と元気そうに、歩き始めて……なんか、えらく遠くのコンビニまで行って、なんか買って……その店内で食べて、また部屋まで、歩いて戻ってきて……その間、私なりに、いろいろ考えて……大村くんが、お客様の個人情報を悪用して、ひ、ひ……一人暮らしの、女性に、交際を迫ったのは、もはや、明白なのだから、これは、私が、なんとかしなければ、店長として、なんとか、穏便に済ませなくてはと……」

なんでそこで店長の責任感を発揮しちゃうかな、とも思ったのだが、頷いて続きを促す。

「勇気を振り絞って、彼女の部屋を、訪ねたのですが……そうしたら、もう、いきなり……なんだお前、ビデオ屋の店長じゃないか、勝手に住所調べて、訪ねてくるとか信じられない、帰れ変態、警察に通報するとか、そういうことを散々、大声で言われて……私は、違うんです、そうじゃなくて、あの大村という男が、あなたに何かしたんじゃないかと、彼は、お客様の個人情報を、勝手に閲覧して、と……しかし、そのことを言ったら、さらに彼女の剣幕は激しくなって……声も、大きくなって、激しくなって……いつのまにか、気づいたら、私は、彼女に馬乗りになって、首を絞めて、いました」

おそらく祐子は、店長の手嶋が大村の顧客情報持ち出しに気づいた、そのこと自体に危機感を覚えたのだろう。このままでは自分まで罪に問われる事態になりかねない。だから、祐子は騒いだ。騒いで、女という立場を利用して被害者になって、その場をやり過ごそうとした。だがやり過ぎて、今度は逆に、手嶋に危機感を抱かせてしまった。このままでは自分がストーカーになってしまう、この女を黙らせなければ——そこまで、手嶋に思わせてしまった。

こういう事件に行き当たると、玲子はいつも思う。

被害者が善人とは限らないし、加害者が悪人とも限らない。だとすると、自分たちは一体、何を守ろうと躍起になっているのだろう、と。

刑事という仕事を虚しく感じる、最も典型的なケースといえる。

その日のうちに逮捕状を請求し、手嶋智郎を通常逮捕。弁解録取書を作成し、そのまま手嶋は留置場行きとなった。

むろん大村は、長井祐子殺しに関しては無罪放免となるが、ぴいぷる青砥駅北口店から顧客の個人情報を盗んだことに変わりはないので、いったん釈放されたのちに再逮捕ということになるだろう。

日付が変わって、十月三十日木曜日、午前二時半。

特捜の幹部はすでに講堂にはおらず、残っているのは玲子と菊田と、湯田の三人だけだった。

「ねえ、菊田。なんか、お腹空かない？」

「そうですね。でもこの時間だと……またあの、平和橋通り沿いのファミレスですかね。行きますか？」

湯田が「いいっすね」と立ち上がる。

「最近のファミレスって、お酒の種類も増えて、ほんと飲める場所になりましたよね。昔の姫川班の頃って、飲み屋見つかんなかったら、最後はコンビニでビールとツマミ買って、バス停のベンチで飲んだりしたじゃないっすか。あの頃と比べたら、ほんと便利っすよ」

今の班員、日野、中松とは、まず一緒には飲みにいかない。ほとんどは玲子と菊田の二人、ごくたまに小幡がついてくるという程度だ。そんな菊田も「今日は……すみません」という日があるので、そういうときは玲子も真っ直ぐ帰るか、池袋辺りで一人で飲むことになる。

「あったよね、バス停のベンチ飲み……懐かしい」

すぐに身支度をし、三人で署を出て、ぶらぶらと歩き始めた。

まだ十月ではあるが、さすがにこの時間になると、ちょっと肌寒い。ついさっきまではビールが飲みたいと思っていたが、こうなると、何か温かいものを食べながら赤ワイン、みたいな方がいいかもしれない。

隣を見ると、菊田は両手をポケットに入れてはいるものの、さほど寒くはなさそうにしている。

菊田の溜め息も、まだ白くなるほどではない。

「……なんか、変な事件でしたね」

その向こうで、湯田が頷く。

「なんていうか、人となりが分かってみると、一番ワルだったのって、祐子じゃないっすか。その次が大村で……実は手嶋が、一番の善人なんじゃないか、みたいな」

菊田が首を傾げる。

「でも捕まえてみたら、さすがに古賀はワルなんじゃないか？　俺たちの仕事じゃないんだろうけど」

確かに。古賀龍平は詐欺グループのリーダーなのだから、間違いなく悪人だろう。

それはそれとして、だ。

「でもさ……ある意味、怖い事件ではあるよね。だって、個人情報なんてさ、どうやったって完璧に守ることはできないわけじゃない。宅配便の人には、顔と名前と住所は分かっちゃうし。あと、電話番号もか……それ言ったら、宅配便に出すのはコンビニだったりするわけじゃない。そこでだって、個人情報はダダ漏れになるよね」

菊田が「そうですよね」と頷く。

「住所を完璧に隠したら、何も届かなくなるし、人も訪ねてこられなくなる。電話番号を隠したら、連絡がとれなくなる。メールアドレス、顔写真、カード番号……個人情報って本来、広く公開して、快適な社会生活をするためのもの、だったはずなんですけどね。ただそこに、良からぬ人間が関わってくる可能性は、残念ながら排除できないと」

湯田が「あーあ」と歩きながら伸びをする。

「そっすね。どうしても個人情報知られるのが嫌だったら、最終的には、無人島で暮らすしかなくなっちゃいますもんね」

そういうことだ。

「でも、もうあたしたちに、そういう生活はできない。中には、都会を嫌って島に引っ込む人もいるみたいだけど、大半の日本人は、もうそういう生活には戻れない。だとしたら、社会にはそういう悪意がつきものと、割りきって付き合っていくしか……」

暗かったので、うっかり通り過ぎるところだった。

「ねえ、ちょっと……ファミレスって、ここだよね」

「あ、ほんとだ」

明かりの消えた電飾看板には【営業時間　6：00〜2：00】と書いてある。腕時計を見ると、もう午前三時に近い。

湯田が、菊田に軽く肩を当てる。

「菊田主にぃん、こういう情報は、ちゃんと確認しないとぉ」

「お前が言うなよ。お前が確認しとけよ」

ここが閉まっているとなると、もうこの時間、この近所に飲食店はない。

ということは、今夜は久し振りの、バス停飲みか。

六法全書

他人の噂話や、世間話の類に興味はない。

中松信哉は黙ってデスクの脚を蹴り、キャスター椅子の向きを変えた。それでもまだ、二人の会話は充分耳に入ってくる。

「じゃあ主任にとって、幸せってなんなんですか」

ひと回り以上年下の同僚、小幡浩一巡査部長と、やはりひと回り以上年下の上司、姫川玲子警部補。二人はさっきから、収入だとか仕事だとか幸せだとか、語ってみたところで手が届くわけではない理想について、ああでもないこうでもないと議論し続けている。議論。いや、ただの無駄話だ。世間話ですらない。

「……なんでも『ほどほど』が、いいんじゃないの」

とはいえ二人の間にも温度差はある。もう明らかに、姫川の方はこの話題に飽きてきている。一方、小幡は姫川と会話ができればなんでもいいのだろう。じゃあコレはどうなんですか、アレはどう思うんですかと、さして目先の変わらない質問を繰り返しては、無駄話の延命を図っている。分かりやすい男だ。

中松は『六法全書』を手に取り、適当なページを開いた。

「ほどほどって、何がですか」

「だから、収入も仕事も、なんでもよ」

別に、法律の勉強をするつもりで開いたのではない。中松は古い条文を読んで、珍妙な言い回しを見つけるのが——まあ、好きというほどではないが、在庁時の暇潰しとしては、なかなかいい趣味なのではないかと、自分では思っている。

「収入は、多いに越したことなくないですか」

「それも、どうだかね……」

たとえば児童福祉法の初っ端、第一条。

【すべて国民は、児童が心身ともに健やかに生まれ、且つ、育成されるよう努めなければならない。】

出だしからこれだ。

意味するところに異論はない。ただ、三流私大とはいえ国文学科卒の身としては気になる。文章として、ここは「すべて国民は」ではなく「すべての国民は」とすべきではないのか。そうでなければ「国民はすべて」と引っ繰り返すか。この条文は昭和二十二年に書かれ、二十三年から施行されたもののようだが、当時はこれでよかったのだろうか。仮に当時はこれが普通だったとしても、最終改正は平成二十三年八月となっている。なぜそのときに直さなかった。こんな細かい表記なんぞはどうでもいいか。法律とはその程度のものか。

「いいじゃないですか、多ければ多い方が。邪魔になるもんじゃないんだから」

「そうとばかりも言えないんじゃないの……がっぽり貯め込んで、恨まれて殺された地主爺さんの事件、あったでしょ」

むろん、法律独特の言い回しがあることは承知している。なんでもかんでも「これを」で受けて述語に繋げるとか。あれもどうなのだろう。ほとんどの「これを」は削除した方が理解しやすくなると、中松は思うのだが。

「あの事件の爺さんは、ちょっと、例として極端でしょう」

「もういいよ、小幡」

ちょうど、姫川が左手で「シッシッ」としたところで、捜査一課大部屋のドアが開いた。

入ってきたのは殺人班十一係長、山内警部だった。

大きめの茶封筒一つを抱えて歩いてくる。誰もいない机の「川」をいくつも渡り、こっちに近づいてくる。

山内は滅多に声を張らない男だ。他の者なら、たとえば今泉管理官だったら、少し離れたところから「おーい、○○署に特捜だ」くらい言うのだが、山内は言わない。

　きっちり姫川との距離を詰めてから、用件を伝える。

「……五日市署に特捜です。今すぐに出てください」

　立ち上がった姫川が「はい」と浅く頭を下げる。

「殺しですか」

「いえ、今のところは死体遺棄です」

「現場はどの辺ですか」

「西多摩郡日の出町、大字大久野……ほとんど山の中です。詳しいことは向こうで説明します」

　その他の係員、菊田和男警部補、日野利美巡査部長、むろん小幡も中松も、すでに立ち上がっている。俗に「姫川班」と呼ばれるチームの五人だが、これは決して正式な枠組ではない。今の在庁がたまたまこうなっているだけで、本来ならば殺人班十一係、統括主任の日下守警部補以下十一名全員で在庁に入るはずだった。

　ところが、直前に手掛けた女子大生殺人事件の被疑者を確保、送検し、第一勾留が終わったところで姫川班だけが「上がり」となった。事件解決に貢献したのは主に姫川と日野、というのが考慮されたのだろう。その後の裏付け捜査は日下統括以下六名で行うこととなり、姫川班は、実質休み同然のC在庁に入った。それが先週の十一月十一日。十五日からは自宅待機のB在庁、本部待機のA在庁は今日十七日が初日なのだが、そこに早くも事件が舞い込んできた、というわけだ。

山内が出ていき、携帯電話だの私物をバッグに収め始めた日野が溜め息をつく。

「まあ……休めた方なのかな、今回は」

B在庁まで入れたら六日。民間企業でいったら、短めのゴールデンウィークくらいはある。

それとなく、日野に視線を送っておく。

「……なんだ。六日じゃ、まだ休み足りねえか」

「中まっちゃんはいいよ。気楽な独身貴族だもん」

「貴族じゃねえ独身もいるんだよ」

「独身ってだけで貴族なの」

「なに言ってんだ。お宅は上手くいってる方だろ。旦那は定年、息子は二人とも立派に自立。これ以上休んでたらボケちまうぞ」

日野がバッグを肩に掛ける。

「あーあ、いっそ早くボケちゃいたい」

確かに。ボケて困るのは本人ではない。その家族だ。

分かってはいたが、五日市署は遠い。霞が関にある警視庁本部庁舎からだと、電車なら確実に一時間半はかかる。

「ちょっと待ってくださいね……ああ、これかな」

小幡が乗り換えの少ないルートを検索した結果、まずは地下鉄、丸ノ内線で四ツ谷駅までいって、そこから中央線に乗り換えるのがよさそうだ、となった。

その丸ノ内線が来たとき、ホームで見たデジタル時計には十四時二十五分と表示されていた。そんな時間だから車内は空いていたが、この分だと向こう着は十六時過ぎになる。五日市署に入って事件の詳細を把握したら、今日はもうそれでお終いかもしれない。

丸ノ内線で隣に座ったのは菊田。他の三人は向かい側に座った。

菊田が中松の、膝に置いたバッグに目を向ける。

「中松さんって荷物、ほんと少ないっすよね」

かれこれ五年も使っている、出張向けのビジネスバッグ。これでも一週間分の着替えはちゃんと入っている。

「風来坊気質とでも言いてえのか」

今や菊田は立派な上司だが、元はといえば大森署時代の後輩だ。知り合ってもう十二年になる。個人的な会話で敬語を使う間柄ではない。

「またそんな……旅慣れてるな、って思っただけですよ」

「デカが荷作りに慣れるほど旅なんかするかよ。着るもんに気ぃ遣わないだけだよ。パンツなんて、一週間替えなくたって平気だしな」

「え、嘘でしょ」

「……嘘だよ、バカ」

四ツ谷で中央線に乗り換えると、今度は姫川と隣合わせになった。

「そういえば中松さんって、いっつも荷物、少なめですよね」

まったく、なんなんだこの二人は。

「そう、ですかね……ま、薄着なんでしょ、他の奴より」

「そっか。薄着なのか」

中松は特に、姫川のことが好きでも嫌いでもない。優秀な捜査官であり、警部補としての実績も申し分ないことは認めるが、同時に、それ以上でも以下でもないと思っている。心理的な距離がある、とでも言おうか。

特に魚釣りに詳しいわけではないが、あえて喩えるとしたら、こういうことだ。

姫川はいつも、安くて短い竿を一本だけ握り締めて、ザブザブと川に入っていってしまう。結果、いつも大物を釣り上げてくるので文句は言えないのだが、まぐれ当たりの感は否(いな)めない。釣りというよりは、手摑(てづか)みで鮭(さけ)を捕まえるヒグマのそれに近い。

かといって日下統括のように、過剰に神経質なのもどうかと思う。竿はこれ、リールはこのタイプ、ルアーはこのメーカーのこれでなければ駄目だ、川の流れ、季節、天候、風向きまで考え合わせると、ここで釣るのが最も効率的という結論にならざるを得ない——これもまた文句のつけようがない捜査官、上司であるのは間違いないのだが、どうにも共感はできない。柔軟性、弾力性、臨機応変。そういうものも持ち合わせてはいるのかもしれないが、やはり心理的に距離を覚える存在ではある。

彼らと比べると、よく知った仲というのもあるが、やはり菊田には安心感を覚える。

糸を垂らして、じっくりと待つ。天気も風も感じながら、ときには笑みを浮かべながら、魚がかかった瞬間の手応(てごた)えを楽しむ「心の余白」がある。別に犯人逮捕を楽しんでいるという意味ではない。捜査の現場に入っても、日常の感情を置き去りにしない、普段の自分を維持したまま事に当たれる、そういう「柳の枝のしなやかさ」みたいなものがある、という意味だ。よって心理的距離感はない。

むろん、姫川には姫川の「普段」がある。それは部下として、日頃から接してきたので分かる。だがそれが、捜査の現場に出ると、途端に消え失せるように感じる。それが中松には、怖いというか、不気味というか、とにかく尊敬にまで至らない「壁」になっている気がしてならない。

ふいに姫川がこっちを向く。

「そういえば、お父さまのお加減、いかがですか。一度入院されて、退院されたのは伺いましたけど」

こういう、年相応の女性らしい気遣いもするのに。不思議な女だ。

「ああ……もう、ちょっと認知症の方が、だいぶ進んできてまして。先月、ですかね。施設に入る手続きはしてきたんですが、まだ空きがないみたいで……そんなこんなも全部、兄夫婦がやってくれてるんで。自分は何も」

姫川が、綺麗に整えた眉をわずかにひそめる。

「そう、でしたか……なんにしても、大変ですよね。両親のことは、私もちゃんと考えないと、とは思ってるんですけど」

これは意外だ。

「主任とこのご両親は、まだ、そんな心配をするようなお歳じゃないでしょう」

「今のところは、大丈夫そうですけど。でも若年性っていうのもありますし、父はもう定年を迎えてますし。妹は、そんなに遠くはないんですけど、もうだいぶ前に嫁いでるんで……」

どうやら、余計なことを訊いてしまったらしい。

五日市線に乗り換える、拝島駅まではあといくつだ。

五日市署に着いたのが十六時十分。

三階の会議室に上がるよう指示され、入ってみると、すでに二十名ほどの捜査員が会議テーブルに着いていた。内訳は分からないが、五日市署に加え、隣接する青梅署、福生署、八王子署、高尾署から集めてきた捜査経験者と思われる。特別捜査本部の眺めとしてはやや物足りないが、現状は殺人ではなく死体遺棄だというから、ことによったら、他署への応援要請も控えめだったのかもしれない。あるいは今後、補充の予定があるのか。

姫川を先頭に上座手前の席まで進む。左ブロックの最前列に姫川と菊田が座り、二列目に日野と中松、三列目に小幡が座る。小幡の隣は空席だ。

まもなく、五日市署長を始めとする特捜幹部も入室し、一団が上座に並ぶのを待って、山内係長がマイクを握る。

「気をつけ」

一斉に起立。

「敬礼……休め」

全員が着席すると、山内はなんの前置きもなく手元の書類に目を落とし、事案の説明を始めた。

「本件、『西多摩郡日の出町死体遺棄事件』は、昨日十六日、午前十一時二十分、死体発見現場、大字大久野六五※※の隣に住む、ニシマツメイコ、三十五歳の、隣家で人が死んでいるとの通報から、認知するに至った」

捜査員に配られている資料には【西松明子】とある。「明子」と書いて「メイコ」と読ませるのか。珍しい。

「まず、本署地域課係員、清田育人巡査長が、同所住人、唐川由紀夫の、縁側の梁に作業用ロープを掛けて縊頸した死体を現認。死体は同所敷地内に入れば、家屋の外からでも見える位置にぶら下がっていた」

資料写真を見る限り、唐川宅はかなり古い木造家屋のようだ。その縁側の梁にロープを掛けての、いわば首吊り。今のところ死体遺棄事件ではなく、単なる自殺のように聞こえるが、首吊り自殺に偽装した他殺の疑いがある、ということだろうか。

運転免許証のものであろう、唐川由紀夫の顔写真。長くボサボサの黒髪、細長く肌色の悪い顔、半開きの淀んだ目つき。この男の体が、梁からぶら下がっていたわけだ。この細っこい首にロープを巻き付けて。

山内が続ける。

「通報者、西松明子は十日ほど前、唐川宅から異臭がすることに気づき、それについて是正するよう唐川由紀夫に申し入れた。その際、唐川は生ゴミを溜めてしまった、すぐに片づけると約束したが、その後も異臭は収まらず、西松は数回にわたり抗議に出向いた。唐川の死体を発見したのも、同宅を訪ね、同様の抗議をするのが目的だった」

とはいえ、唐川宅は異臭がするほどのゴミ屋敷には見えない。むしろ、縁側周りは空き家かと思うくらい片づいている。

「清田巡査長の要請を受け、本署刑事生活安全組織犯罪対策課、係員三名が臨場、現場内を捜索したところ、西松明子が訴えた異臭の原因は台所にあると特定し、特に臭気の強かった床下収納のフタを上げたところ、四肢を折り畳んだ状態の、女性の腐乱死体を発見するに至った」

なるほど。自殺と見られる死体とは別に、遺棄された死体がもう一つあったわけか。

「検視によると、女性は五十代から七十代。腐敗等による損壊がかなり進んでいるため、死因は現在のところ不明。死亡時期は数週間前と見られる。司法解剖の結果は明日以降になる。続いて、死亡した唐川由紀夫について」

姫川が、隣にいる菊田に何事か耳打ちする。その横顔には、明らかな興奮の色が見て取れる。菊田も小声でひと言返す。菊田は眉をひそめていたが、理由は分からない。数秒、数センチの距離で二人が目を見合わせる。男同士でも、女同士でもおそらくしないであろうやり取りに見えた。

「年齢、四十二歳。発見現場である家屋は、土地共に唐川由紀夫の名義になっている。唐川は六年前に結婚、直後、妻と二人で同所に入居したが、二年半前に離婚、以後は同所で一人暮らしだったと見られている。西松によると、唐川は周辺に何ヶ所か農地を持っており、結婚当初は二人で畑に出る姿をよく見かけたものの、ここ数年は唐川一人がたまに手入れをする程度で、この一年ほどはそれも見られなくなっていたという」

床下の死体は元妻か、と疑ったがそうではなかった。

「唐川の元妻、播田千春（はりたちはる）、三十八歳は現在、神奈川県厚木（あつぎ）市に住んでおり、連絡はついている。唐川とは離婚後、連絡をとり合っておらず、最近何をしていたかは全く分からないということだった」

元妻は存命で四十前。腐乱死体は五十代から七十代。そもそも年齢が合わないわけか。

さらに現場検証等の報告まで終え、捜査員の割り振りが発表された。

「鑑取り（かんど）一組、捜査一課、姫川玲子主任、五日市署、ナツメヨウスケ担当係長。同じく二組、捜査一課、菊田和男主任、五日市署、ヨシモトケンジ担当係長。同じく三組、捜査一課、日野利美巡査部長、五日市署、シマナカアキヒコ主任……」

この人数からすると、唐川由紀夫の人間関係を洗う「鑑取り」はこの辺までだろう。おそらく自分は地取り担当だ。

「次……地取り一区、捜査一課、中松信哉巡査部長、五日市署、イマニシエリカ巡査長」

今回の相方は女性か。性別だけで能力の有無を決めつける気は毛頭ないが、常にセクハラだのパワハラだのを気にしながら会話しなければならない相手だとしたら、少々気が重い。いっそ日野くらい明け透けな性格で、かつ年上ならいい。姫川みたいなタイプだと厄介だが、姫川自身は上司なので、しかも職務上はケチのつけようがないので、逆にこっちの失言の可能性は低い。

面倒なのはまだ「女の子」気分が抜けない、若い奴だ。

「……よろしく、お願いいたします。五日市署、盗犯係の今西です」

こういうタイプだ。

姫川は会議が終わるや否や上座に駆け寄り、今泉管理官と山内係長を捕まえて何やら話し込んでいた。さほど険悪な雰囲気ではないので、おそらく自身の筋読みを捜査方針に反映させようと、ある種の「工作」を仕掛けているのだろう。

それを突っ立ったまま見守っている、菊田に訊いてみる。

「……姫川主任、どうした」

菊田が「ああ」と事もなげにこっちを向く。

「なんか、また閃いたみたいです」

「そういや、会議中にもコソコソ、二人でやってたな」

「コソコソって……いや、主任は思いついたこと、すぐ口に出すんで。まあ大体、ギョッとするようなことばっかりですけど」

それに菊田は、眉をひそめていたわけだ。

「今回はなんだって」

「腐乱死体は、由紀夫の母親じゃないかって」

推定年齢だけで言ったら、その可能性は充分あり得るが。

「母親ねぇ……その根拠をお前に尋ねるのは、やっぱり野暮かね」

「いや、別にいいですけど」

「じゃ、聞かせてくれよ」

「はあ……なんか、唐川由紀夫の顔写真が、マザコンっぽいって」

歳が五十近くにもなると、ふとしたとき、自分の唾で噎せることがある。特に、驚いたりするとなりやすい。

「ンぐッ……」

これが、けっこう苦しい。

「大丈夫ですか、中松さん」

背中をさすろうとする菊田の手を、いいから、と押し戻す。

「冗談だろ、おい……んっ……それが、死体を……母親じゃないかと疑った、根拠だって言うのか」

「一般論に照らして、それを『根拠』と言うかどうかは、俺も疑問ですけど。幸か不幸か、日下さんがいないですからね、今回は。主任も上に言いやすいんでしょう」

上座中央にいるのは、姫川の後見人ともいうべき今泉管理官だ。彼はまもなく捜査一課管理官の任期を終える。異動を目前に控えた彼が置き土産代わりに、姫川の案を採用して捜査方針を微調整する、などということが、あるのかないのか。

「……仮に、だよ。床下のアレが母親だったとして、姫川主任は、その動機はなんだって言ってんだ」

「そこまでは、別に言ってないですけど」

おいおい。

「別に、ってなんだよ。主任は少なくとも、由紀夫が母親を殺したと、そう見てるわけだろう」

「いや、どうでしょう。俺が聞いたのは、由紀夫の上唇が、妙にマザコンっぽいと。だから……まあ要するに、母親の死体を後生(ごしょう)大事に、床下に隠していたのではないかと、それだけです」

今のところ、唐川由紀夫はマル被（被疑者）ですらないが、仮にそうだったとして、その上唇が「マザコンっぽい」などという偏見だけで、死体は母親ではないかなどという、そんな筋読みが通るものだろうか。写真を見る限り、確かに「ひょろっとした優男(やさおとこ)」的な印象は中松も持ったが。

ところが、その可能性が実際に出てきた。

翌日、実りのない地取りを終え——地取りといっても、何しろ田舎(いなか)なので担当範囲がやたらと広い。

中松の組の受け持ちが、唐川宅から都道二五一号に沿って南東に二キロ、小幡の組が北西に二キロ。都内とはいえ、ここまで田舎だと辺りを見回してもまず人の姿はない。建物も少ない。ようやく民家を見つけても、そこに直接行けるとは限らない。家が斜面の上の方にあれば、長い長い迂回路を延々上っていかなければならない。

「中松さん、もうひと頑張りです」

「……分かってるよ」

しかも、ようやくたどり着いてみたら留守。そんなことの繰り返しだった一日を終え、五日市署の特捜に戻ってみたら、これだ。

早めに戻っていた菊田が、苦笑いしながら近づいてくる。

「まだ、決まりってわけじゃないですけどね……由紀夫の母親、先月辺りから、行方不明らしいです」

席順は今朝から、左ブロック最前列が姫川組、右ブロックが菊田組、左二列目が日野組、右二列目が中松組、日野組の後ろに小幡組となっている。

菊田の声に反応したか、姫川が座ったままこっちを振り返り、ニヤリとしてみせる。

「母親は八年前に再婚して……っていったって、六十一のときですよ。六十過ぎて再婚して、唐川から籍を抜いてるんです。その母親が行方不明……幸い、死体はDNA鑑定も充分可能な鮮度ですから、明日の今頃には答えも出てるでしょう」

DNA鑑定も充分可能な「状態」と言えば済むところを、わざわざ「鮮度」と表現するところに、この姫川玲子という人間特有の死生観が表われているように、中松は思う。

「そう、ですか……」

中松は自分の席に着き、資料の、腐乱死体の写真があるページを開いた。

床下収納から取り出され、ブルーシートを敷いた上に置かれたそれは、なおも下肢を抱え込んだ体勢で固まっている。

裸身ではない。着衣はちゃんとある。上半身は長袖のニット、下半身はタイトめのスカート、脚はストッキングを穿いている。ただし、どれも元の色は分からない。皮膚や脂肪といった軟部組織が融解し、泥状になって衣類に染み込んでいるため、全体が茶褐色の斑模様になっている。それでも、これが元の色かも、という部分が全くないわけではない。それぞれ裾の辺りに、僅かに変色を免れたような個所がある。そこから、ニットは明るめのグレー、スカートはオフホワイトだったのではないか、という推測はできる。ストッキングは黒か。

このファッションセンス。唐川由紀夫の母親世代にしては若いように思うが、同性の目にはどう映るだろう。

意見を求めようと隣を見たが、どうも、それどころではなさそうだった。

今西エリカ巡査長は、軽く握った拳で口元を押さえ、目を逸らしている。

「おい、どうした」

「……いえ」

資料写真を指で示す。

「こういうの、初めてか」

「……はい」

「確か君も、現場、行ったんだったよな」

「……はい」

「臭い、キツかったろ」

腐った肉と内臓、漏れ出た糞尿、黴。

そういう臭いの、フルオーケストラ。

「……いえ、大丈夫……です」

その返事とは裏腹に、明らかに喉元まで何かが込み上げてきているのが分かる。だが今西は、そこで意外な根性を見せた。ゴクリと飲み下し、その「何か」を胃の方に押し戻してみせた。

ここは、優しい言葉の一つもかけておくべきか。

「あんまり無理しなくていいぞ。数こなせば、嫌でもそのうち慣れるから」

「はい……ありがとう、ございます」

数分すると、五日市署長、同署刑生組対（刑事生活安全組織犯罪対策）課長、山内係長が会議室に入ってきた。今泉管理官は、今日は欠席らしい。

「……では、本日の捜査会議を始める」

冒頭は、山内係長の報告からだ。

「死亡女性の、司法解剖結果について報告する。骨盤、左大腿骨の骨折、頸椎その他にも激しい損傷が見られるが、直接の死因は右側頭部を強打したことによる脳挫滅。死亡時期は、発見の二週間から三週間前と見られる」

ということは、先月の終わりか今月の初め頃か。

それにしても、全身に損傷を負った上に脳挫滅とは悲惨な最期だ。鈍器で滅多打ちにされた挙句、側頭部にもガツンと喰らった、ということだろうか。もし死体が母親で、殺ったのが由紀夫だとしたら、一体どういう親子関係だったのだろう。

「これについては別途、報告がある……姫川」

「はい」

その返事、立ち方、立ち姿。まさに優等生。

「本日は唐川由紀夫の鑑を当たりました。そこからの報告です……今現在、唐川由紀夫に戸籍上の家族はおりません。妻とは離婚、父親は十六年前に死去、兄弟姉妹はいません。

母親は八年前に再婚、唐川から籍を抜き、現在はアマノタカコとなっています。天国の『テン』に野原の『ノ』、親孝行の『コウ』の字に、子供の『コ』、天野孝子、六十九歳。埼玉県入間市在住です……しかし、孝子は先月頃から行方不明になっています。それだけでなく、夫の天野ユキヒサは交通事故で死亡していることが分かりました。行人偏に正しいの『セイ』に久しい、で『征久』、天野征久、死亡時七十五歳。事故は先月、十月二十九日水曜日、午後三時頃です」

まさに先月末。女性腐乱死体の死亡時期と重なる。複数個所の骨折と脳挫滅という激しい損傷具合も、交通事故によるものと考えれば納得はいく。

仮に、天野孝子は夫と共に交通事故に遭い、死亡したのだとする。しかしその死体が、なぜ実の息子宅の床下に遺棄されていた？　しかも唐川由紀夫は、その死体を三週間近くも床下収納に保管し続けたのち、首吊り自殺を図ったと見られている。

姫川が続ける。

「事故現場は青梅市森下町ですので、詳しい事故状況については明日、青梅署で確認してきます。本日は以上です」

姫川が座り、手元の資料に目を戻すと、隣にいる今西の顔が視界に入ってきた。司法解剖の結果だの交通事故死だのと続けざまに聞かされ、また気分を悪くしているかと思いきや、これが全くの逆だった。
妙に目を輝かせ、口を真一文字に結んで、姫川の背中を見つめている。
なんだ。たったあれしきで、もう憧れちまったのか。

姫川は日頃、会議が終わっても署が用意した弁当や飲み物には手を付けず、わざわざ外に出て食事をすることが多い。それにはたいてい、菊田と小幡がお供する。だが、五日市署の近所には手頃な飲食店が見つからなかったのだろう。姫川は昨日も今日も大人しく、他の捜査員と同じ弁当を食べている。

そうなれば周りの者もなんとなく寄っていき、捜査会議の続きのような雑談をしながら、飲み食いすることになる。むしろこの方が、特捜の会議後の風景としては普通だ。

小幡は、二つ後ろの席からでも遠慮なく話しかける。

「……姫川主任、昨日の段階で、腐乱死体は母親って言い当ててたって、ほんとっすか」

姫川は、弁当の横に広げた捜査資料に目を落としながら、「まあね」と缶ビールに手を伸ばした。特別、得意になっているふうはない。彼女にしてみれば、それこそごく普通のことなのだろう。

だが、小幡にとっては違う。

「その根拠は」

「……ない。なんとなく」

「菊田さんから、マザコンがどうとか」

「さあ、なんのことかしら」

「なんで惚けるんすか」

「小幡、ご飯粒ついてるよ」

小幡が「えっ」と頬を撫でている間に、日野が割り込んでくる。

「DNA鑑定の結果を待って、明後日辺りから、諸々組替えって感じですか。地取りったって、唐川は近所との付き合いもほとんどなかったようですし、ネタ取れる見込みは薄いでしょう」

姫川が頷いてみせる。

「いっそもう、明日からでいいと思ってる、あたしは。地取りは小幡組に任せてさ、中松さんとこはウチと一緒に、青梅署に行ってもらうことになると思う。係長にもさっき、そう頼んどいた。菊田は天野征久、日野さんは播田千春かな」

また小幡が「えっ」と漏らす。

「地取り、ウチの組だけですか」

「しょうがないでしょ。今の段階で地取り空っぽってわけにはいかないんだから。誰かがやらなきゃ」

「そんなこと言ったって、滅茶苦茶広いんですよ、今回のエリア」

姫川が「フンッ」と鼻息を噴く。

「何も、新宿歌舞伎町を二人で当たり尽くせって言ってんじゃないんだから。広いは広いだろうけど、そんなに軒数があるわけじゃないんだから、大丈夫よ」

「いやいや、隣までが遠いんですって」

「じゃ、自転車でも借りてけばいいじゃない」

「っていうか俺、ご飯粒ついてましたか」

「ああ、あたしの見間違いかも。ごめんね」

菊田が、プッ、と噴き出したついでのように入ってくる。

「しかし……アレが主任の読み通り、母親の天野孝子だとして、それを床下収納に遺棄したのが由紀夫だとしたら、ですよ。なんで由紀夫は、そんなことしたんでしょうね。隣の奥さんから、毎日のようにクサいクサい言われてんのに」

日野が「由紀夫、鼻が悪くて臭いが分かんなかったとか」と呟いたが、それには誰も反応しなかった。

姫川の、弁当の横に広げられた資料ファイル。彼女がさっきから熱心に見ているのは、おそらく腐乱死体の写真だ。それも発見現場で撮影されたものではない。大学病院で司法解剖される直前の、着衣を剝がした状態のそれだ。

姫川は、そこから目を上げもしない。

「さあね……なんか、馬鹿な勘違いでもしたんじゃないの」

その「勘違い」について聞きたいのはみな同じだったと思うが、あいにくそこに、山内係長が入ってきてしまった。

「姫川主任、ちょっといいですか」

「あ、はい」

姫川は、サッとファイルを閉じて抱え、立ち上がった。

日野が姫川の、食べかけの弁当を指差す。

「主任、どうしますこれ、とっときます？」

「ああ……あんまり戻ってこないようだったら、片づけちゃってください。すみません」

「了解です」

山内と姫川が会議室を出ていくと、隣にいた今西がぐっと肩を寄せてきた。

「……姫川主任って、凄いですね」

そう思っているだろうことは分かっていたが、今のくだりのどこでそう思ったのかは、中松には分からない。

「何が。どんなところが」

「だって、お弁当食べながら、あんな写真見れちゃうなんて」

そこか。

「あの人は……ああいうの、全然平気だから。司法解剖なんて、大学が近かったら、私が立会いますって、わざわざ自分から手ぇ挙げるしな。マル害の死体は、できるだけ生で見たいんだって。監察医務院とも仲いいし。実際、法医学には詳しいよ」

今西が「へえ」と深く頷く。

「それも、慣れですか」

「どうかね。慣れとは、ちょっと違うのかもな」

「中松さんはどうなんですか」

「俺は別に、見たくはねえけど」

「ですよね」

一つ頷いてみせ、中松は缶ビールの残りを飲み干した。

それでもまだ、今西の箸は止まったままだ。

「でもなんか……姫川主任は、事件の先が読めてる感じでしたね」

「ああ、そんな様子だったな」

「中松さんは、どうですか」

それを訊くか。

「……俺には、まださっぱり分からん。筋読みしようにも、材料が少な過ぎる」

そういう点では、姫川は確かに上手い。同時にそれは「ズルい」という意味でもある。最初に「腐乱死体は母親」と発言したのがそうだ。要は「言ったもん勝ち」なわけだが、言わなければ勝つこともできないので、そこは彼女の強さと認めざるを得ない。外したときのリスクを承知の上で先手を打つ。そういう場面で、姫川は決して躊躇したりしない。

だが「馬鹿な勘違い」については、少し違うと思う。姫川は今日の鑑取り捜査で、何かを摑んだのではないか。再婚し、唐川から籍を抜いた母親、孝子は行方不明。その再婚相手、天野征久は先月末に事故死。それ以外の何か、それ以上の何かだ。

姫川の握っている材料。

それは明日、青梅署に行けば分かることなのだろうか。

五日市署から青梅署までは、タクシーで三十分ほどの距離だった。

到着は午前十時四十分。応対に出てきたのは交通課の担当係長だ。

「交通捜査係の、鴨原です」

「捜査一課の姫川です。よろしくお願いいたします」

「中松です。よろしくお願いします」

「五日市署の夏目です」

「同じく今西です」

小さめの会議室に資料を運び込み、鴨原には、それらに目を通しながら話を聞くことにした。

事故現場は、青梅市森下町の市街地から都道五三号、小曽木街道に入って七百メートルほど北上した地点。そのまま抜けていくと青梅市黒沢、その先は埼玉県飯能市になる。写真で見る限り、事故現場は唐川宅周辺に勝るとも劣らない山の中だ。道の片側は竹藪、反対側は雑木林になっている。

片側一車線、対向二車線、大きくカーブした個所での単独事故。天野征久はハンドル操作を誤ったか、まず竹藪とを隔てるガードレールに接触し、さらに反対車線の擁壁に激突した状態で停止。征久は全身を強く打ったと見られ、通報を受けた地元消防団と青梅署員が現着したときには、すでに心肺停止状態だった。

車種はアストンマーティンDB5、黒のオープンカータイプ。年式までは分からないが、かなりのヴィンテージであるように、中松には見えた。それが無惨にも、山道の擁壁に打ち付けられ大破している。アストンマーティンDB5は、クラシックカー好きには非常に人気のある車種だ。軽はずみなことは言えないが、このタイプだとおそらく、億を下回る価格で取引されることはないと思う。

姫川が訊く。

「車はこれ、どっちから来たんでしょう」

「この状態は、大きく二回ぶつかって、反転した恰好になります。ですから、車はこの手前方向、森下町市街地から北上してきて、この左カーブに差し掛かったものと考えて、間違いないでしょう」

「カーナビゲーションの履歴などは」

思わず、中松は噴き出しそうになったが、堪えた。普通、こういう趣味性の強い車にカーナビなんぞは付けない。

果たして、鴨原の答えもそうだった。

「いや、そういったものは、搭載されていませんでしたので」

「ということは、この車がどこから来たかは、分からないと」

「そうですね。ごく、単純な単独事故でしたので、わざわざNシステムで検索することもしませんでしたし。どこから来たのかまでは、こちらでは把握しておりません」

「分かりました……」

姫川は携帯電話を構え、何やら入力し始めた。

埼玉県入間市大字仏子（ぶし）一二▲▲。調書に記載されている、天野征久の自宅住所だ。続けて、唐川由紀夫宅の住所も打ち込む。地図アプリを使って、唐川宅と天野宅を行き来するルートを調べるつもりらしい。つまりこの日、天野征久は唐川宅を訪ね、その帰りに事故を起こしたのでは、と姫川は仮定したわけだ。同じことは中松も、昨日から考えていた。

検索結果として出てきたルートは、三つ。確かに、唐川宅から北上し、小曽木街道を通って埼玉に抜けていくルートも、選択肢の中にはあった。しかしそれは、お勧めでいったら三番目だ。一番目は圏央道（けんおうどう）（首都圏中央連絡自動車道）を使うルート。唐川宅からだと、やや南を大回りしていくことになるが、有料道路を通るため、所要時間は一番短く済む。次は秋川（あきかわ）街道を使って、北東に真っ直ぐ行くルート。最短距離を行くため、一般道で帰るならこのルートが最も効率がいい。

しかし天野征久が選択したのは、小曽木街道ルートだった。これはどういうことだろう。距離も時間もかかるルートを、あえて選んだ理由は何か。どこかに寄る予定でもあったのか。

あるいは事故当日、天野征久は、唐川宅を訪ねたのではなかった、ということなのか。

青梅署での調べ物は午前中で終了。

「ありがとうございました」

「失礼します」

署の玄関を出たところで、姫川はいきなり電話をし始めた。

「……あ、姫川です、お疲れさまです。あの、ちょっとお願いがあるんですけど、いいですか……先月、十月の二十九日なんですが、日の出町大字大久野の辺りで、工事とか事故とか、道が通れなくなるようなことはなかったか、調べていただきたいんですけど」

姫川は、十月二十九日は圏央道や秋川街道に向かうルートが使えなかった、だから天野征久は、仕方なく小曽木街道ルートで帰ろうとした、と仮定したわけか。

いったん切り、またすぐ別のところにかける。さっきのは特捜のデスクだろうが、今度は誰だ。

「……ああ、お疲れ。あのさ、由紀夫って車持ってたよね。それ、ちょっと確認……分かってるわよ、今すぐ見ろなんて言ってないでしょ。あとでもいいから見にいってよ……じゃタクシーでもなんでも好きに呼べばいいでしょ……ああ、窓越しでいいから、ナビが付いてるかどうか、確認してほしいんだ……そうね、デスクに連絡して、令状とってもらえると助かる。ナビの履歴を確認したいの。そこまで……そうね。それでいい……大丈夫よ。余計な心配しなくていい。じゃ」

　相手は小幡だったか。

　一つ訊いておこう。

「主任」

「はい、なんでしょ」

「確認なんですが。いま主任は、何を考えてるんですか」

　姫川がこっちに正面を向ける。女性にしては背が高いので、目線はほぼ同じ高さにある。

「何って、そんな大したことじゃ、ないですけど……要するに十月二十九日、天野征久は唐川由紀夫宅を訪ねた。むろん、孝子も一緒だった。関係が円満だったら、それもありでしょ。今の亭主を連れて、実の息子に会いにいくくらい、そんなに変なことじゃない。でもその帰り道、征久はなんらかの理由で圏央道でも秋川街道でもなく、小曽木街道から自宅に帰ろうとし、事故に遭った。征久と孝子は死亡、由紀夫は孝子の死体だけを現場から持ち去り、自宅の床下収納に遺棄した……ってことだと、思うんですけど」

天野征久が小曽木街道を通るところまではその通りだろうが、そのあとだ。なぜ由紀夫が事故現場におり、なぜそこから孝子の死体だけを持ち去ったのか。そもそも事故死したのが二名だったら、一方が持ち去られていたにせよ、なぜ青梅署交通課はそのことに気づかなかったのか。車内の打痕や血痕を調べれば、死者が二名いたことくらい普通に分かったはずだ。

だが、それについて姫川に尋ねる暇はなかった。

「あ、一つ言い忘れてた。押収品(おうしゅうひん)目録だ……」

また携帯電話を構える。

もう一度デスクにかけるらしい。

青梅警察署近くのファストフード店で昼食を摂(と)り、再びタクシーで、今度は天野征久の事故現場に向かった。

姫川が後部座席から手を伸ばす。

「えっと……そこ、そのカーブのところで降ります」

運転手は、驚きながらも慎重にブレーキを踏み込んだ。

「ここで、いいんですか」

「はい、けっこうです。おいくらですか」

周囲には何もない、山の中の曲がりくねった道だ。仮に、見るからに生気のない女が一人、ここで降ろしてくれと言ったら自殺か何かを疑うべきだろうが、実際は人一倍元気そうな三十代と二十代の女性、さらに中年男が二人も付き従っているのだから、運転手も心配なしと思ったことだろう。

四人を降ろし、走り出したタクシーはカーブを曲がると、すぐに見えなくなった。この先、客の拾えるような市街地まではかなり距離がある。商売を考えるならここでUターンし、旧青梅街道辺りまで戻った方がいいのに、などというのは余計なお世話か。

姫川は、ふんふんと頷きながらあちこちを指差し確認している。

今西が、中松の方を向いて眉をひそめる。

「……姫川主任って、いつもこんな感じなんですか」

「いや、どうなんだろう」

そもそも、中松が姫川と現場を回ること自体が珍しいので、こういうときの様子がどうだかはよく知らない。中松が知っているのは、むしろ捜査会議での姫川だ。わざとボタンを掛け違えたような、微妙に論点をずらした話法で周囲を煙に巻き、自分に最も都合のいいタイミングで決定打となるカードを切ってみせる。その決定打のインパクトが凄まじいので、その場ではみんな、なんとなく納得させられてしまうが、あとから考えると、捜査過程にはよく分からないところがある。それでも「結果よければ全てよし」で押し通す。大雑把に言ったら、中松の抱く「姫川像」とはそういうものだ。

姫川が確認しているのは、事故の瞬間の、天野征久の車の動きだろう。今も、竹藪側のガードレールは補修もされず大きく折れ曲がっているし、雑木林側の、丸石を積み上げたような擁壁には巨大な引っ掻き疵が水平に残っている。

「……中松さん」

姫川の目は、竹藪に向けられたままだ。

「はい」

「征久の車って、どっちハンドル？」

「イギリス車ですから、右ハンドルです」

「間違いない？」

「アメリカ向けの左ハンドルとかも、ひょっとしたらあるのかもしれませんが、わざわざそれを買う日本人はいないでしょう」

それこそ、青梅署でコピーしてもらった写真を見れば分かるだろう、と思って覗き込んだが、なるほど。フロントガラスがグシャグシャに割れているので、ハンドルの左右は、少なくともその写真からは判別できない。

姫川が、ファイルのページを乱暴に捲り始める。

手を止めたのは、またしても腐乱死体のページ。しかしもう一枚捲って、死体から剝がした衣類の写真を出す。

それと、竹藪を見比べる。

「……あそこに、ガガガッ、といって、グンッ……で、ゴーン」

自身の右手を車に見立て、事故車の動きを再現してみせる。

かなり簡略化してはいたが、イメージ的にはそういう事故だったと思って間違いない。

いや、待て。ああ、なるほど、そうか——。

そう思った瞬間の顔を、姫川に見られてしまった。

姫川が、ニヤリと意地悪そうに片頰を持ち上げる。

「……ということだと、あたしは思うんですけど」

「はい。同感です」

「じゃ、デスクに連絡してもらえます？」

「はい。青梅署に断わりを入れて、五日市署の鑑識をここに入れる、ということですね」

「そうです。よろしくお願いします」

いやはや、恐れ入った。

到着した五日市署の鑑識係員に、姫川が細かく指示を出す。

「……なんらかの理由で、ハンドル操作を誤って、まず、このガードレールに、車体をガーン、ガガガガッ、といったとされています。なので、角度的にはこう、ですよね。で、オープンカーですから、ぽーんと、助手席から放り出されて、ガードレールを越えて、向こうに落ちたんではないかと」

鑑識の担当係長が訊く。

「その事故自体は、いつなんでしたっけ」

「ちょうど三週間前です」

「出ますかねぇ……繊維片なんて」

姫川が、押しつけるようにしてファイルの写真を見せる。

「でもほら、こういう傷、こっちは生活反応なしですけど、ここと かここ、これもほら、生活反応があるの、見て分かるでしょ」

「……ええ、確かに」

「で、生活反応のある傷ってことは、事故の瞬間にできた傷ですから、死体のこれとね、照らし合わせると……こっちがほら、破けてるじゃないですか。ここも、ここもここも、あとここも」

姫川の読みはこうらしい。

天野夫妻は唐川宅を訪ね、帰りはなんらかの事情で、小曽木街道経由ということになった。しかし通ったことのない道なので、しかも自車にはナビがないので、不安を覚えた征久は由紀夫に道案内を頼んだ。あるいは由紀夫が進んで案内役を買って出たのかもしれない。

そして、事故は起こった。由紀夫の車の真後ろで。

由紀夫は少し先で車を停め、征久の車まで駆け戻った。征久は見るからに死亡している。母親は、孝子は——助手席にその姿はない。車はオープンカー。車外に放り出された可能性に思い至った由紀夫は、周辺を捜した。すると、孝子の姿は最初にぶつかったガードレールを越え、竹藪に落ち込んでいた。

姫川は鑑識に、この筋読みを成立させるための証拠を探せというわけだ。竹藪から、孝子の衣類の繊維片を見つけ出してくれと言っているのだ。

作業は二時間に及んだ。

現場からは数種類の繊維片が採取されたが、何しろ事故から三週間が経っているので、こちらも雨や土に汚れている。孝子の着衣と同じものかどうかは、見ただけでは分からない。

姫川が、鑑識の担当係長に頭を下げる。

「お疲れさまでした。ありがとうございました。では至急、科捜研に……」

科学捜査研究所は警視庁刑事部の附置機関。所在地はむろん、霞が関だ。

担当係長がかぶりを振る。

「いえ、これくらいの鑑定でしたら、本署でも充分可能です。それに、この件はそもそも、我々五日市署の事件です。今日採取した繊維片と、腐乱死体の着衣に使われているものが一致すれば、例の死体遺棄事件は、大きく解決に近づくんですよね？」

「そのように、私は考えています」

「でしたら、なおさら私たちにやらせてください。早ければ、夜の会議までに結果をお伝えすることも、できるかと思います」

担当係長は宣言通り、捜査会議までに繊維片の鑑定結果を持ってきた。

「姫川主任、こちらになります。これと、これが上衣(じょうい)の、ニットの繊維と一致。これ、これ、とこれが下衣(かい)の、スカートと一致。これがストッキングと一致しました」

「ありがとうございました。助かります」

その結果を受けて始まった、夜の捜査会議。

冒頭に、山内係長から報告があった。

「DNA鑑定の結果が出た。唐川由紀夫と、発見された死体の女性が親子である可能性は、九十九パーセント以上。よって遺棄された死体は天野孝子であると考えられる……では報告、菊田主任」

「はい」

目の前の菊田に立たれると、急に手元が暗くなる。

「こちらは、天野孝子の夫、征久について調べてきました。征久は十月二十九日、死亡が確認されており、その身寄りは現状、妻孝子の他にはありません。しかし、孝子は行方不明。専業主婦だったため、いつから行方不明なのかも分かっていませんでした。征久に財産管理を任されている弁護士は、遺産を相続させようにも、唯一の身内である孝子の行方が分からず、困っている様子でした。征久は三年前まで、自身で立ち上げたスキンケア化粧品を販売する会社の代表取締役をしており、総資産は約十七億円。現在も、相続に関しては保留になっています」

アストンマーティンを乗り回すような男だから、それなりの資産家だろうと思ってはいたが、十七億円とは想定外だ。

次に指名されたのは日野だった。

「ええ、本日は、由紀夫の元妻、播田千春に、話を聴いて参りました……播田千春は結婚前まで、代々木のマッサージ店に勤務しており、客として出入りしていた由紀夫と同店で知り合い、交際を開始、六年前に結婚、現住所に入居……由紀夫は結婚の際、二人で郊外に家を買おう、自給自足の、のんびりした田舎暮らしをしよう、と言っていたが、由紀夫には特に農業経験があるわけではなく、かといって探求心があるわけでもなかった……そうです」

あの風体では確かに、自給自足で逞しく生きていくのは無理だろう、との想像は容易い。結果論ではあるが。

「生活が行き詰まってくると、由紀夫は……実母、孝子の再婚相手が資産家だから、その遺産がいずれ俺のところに転がり込んでくるからと、そればかりを言うようになった。しかし播田にしてみれば、問題は目の前の生活苦であって、将来遺産が転がり込んでくる可能性なんてものは、生活の、なんの足しにもならないと。しかも、天野夫妻はたびたび唐川宅を訪れており、見たところ……まあ、言い方は悪いですが、と播田千春は断わった上で、二人とも、そんなにすぐ死ぬようには見えなかった、征久に至っては、七十代半ばにしてはむしろ元気溌剌として見えた、と。結局、由紀夫が自力で生活を立て直す様子はなく、愛想が尽きた播田は自分から離婚を切り出した……ということのようです」

日野に続いて指名を受けたのは、小幡。現場周辺での聞き込みに収穫はなかったとしながらも、なぜか意気揚々としているのが滑稽ではある。

「唐川由紀夫の所持する車両、日産マーチの、カーナビの履歴を調べたところ、十月二十九日、十四時二十二分、天野宅住所である、埼玉県入間市大字仏子一二▲▲を目的地と設定し、唐川宅を出発していることが分かりました。これにより、天野征久の死亡事故当時、唐川由紀夫は事故現場まで同行していたものと考えて、間違いないと思われます」

これに、補足があると手を挙げたのは特命担当の青梅署員。

「天野征久のアストンマーティン、唐川由紀夫のマーチ、両車両のナンバーを検索したところ、二台が青梅坂下の自動読取機地点を相次いで通過していることが分かりました。先に唐川のマーチ、続いて天野のアストンマーティン、という順番です。また同日、十二時三十分頃、都道三一号、都道二五一号が交わる坂本交差点にて衝突事故が発生しており、唐川宅付近にまで及ぶ大渋滞が発生していたことも、併せて報告いたします」

さらに特命担当、五日市署員からの報告が続く。

「唐川宅から押収したパソコン、携帯電話の通信履歴から、由紀夫が遺産相続に関するホームページを検索していたことが分かりました。アクセスは十月二十九日十八時十七分から、同日中に三回、翌日にも二回、主に『不在者財産管理制度』と『同時死亡の推定』について調べています」

ここでいったん、報告が途切れる。

満を持して、とはこういうことを言うのだろう。

姫川玲子が手を挙げる。

「……姫川主任」

「はい」

ここまでの報告順が、単なる流れや成り行きだったとは到底思えない。全ては姫川の書いた筋書き、それを山内係長が承認した結果、なのだと思う。

姫川が正面を見る。視線は五日市署長に向いている。

「本日の各報告から、本死体遺棄事件は唐川由紀夫によるものと見て、間違いないと思われます。整理しますと……唐川宅を訪れた天野夫妻は、事故による渋滞を避け、小曽木街道ルートで帰宅しようとした。ところが、天野のアストンマーティンにはナビが装備されておらず、道順に不安があり、由紀夫に道案内を頼んだ。その帰路の途中で事故は起きた。天野征久は死亡、車外に放り出された孝子も、おそらくすでに息がなかったのでしょう。それを見て、由紀夫が頭に浮かべたのは……相続に関することだった」

姫川の目に一層の力がこもる。横顔からでも、それは充分に分かる。

「征久が死亡し、孝子がその遺産を相続してくれなければ、自分のところにまで征久のそれが転がってくることはない。孝子には生きていてもらわなければ困る。ところが、見れば孝子もすでに死亡している。由紀夫はとっさに、その事実を隠そうとした。あろうことか孝子の死体を自宅に持ち帰り、床下収納に遺棄した……だがネットで調べてみると、すぐに『不在者財産管理制度』というのが見つかった。行方不明や生死不明といった不在者の財産は、家庭裁判所の監督下、不在者財産管理人によって保護される……由紀夫は、孝子の死体が現場からなくなっただけでは、征久の財産が自分のところに来ることはない、と悟った。むしろ、手の届かない遠くに行ってしまう、と思ったかもしれない」

姫川は、手帳は手に持っているだけ。目は一瞬たりとも五日市署長から逸らさない。

「ならば、せめて孝子の方が、一瞬でも長生きしていたことにはできないか、と考えた。それによって、孝子がいったん遺産を相続、それをさらに自分が相続、という筋書きを思いついた。しかし、それも『同時死亡の推定』により、意味をなさないと分かった。複数人が交通事故等で死亡し、各人の死亡の前後が不明な場合は、法律により、これらの者は同時に死亡したものと推定する……由紀夫は、この二つの法律を知らなかった。だから孝子の死体を、愚かにも自宅に持ち帰ったりした。しかし、孝子が生存しているように見せかけようが、二人の死亡時刻に差を設けようが、自分のところに征久の財産が転がり込んでくることはない、と理解した」

これが姫川の想定した「馬鹿な勘違い」というわけだ。

「あとはもう、どうしようもなかったのだと思います。腐敗していく孝子の死体、漏れ出す悪臭、隣家からの苦情。母親の行方不明も、いずれは騒ぎになる。このことが明るみに出たら、自分は間違いなく罪に問われる。征久の遺産を相続する夢も潰えた……十九日間、考えに考えた末、由紀夫がたどり着いた結論が、自殺……だったのでは、ないでしょうか」

つまり本件は、被疑者死亡により不起訴、という結論にならざるを得ない。

さらなる証拠固め、裏取り等の必要はあるものの、捜査には一応の道筋がついたということで、急遽、五日市署長のポケットマネーで寿司が振る舞われることになった。

特捜設置から三日でのスピード解決。この数ヶ月は沈みがちだった姫川の表情も、今夜ばかりは幾分明るい。

「じゃ、今日のところは、小さめに……乾杯」

コップ一杯ビールを呷った姫川に、すかさず小幡が声をかける。

「お疲れさまでした……いやぁ、なんかこの前の、金を持ってれば幸せか、って話。あれやっぱ、主任の言う通りかもしれないっすね。なんでも、そこそこがいいのかもしれませんね。金があり過ぎるのも、なんていうか、禍を呼ぶっていうか」

「待って。あたし、なんでも『そこそこ』なんて言ってないよ。なんでも『ほどほど』がいいんじゃないの、って言ったはずだけど」

次にアタックしていったのは、意外にも今西だった。

「姫川主任、お疲れさまでした。五日市署、盗犯係の今西です」

「お疲れさま……今西さん、そんなに何回も自己紹介しなくていいわよ。ちゃんと一回で覚えてるから」

「あ、すみません……いや、あの、でも、今回、本当にいろいろ、勉強させていただきました。なんか、あの、現場からの指示ですとか、情報を、っていうか証拠を、集めて、それを、面にするっていうか、そういうの……なんていうか」

「うん、慌てなくていいから、落ち着いて話しなさい」

少しして今泉管理官が到着すると、姫川も上座に呼ばれ、しばらくはお愛想に忙しそうだった。五日市署長が姫川を絶賛しているのが、遠目からでもよく分かる。また、それを見る今泉が実にご満悦そうなのも微笑ましい。

なんとなく場も落ち着き、戻ってきた姫川に、中松は訊いてみた。

「主任、お疲れさまです……あの、今回の件、主任はどの辺りで、由紀夫の『馬鹿な勘違い』を見抜いたんですか」

姫川が、イクラの軍艦巻きを持った手を止める。

「いや、見抜いたなんて……それは、イクラなんでも買い被りですよ」

駄洒落か。珍しい。

「でも事実、その通りだったわけでしょう」

「まあ、そう、なるのかな……どの辺りかって言えば、天野征久の車が、けっこう値の張るクラシックカーだ、って知った時点、ですかね。だから、昨日の午後か……由紀夫の暮らし振りを見たら、そりゃ征久の財産は喉から手が出るほど欲しいだろう、くらいの想像は簡単につくじゃないですか。でも、由紀夫がそれを手にするためには、征久、孝子の順番で、綺麗に死んでもらう必要がある……あれあれ、由紀夫は果たして『不在者財産管理制度』とか『同時死亡の推定』について、ちゃんと知っていたのかな?……とまあ、そんな感じですかね」

あっけらかんと言ってみせてはいるが、今の話の中だけでも、けっこうな発想の飛躍があるように、中松には思える。おいそれと真似のできることではない。

姫川は人差し指を立て、さらに付け加えた。

「一般人はね、中松さんみたいに、暇潰しに『六法全書』を開いてみたりは、しないんですよ」

「あ、いや、それは……」

参った。まさか、あれを見られていたとは思わなかった。

見ていないようで、ちゃんと見るべきものは見ている。

それもこの女主任の、突出している点なのかもしれない。

正しいストーカー殺人

犯人があっさり捕まるのは、刑事にとって良いことか、悪いことか。

日付は変わって、十二月七日の日曜日。姫川玲子は、自身が属する捜査一課殺人班十一係のメンバーと共に、警視庁福生署の講堂にいた。

夜の捜査会議はすでに終了している。いつもなら気心(きごころ)の知れた班員と居酒屋にでも繰り出すのだが、もう時刻は午前一時を回っている。この時間から飲みに出るのは、さすがに億劫(おっくう)だ。そもそも、まだ特捜本部設置から丸三日。本件について、できるだけ多くの捜査員と意見を交わしておきたいというのもある。

「お疲れさん」

「お疲れさまです」

福生署が用意したビールやチューハイ、仕出し弁当での酒盛りが講堂のあちこちで始まっている。さらに、今夜は犯人逮捕を祝してということだろう。鶏(とり)の唐揚げやエビチリ、ポテトフライといった、宴会料理のようなものも弁当と共に並べられている。

それらを紙皿二つに盛り付け、玲子も自分の席に戻った。

「みんな、適当に摘んで。寺田さんも」

「ああ、どうも」

会議テーブルを一つ挟んで、玲子の前にいるのが寺田富之担当主任。殺人班十一係の警部補で、係内での序列は玲子とほぼ同格のベテランだ。よってふたチームに分かれ、それぞれが別の特捜に入るような場合、向こうでは寺田がチームリーダーを務めることが多い。玲子のチームが「姫川班」なら、向こうはさしずめ「寺田班」か。とはいえ、それらは所詮俗称なので、どうでもいいと言えばどうでもいい。

寺田に訊きたいことは山ほどある。

「丸川伊織、どんな感じですか」

今回、マル被の取調官に指名されたのは、玲子ではなく寺田だった。統括主任の日下がそう決めたのだが、特に説明されていないので理由は分からない。

寺田が硬く眉根を寄せる。寺田は、わりとよくこの「困り眉」をする。ギョロ目で顎が細い、カマキリのような顔でそれをされると、けっこう怖い。

「うーん……なんか、ぼーっとした感じの人だよ」

丸川伊織が逮捕されたのは昨日の午前十時過ぎ。諸々の手続きを済ませ、寺田が取調べを開始したのが十五時頃。しかし、夕食時には留置場に戻さなければならない。しかも福生署には女性留置場がないので、立川総合庁舎まで送っていかなければならない。調べに使えたのは、おそらく二時間弱。昨日はせいぜい顔合わせ程度で、詳しいことは分からなくても致し方ない。

「ぼーっとした『性格』ってことですか」

「そこはまだ、分かんないね。殺っちまって、逮捕されて、混乱とか動揺でああなってるのか。それとも、もともとあんな感じなのか」

取調室に入る際にちょっと見ただけだが、能面みたいな顔をした人、というのが玲子の第一印象だった。背は玲子と変わらない百七十センチくらいで、体格は中肉に見えた。三十七歳、独身の一人暮らしだという。

そんな彼女が殺害したとされているのは、浅野竣治という二十八歳の男性だ。

「変なこと訊くようですけど、丸川伊織って、寺田さんから見て、イイ女でしたか。好き嫌いではなくて、男性として、客観的に見て」

「いやいや、どっちよ。主観なの、客観なの」

「えっと、だから……そう、モテそうかどうか、ってことです」

寺田が、困り眉のまま首を捻る。

「そういう訊き方をされたら、モテそうとは言えないかな。菊ちゃん、どうよ」

玲子の後ろにいる菊田が「はあ」と漏らす。菊田も玲子同様、丸川伊織はチラッと見た程度だと思う。

「そうですね。ああいうタイプが好きな男も、いるのかもしれないですけどね」

なんとも、奥歯にエノキでも挟まったような言い方だが、ひょっとすると男衆は、玲子がいるから率直な意見が言いづらいのかもしれない。

だったら、こっちからダイレクトに訊いてやろう。

「寺田さん。伊織って、おっぱいデカかった?」

ぶっ、と寺田がビールを噴き出しそうになる。

「……なんだよそれ」

「いや、だからね、顔は、お世辞にも美人って感じじゃないじゃないですか」

「ああ、まあ……ね」

「え、なに、あれって、ひょっとして美人?」

隣のテーブルにいた小幡が、ふいに割り込んできた。

「そりゃ、姫川主任の方が美人ですよぉ。やだなぁ、決まってるじゃないですかぁ」

歳も階級も一つ下のくせに、小幡は最近、玲子に対してよくこういう嫌味を言う。嫌味というか、イジってくる。

「小幡、今そういうの要らないから……そうじゃなくて、あたしが訊きたいのは、丸川伊織の外見に、男性は魅力を感じるのかってことですよ。顔だって胸だってお尻だっていいけど、いいなあの女、ヤリてー、みたいな、そういう対象なのかってことですよ」

菊田が「主任、ストレート過ぎ」と呟いたが、今は無視する。

寺田が苦笑いしながら頷く。

「分かるよ。つまり、あれだろ、丸川伊織は男から見て、ストーカーしたくなるような女なのか、ってことだろ」

「そういうことです」

丸川伊織は、ここ十日ほど見知らぬ男に尾け回されており、その男がいよいよ直に襲ってきたので抵抗したところ、誤ってマンションの階段踊り場から突き落とし、転落死させてしまった——というのが今のところの、彼女の言い分だ。その転落死した男というのが、浅野竣治だ。

寺田が周りを見回す。

視線を留めたのは、畠中巡査部長のところ。畠中は寺田班の一員だ。

「お前は、どう」

「丸川ですか」

「抱きたい？」

「いや、俺は……遠慮しときます」

「宇野ちゃんは」

宇野も寺田班だ。

「自分も、ちょっとパスですかね」

「菊ちゃんは」

「俺もパス、で」

他にも男性捜査員は周りに何人もいるが、誰からも積極的な反対意見は出なかった。積極的というか、肯定的というか。

寺田がまとめる。

「俺も、丸川伊織がイイ女だとは……うん、まるで思わない。魅力的、とは言いづらい。ただ、男だろうと女だろうと、異性の好みなんてのは人それぞれだからな。あれをいいと思う男がいても不思議はないだろう。実際、そういう男はいたわけだから……もう、死んじまったけど」

玲子は、パチンと指を鳴らしてみせた。珍しく上手くいった。

「そこですよ。浅野竣治はもう死んじゃってるんですから、本当に丸川伊織をイイ女だと思ってたかどうかは、分かんないわけじゃないですか」

　寺田が、困り眉をさらに深める。

「なに。姫川主任は、これは『ストーカー殺人』ではないと、思ってるわけ」

　そこも問題だと、玲子は思う。

「あの、その俗称も、だいぶ間違ってますけどね。通常『ストーカー殺人』って言ったら、ストーカー行為がエスカレートして、ストーカーしてた側が、されてた側を殺しちゃう事件じゃないですか。でも今回は、ストーカーされてた側が、いわばストーカーを返り討ちにして殺しちゃったわけですから、通常の『ストーカー殺人』とは構図が反対なわけですよ」

　菊田が頷く。

「じゃあ、『被ストーカー殺人』？」

　小幡が「いやいや」と扇ぐように掌を振る。

「それ、逆に意味が伝わりづらいです」

　寺田が「でもさ」と腕を組む。

「通常のことで言えば、たとえばここの戒名だって、『羽村市五ノ神一丁目マンション内男性殺人事件』だろ。基本形として、被害者に『殺人事件』がくっ付いてるわけだよ。で、今回は殺されたのが、まさにストーカー男だったんだから、逆に『ストーカー殺人事件』で、合ってるんじゃないの？」

そうか。一周回って、この事件こそまさに「ストーカー殺人事件」と呼ぶに相応しいわけか。

事件の概要はこうだ。

五日前の十二月二日火曜日、二十三時頃。マル害、浅野竣治は、東京都羽村市五ノ神一丁目△－▲のマンション「ベルクレールＳＨＩＮＪＯ」の屋外避難階段から、同所住民用駐車場に転落、アスファルトの地面に頭部を強打した。第一発見者は近くを通りかかった会社員、児玉和俊、三十三歳。彼が携帯電話で一一〇番通報したところ、まもなく警察官が到着したが、そのときすでに浅野は死亡していた。

事故と事件の両面で捜査を始めた福生署刑組課の鑑識係は、四階と五階の間にある踊り場の手すり壁から、何者かの皮膚片を採取。これがマル害とは違う血液型だったため、現場に第三者がいた可能性があると判断し、福生署は本部の捜査一課に捜査協力を求めた。

殺人事件である可能性が高まり、刑事部鑑識課も臨場し捜査を継続すると、現場で採取された女性用サンダルと思しき足痕と同形のものが、四階の四〇六号室前でも採取された。

これについて同室住人、丸川伊織に任意で事情を聴いたところ、浅野竣治と揉み合いになり、転落させたことを認めたため、通常逮捕するに至った。また丸川伊織の左手首には幅三センチ、長さ十一センチの、比較的新しい擦過傷があり、血液型も現場で採取された皮膚片のそれと一致した。DNA型については現在鑑定を進めている。

ただ、これで万事解決というわけにはいかなかった。

浅野竣治は、その所持品から岐阜県関市大平町二丁目に居住していると分かった。そこからだと、事件現場までは車でも鉄道でも四時間半はかかる。そんな遠方からわざわざ出てきて、浅野は何をしていたのだろう。なぜ丸川伊織を尾け回し、直接暴力に及んだ挙句、転落死させられる破目になったのだろう。仮に丸川の供述する通り、浅野が彼女をストーキングしていたのだとして、ではいつ、浅野は彼女に目をつけたのだろう。丸川自身は、これについて「全く心当たりがない」と供述している。浅野を転落させるまでの経緯についても「よく覚えていない」「分からない」としている。

浅野竣治については、まだ多くのことは分かっていない。日下を筆頭に、数名の捜査員が関市大平町に出向いて調べを進めているが、昨日までに分かったのは、浅野竣治は独身で無職、文具店を営む両親と同居、日中はほとんど出歩かないニート生活をしており、上京したのは事件の二週間前、十一月十八日、ということくらいだ。ちなみに前科はなし、普通自動車免許は持っている。

岐阜県の田舎町で暮らしていたニートが突然上京し、自分より九つも年上の女性を尾け回し、転落死させられた。

正直、このヤマの筋は、玲子にもまだ全く読めていない。


玲子が今回担当することになったのは、丸川伊織の携帯電話に登録されていた電話番号、その契約者と面会し、丸川との関係を確認することだ。

相方は福生署の若手女性巡査部長、奥本佳世子。背が低いせいか、玲子と比べるとだいぶ歩幅が狭い。昨日、彼女は玲子についてくるのに、何回も小走りになっていた。ちょっと可哀相だったので、今日は気持ちゆっくりめに歩いてあげようと思う。

奥本が、バッグのストラップを肩に掛け直す。

「でも、携帯への登録が全部で三十四件って、異様に少ないですよね」

その点は会議でも指摘されていた。

「奥本さん、何件入ってる？」

「分かんないですけど、でも五百件くらいは確実にあります。学生のときから使ってる番号なんで、電話帳もずっと引き継いでるんで。姫川主任は？」

「あたしも、うん。何百かは、あると思う」

そうか、この世代は学生時代から携帯電話を使っているのか、などと余計なことを考えてしまった。

いや、三十四件は少な過ぎるだろう、という話だ。

「伊織は三十七、だっけ。あたしより二つ上、まあ同世代だから、少なくとも十年くらいは、携帯も使ってきたと思うんだよね。でも、メモリーに残ってるのは三十四件。ということは」

「逮捕される前に消去した、ということですか」

そういう考え方も、ありだとは思う。

「かもしれないけど、伊織の今の仕事って、ハウスクリーニングじゃない」

ハウスクリーニングの「ＫＤＳ」。全国に数百軒の支店を持つ、テレビコマーシャルもやっている大手清掃会社だ。

「はい」

「でも、前職は履歴書に書いてなかったたって、会議で言ってたでしょ。お店では、専業主婦だったたって説明してたみたいだけど、実際には、伊織に婚歴はなかった。むろん、事実婚だった可能性はあるけど……何か彼女には、この事件とは別に、過去を消したい事情があるんじゃないかと、あたしは思うんだ」

他にも、丸川の両親はすでに他界、五歳年上の姉は結婚して北海道にいるはずだが、住民票にある住所には居住しておらず、今のところ連絡はとれていない、と会議で報告されていた。その他の親戚に関しても目下確認中らしい。

ちなみに、丸川がＫＤＳに雇用されたのは十一月一日から。まだ一ヶ月しか経っていない。「ベルクレールＳＨＩＮＪＯ」四〇六号室に入居したのは、その四日前だ。

奥本が「なるほど」と頷く。

「ということは、浅野にストーキングされて、住まいも仕事も替えたってことですかね」

「んー、それだと時期が合わない。浅野が東京に出てきたのは事件の二週間前だから」

「あそっか」

そろそろ、一人目の関係者との待ち合わせ場所に着く。

何も玲子たちは、携帯電話帳の五十音順に関係者と会っているわけではない。通話やメールの頻度、居住地、性別、直接かけてみて、丸川伊織とどういう関係かを訊いたときの反応など、これは何か知っていそうだと感じた人物から優先的に当たり始めた。

初日に会えたのは三人。最初は高校の同級生だという、大田区在住の主婦だった。しかし、ここ一年ほどはあまり長話もしておらず、今度会おうね、みたいな口約束程度だったらしい。

二人目は中学の同級生。丸川伊織は練馬区出身なので、やはり知り合いは都内に多い。その二人目も、このところは近況を話す程度で詳しいことは分からないということだった。

三人目は飲み屋で知り合ったという男性。ただ、よく電話はしたけれど、会うのは知り合うきっかけになった新宿のバーだけで、特別な関係ではないということだった。

二日目も成果はないも同然だったが、三日目になって、ようやく実のある話が聞けた。それは、丸川が二ヶ月前まで利用していたという美容院でだった。

場所は杉並区久我山（くがやま）。丸川が以前に住んでいた三鷹（みたか）市井（い）の頭（かしら）からは電車でひと駅、歩いても二十分くらいの場所にあった。ただし、別班が調べたところ、丸川はそこを三年前に引き払っていることが分かっている。つまり、三鷹市井の頭から引越し、三年近くどこかに居住したのち、一ヶ月ほど前に「ベルクレールＳＨＩＮＪＯ」へと転居してきたわけだ。

話をしてくれたのは、丸川を担当していたという三十二歳の女性美容師だ。

「ええ、丸川さんでしたら、よく存じております」

写真を確認させても、間違いないという。

「どれくらい、こちらに通っていらしてたんでしょうか」

「四年か、五年くらい、ご利用いただいておりました……あの、丸川さん、どうかされたのですか」

さすがに「殺人事件の容疑者です」とは言えないので、その辺は適当に誤魔化して話を続けさせた。

「えっ、ずっと、三鷹にお住まいなんだと思ってました……そうですか、三年も前に引越されてたんですか。それなのに、わざわざウチに、通ってきてくださってたんですね」

よほどこの店が気に入っていたのか、あるいは美容院をコロコロ替えるのが嫌だったのか。

それはさて措き、質問を続ける。

「丸川さんは、ずっとお一人だったんでしょうか。それとも、お付き合いしている男性とか、いらしたんですかね」

一瞬、美容師の表情が固まった。間違いなく、何か知っている顔だった。もうひと押ししてみよう。

「そういうお話は、丸川さんと、あまりされませんでしたか」

「あ、ええ……まあ、少しだけ、伺ったことは、あります」

「どういうお話でしたか。たとえば、近々結婚するとか、相手はこういう人だとか」

しばらく言いにくそうにしていたが、何か事件絡みであることは彼女も感じたのだろう。やがて、意を決するように頷いてから話し始めた。

「二年か、それくらい前からでしたでしょうか……たまに、顔とか頭に、痣ができてることが、あったんです。半袖の季節に、腕に同じような痣があったときもありました。腕はともかく、私どもは、頭を触らないと仕事になりませんので、ここ、どうされたんですか、触ったら痛いですか、とか訊くじゃないですか。最初は、丸川さんも言いづらそうにしてらしたんですが、その……一緒に住んでる男性が、ちょっと難しい人で、みたいなことは、伺いました。じゃあ、それは三鷹から、引越されたあとの話だったんですね」

確かに、そういうことになる。

「そうですか。同棲相手が、ちょっと暴力的な人だったと……それ以外には、どんなお話をされましたか。たとえば、仕事の話だとか」

丸川は今朝の時点でもまだ、清掃会社以前の仕事については明言を避けている。

美容師は「ああ」と、事もなげに話し始めた。

「お仕事は、あれですよ、えっと……なんていうんでしたっけ、亡くなった方のお部屋を片付ける」

「遺品整理ですか」

「あ、そうですそうです。遺品整理って仰ってました」

清掃業の前が、遺品整理。

とにかく丸川伊織は、お掃除系の仕事が得意なようだ。

携帯電話帳の人物を当たるのは、むろん重要な任務である。ただ今現在、丸川伊織の前職が、遺品整理業者の従業員であったというのはそれ以上に重要な情報であり、最優先で確認すべき事項だと玲子は考えた。

携帯地図で検索してみたところ、三鷹市周辺に遺品整理業者というのはさほど多くは存在しない。通勤の利便性を考えたら、ほぼ二軒に絞られてくる。一軒は新代田駅近くにある「友愛興業」。もう一軒は武蔵小金井駅から歩いて五分ほどのところにある「遺品整理のワダ」。この二軒なら、丸川が以前住んでいたマンションから三十分以内で通える。

当たってみる価値は、充分にある。でも、さすがにいきなりはマズいかな、特捜に報告してからにしようかな、とは思ったのだが、もう人差し指が、勝手に緑色の受話器のアイコンを押してしまっていた。今こっちが切ったら「ワン切り」になってしまう。それはあまりに失礼だろう。

しかも、ツーコールほどで若い女性の声が応えた。

『はい、もしもし。友愛興業でございます』

もう、あとには退けない。

「恐れ入ります。そちらに従業員の方で、丸川伊織さんという方はいらっしゃいますか」

『は？』

「丸川、伊織さんです」

『いえ、弊社に丸川という者は、おりませんが』

「以前にも、いらっしゃいませんでしたか」

『はい。丸川という社員は、今も以前も、おりませんが……あの、番号か何か、お間違えではありませんか』

「そうですか、大変失礼いたしました。ごめんください……」

電話を切ると、「うわっ」という顔で玲子を見ている奥本と目が合ったが、そんなことを気にしている場合ではない。

次だ、次。

『はい、お引越し、遺品整理の、ワダでございます』

今度は男性だ。お引越し？　と思ったが、まあいい。

「恐れ入ります。そちらに従業員の方で、丸川伊織さんという方は、いらっしゃいますでしょうか」

『いえ、丸川さんでしたら、先月……いや、もう先々月に、お辞めになりましたが。丸川さんに何かご用ですか』

よっしゃ、ビンゴだ。

「そうでしたか。あの私、警視庁の者なのですが、丸川さんについていくつかお訊きしたいことがございまして、これから、そちらに伺ってもよろしいでしょうか。あまり、お手間は取らせないようにいたしますので」

『あ、そうですか、警察の方でしたか。これは、大変失礼いたしました……はい、ウチはかまいませんが、大体、何時くらいになりますでしょうか』

そんなに失礼な対応をされたとも思わなかったが、まあいい。

「今から、三十分あれば伺えると思います」

『分かりました。お待ちしております』

電話を切ると、奥本の表情は一変していた。

口をすぼめるようにして、その前で、小さく指先で拍手をしている。

「姫川主任、凄い、早業」

ただし、これを捜査の手本にしてはいけない。

特捜には、久我山駅の改札を入ってから連絡を入れた。

『はい、福生署特捜本部です』

ラッキー。この声はデスクの工藤主任だ。この人なら、山内係長の何十倍も説明しやすい。

「もしもし姫川です。今し方、丸川伊織の前の職場が割れたので、今からそっちに回ります」

『えっ、前の職場って、なんですかそれ』

またまたラッキー。丸川は今の時点でもまだ、前職については取調べで明らかにしていないと見ていい。

「それは会議で報告します」

『待ってください、今それ、係長に』

「あー、電車が来ちゃったんで、切りまーす」

ウソ。電車はまだ来てない。

工藤は『待って、姫川さんッ』と声を荒らげていたが、玲子はかまわずに切った。

奥本はもう、感心することしきりだ。

「なるほど。こうやって、自分からネタを摑むわけですねぇ……姫川主任は凄腕だって、噂には聞いてましたが」

謙遜ではなく、ここはかぶりを振って否定しておく。

「奥本さん。あたしが言うのもなんだけど、こんなこと、絶対に真似しちゃ駄目だからね。今回はもう、マル被の身柄が確保できてるから、多少無理したところで、取り逃がす可能性はないわけだから、だからだよ。だからやるんだからね。あたしだって、いつもこんな無茶やってるわけじゃないからね」

それもウソだけど。

奥本が深く頷く。

「分かります。そういう迅速な捜査の積み重ねが、延いては、都民の安全を守ることにも繫がるんですよね」

そこまで大袈裟な話ではないが。

「まあ……そう、とも言うかな」

ホームに《黄色い線の内側に》とアナウンスが流れる。

今度こそ、本当に電車が来る。

玲子が「なるほど」と思ったのは、「遺品整理のワダ」はそれ専門の会社ではなく、そもそもは引越業者であり、その派生サービスとして遺品整理も始めたらしい、という点だ。綺麗に言ったら「あの世へのお引越しもお任せください」みたいな話だ。別に綺麗でもないか。

店の前に着いてみると、入り口横には【単身引越しパック】とか【お見積り無料】と書かれたノボリがはためいており、通りに面した窓ガラスには、犬が【気軽にご相談！】とウインクしているイラストが貼られている。あまりに雰囲気が明るいので見落としがちだが、よく見れば、サービスの欄にはちゃんと【遺品整理】と書いてある。

「ごめんください」

ガラスドアを開けて入ると、すぐに淡い紫のツナギを着た男性が迎えに出てきてくれた。

「はい、いらっしゃいませ」

「先ほどお電話いたしました、警視庁の姫川と申します」

「福生署の奥本です」

ちょっとお腹の出っ張った、いかにも力仕事が得意そうな男性だ。

「はい、お待ちしておりました。こちらにどうぞ」

「失礼いたします」

入って右に二ヶ所、左に一ヶ所、接客用であろう丸テーブルがある。玲子たちは左側のテーブルを勧められた。

身分証を提示すると、男性も名刺を差し出してきた。【代表取締役　和田順一】とある。和田といったら、玲子にとっては元警視庁捜査一課長の和田徹だが、今それは措いておく。

本題に入る。

「お電話でお尋ねしました、丸川伊織さんについてなんですが」

「はい。彼女が、何か」

「先ほど、お辞めになったのは先々月だと伺いましたが、丸川さんは、どういった理由で退職されたのでしょうか」

和田は、小さく頷いて話し始めた。

「丸川さんの退職には、ちょっとした、事情があったんだと、私は思ってるんですよ」

「ほう、事情。どんな」

「いやね……丸川さん自身は、とっても真面目で、無断欠勤なんて一度もない、仕事も細

かくやってくれる、いい人だったんですよ」

印象に過ぎないが、丸川伊織が根っからの悪人だとは、玲子も思っていない。

「こちらには、どれくらいの期間お勤めだったんでしょうか」

「五年弱ですかね。大体ですけど」

概ね、あの美容院を利用していた期間と重なる。

「五年は、そこそこ長いですよね」

「ええ。でもそれが、突然ね、電話一本で辞めたいって言うんで。急だな、そんな不義理をする人には見えなかったけどな、と思っていたら、案の定ですよ」

和田が、大袈裟に眉をひそめる。

「何があったんですか」

「男ですよね、たぶん。丸川さんから連絡があった翌日か、翌々日か、正確には覚えてませんけど、ある男性がウチを訪ねてきまして。伊織は今日、出勤しているかと。こっちの答えは、もちろん『ノー』ですよ。実際、辞めるって言われてましたし。ただ、本当は辞めてなくても、その男には辞めたとか、今日は来てないとか言ったでしょうね。かなり、感じの悪い人でしたから」

あの美容師の言っていた「ちょっと難しい」同棲相手だろうか。

和田が続ける。

「ピンときましたよ。ああ、丸川さんは、この男から逃げたんだなって。だからあんなふうに、急に電話一本で辞めるなんて言ったんだなって。そういう人じゃないと思ってただけにね、私は妙に納得がいったというか」

「その方のお名前は、分かりますか」

「いや、それはさすがに分かりませんね。わざわざ尋ねませんでしたし。嫌な感じの男だったんで、こっちもあんまり、関わり合いになりたくなかったんで」

無理もないところではある。

「その方がここに来たのは、一回だけですか」

「ええ。その男が来たのは、その一回だけです」

ちょっと、引っ掛かる言い方だ。

「他にも、何かあったんですか」

「ええ。それがね……先月の、中頃だったかな。全く別の、もっと若い男性が訪ねてきましてね。ヨシザワキエの遺品整理をしたのはこの会社かって、訊くわけですよ。自分は、ヨシザワキエの遺族だって」

「ヨシザワ、キエ？」

「はい……あ、その書類だったら残ってますから、ちょっと待っててください」

和田は奥にある事務スペースから、青い表紙の分厚いファイルを一冊、抱えて戻ってきた。

「これのね……ああ、これです。ヨシザワキエさん」

字は【吉澤きえ】と書くようだ。

「この吉澤さんの遺品整理を？」

「確かにウチでお引き受けしまして、整理したんですが、その男の方がですね、白いビスケットの缶が、押し入れにあっただろうって、言うんです。ひと口に遺品整理と申しましても、様々なケースがありまして。思い出の品は残しておいて、あとは処分してくれとか。売れるものは売って、少しでもお金に換えて、あとは捨ててくれとか。そんなのは関係なく、もう一切合財、かまわず捨てちゃってくれとか。その吉澤さんのご遺族のご依頼は、その一切合財処分、ということだったんです。もちろん、こっちも仕事なんで、どういうものがあって、どういうふうに処分して……たとえば、こっちを見ていただくと分かるんですが、テレビとか洗濯機とかは、お金を払って処分しました、衣類とかこういうのは、普通ゴミとして処分しましたとか、報告書を作るんです。それはご遺族にもお送りしてあります。ただ、白いビスケットの缶と言われましても、そこまで細かい記録はとってないんでね、分からないと申し上げたんですよ」

段々、話が読めてきた。

「一つ、確認させてください。吉澤きえさん宅の遺品整理を依頼されたのは、どなたですか」

和田がページを前の方に捲る。

「それは、と……こちらですね。浅野昭吉さん」

繫がった。浅野竣治の家族か親戚だろう。

「浅野昭吉さんは、おいくつくらいの方ですか」

「お電話でお話ししただけですから、正確には分かりませんが、五十代とか、六十代とか。そんな感じだったと思います」

おそらく父親だ。依頼人の住所は【岐阜県関市大平町二丁目◎◎】となっている。まさに浅野竣治の実家住所と、番地まで一致している。

玲子はバッグからシステム手帳を取り出した。ポケット付きのページから浅野竣治の写真を抜き出し、和田に向ける。免許証添付の顔写真だ。

「吉澤きえさんの件で、こちらを訪ねてきた若い男性というのは、この方ですか」

和田は、目を丸くして頷いた。

「そう、そうです、この方です。まさに」

「で、白いビスケット缶については分からないと答えたら、この男性はそれで、諦めたんですか」

それには、大きくかぶりを振る。

「いいえ。じゃあ、担当した人に会わせてくれと、けっこう強めに、詰め寄られたというか、なんというか。その吉澤さん宅を担当したのは二人で、コバヤシという男と……」

なるほど。

「丸川伊織さんだった」

「ええ。コバヤシは少し待ってたら戻ってきたんで、この男性と、直に話をさせました。白いビスケットの缶に覚えはあるかと訊くと、やはり、ないと言うんです。でも、コバヤシも人が好いというか、とりあえずどんな缶か、調べましょうとなって。ネットでね、ビスケットの缶の写真をたくさん見て、探し始めたんですよ。そうしたら、これだこれだって、絵柄までは特定できたんです。なんか、ヨーロッパの……イギリスだったかな、忘れましたけど。私も、子供の頃に家で見たことがあるような、懐かしい感じの缶でしたよ」

玲子の家にも似たようなものはあったが、あれは確か、キャンディーの缶だったような気がする。

「ほう。ネットで、缶の絵柄までは特定できて」

「はい、特定はできたんですが、やはりコバヤシは覚えてないと言うんです。現場で見た記憶はないと。するとこの人は、もう一人の担当者にも訊いてくれと言うんです。まあ当然ですけど。でもこっちとしては、もう退職しちゃった人だからと、諦めてもらうように言ったんですが、どうしてもって、しつこく喰い下がられてしまったんで、それで仕方なく、丸川さんに連絡してみたんですよ」

なんと。

「連絡、ついたんですか」

「ええ、普通に携帯に電話したら、出ましたよ」

「で、彼女はなんと」

「やっぱり、知らないって。記憶にないって」

「この男性とは、直接話したんですか」

「はい。こう、受話器を渡して、直接訊いてみてくださいって」

浅野竣治の上京目的は、吉澤きえ宅にあったはずの白いビスケット缶を探すことにあった。しかし、それはすでに廃棄されてしまい、行方が分からなくなっていた。整理担当者二人のうち、一人が丸川伊織だった。浅野竣治はおそらく、ここで初めて丸川伊織と接点を持ったのだろう。

　浅野竣治は、性的な興味で丸川伊織に近づいたわけでは、断じてなかった。

　一つ確認しておこう。

「社長。そのとき丸川さんに電話したのは、その電話機ですか」

「いえ、奥にある、私の机のやつですが」

「見せていただいていいですか」

「ええ、かまいませんが」

　三人で、事務所の奥まで移動する。

　他のより、ちょっと大きめなデスクの右端に設置された、白いビジネスホン。和田がそれを指差す。

「これですが」

「これには、社長の携帯番号は登録されていますか」

「はい、入ってます」

「ちょっと、かけてもらっていいですか」

「ええ、いいですけど」

　和田はボタンを四つほど押し、短縮番号【02】に登録されている自身の携帯電話に架電してくれた。

まもなく、彼のポケットで携帯が鳴り始める。

「……出ます、か？」

「はい、出てみてください」

和田は取り出した携帯を操作し、通話状態にした。

なるほど。たぶん、これだ。

この電話機は、通話状態になっても相手番号をディスプレイに表示し続ける設定になっている。浅野竣治が受話器を受け取り、丸川伊織と喋ったときも、ずっと彼女の携帯番号がここに表示されていたわけだ。

浅野竣治はそれを丸暗記した。あるいは、その場で携帯に打ち込むくらいはしたかもしれない。そして、その後は直接、丸川伊織と連絡をとるようになった。

なんのために。

むろん、白いビスケット缶を探すためだ。

玲子たちが福生署の特捜に戻ったのは二十時過ぎだったが、それでもまだ夜の捜査会議は始まっていなかった。

理由はすぐに分かった。

講堂の一番後ろ、事務机をいくつも並べて作った「情報デスク」付近に、岐阜出張に行っていた日下たちの姿がある。立ったまま何か喋っている。彼らが戻ってきて諸々報告を始め、それが長引いているために会議が始められない、という状況らしかった。その他の捜査員たちは、各々会議テーブルの席で待機している。

玲子は奥本を連れ、デスクに向かった。

「お疲れさまです」

ちらりと日下に横目で睨まれたが、それだけだった。今は彼もそれどころではないらしい。

「浅野宅は衛星放送もケーブル放送も入れていません。よって、視聴できるのは地上波の七局に限られます。その時間帯、Eテレを除く六局は全てニュース番組を放送しています……」

さすがに、この段階から話を聞いてもさっぱり意味が分からない。

一緒に岐阜に行っていた日野利美巡査部長に、それとなく訊いてみる。

「ねえ、どういうこと？」

日野は日下の顔色を窺いつつ、それでも小声で、なんとか玲子に説明してくれた。

「……マル害は上京する前日、十七日の十八時過ぎ、茶の間でテレビを見てました。何を見てたかは不明です。マル害は急に、東京のバアちゃんの遺品はどうしたと両親に尋ね、業者に整理してもらったと聞くと、翌日、午前中に家を出ていったそうです。店の金庫から、十四万円を持ち出して」

こう聞くと簡単な話のようだが、それは日野がごくごく簡潔にまとめてくれたからであって、捜査そのものは決して簡単ではなかったはずだ。

さらに言うと、日下の報告はキホン、非常に長い。見たこと聞いたこと調べたこと、細大漏らさず全てを同列に並べて報告するため、聞いている方はけっこうイライラする。ただし、これにもちゃんと理由はある。

日下自身が重要視していない事柄でも、他の捜査員が持っている情報と合わせたら、何か重大な意味をなす可能性はある。逆に自分の主観で情報を取捨選択し、報告や公表を怠れば、その意味に気づく機会を潰してしまうことにもなりかねない。だから日下は、知り得た情報の全てを同列に報告する。他の捜査員にも同様に報告するよう求める。その結果、報告する内容を自分勝手に取捨選択しがちな玲子は怒られる、と。簡単に言えばそういうことだ。

玲子も内緒話で返す。

「……マル害のお祖母ちゃんってのは、吉澤きえ」

「えっ、主任、なんで知ってんの」

「遺品整理を頼んだのは、武蔵小金井の『ワダ』って会社」

「その通り」

玲子的には、今すぐ「あのぉ」と手を挙げて割り込みたいところだが、それをしたら日下に怒られるだろうことはさすがに分かる。また彼の顔を潰すことにもなりかねないので、もうしばらく我慢することにする。

立っている日下の前には、今泉管理官と山内係長がいる。二人ともキャスター椅子に座っている。

山内が日下を見上げる。

「では、日下統括もこれらの映像は見ていないのですね」

「はい。時間がありませんでしたので、コピーを作ってもらって、それを持ってすぐ電車に乗りました」

「どこでコピーを作らせたのですか」

「放送局に出向き、事情を説明して作ってもらいました」

「六つの放送局、全てですか」

「はい。六局全てを手分けして回り、コピーを入手してきました」

手っ取り早く、ダビング業者の裏サービスなどを使わないところは、実に日下らしい。あの手の業者の一部は、地上波全局の番組を一定期間録り溜めており、頼めばどんな番組でも内緒でダビングしてくれる。玲子だったら、絶対にそっちを使う。

山内が頷く。

「分かりました。では、この映像はデスクに、手分けして分析させましょう。映像の長さはどれくらいありますか」

「最長で三時間十分、最短は四十五分ですが、マル害が見ていたのは十八時頃からですので、前倒しして見始めても各々一時間半もチェックすれば充分と思われます」

「では、会議中に結果は出ますね」

「そう思います」

ようやく、会議が開かれそうだ。

玲子もきちんと報告はした。丸川の携帯電話帳に名前のある人物を当たっていたところから、遺品整理業者に飛んだ辺りは多少説明に苦慮したが、その前に日下が「吉澤きえ」と「遺品整理のワダ」について報告してくれていたため、なんとか結果オーライで押し通すことができた。会議終了後、日下にはかなりキツめの「お叱り」を受けたが、それもなんとか平謝りでやり過ごした。

叱られついでに、気になったことを訊いておこう。

「ちなみに、寺田主任の姿が見えませんが」

日下が「ああ」と、気のない相槌を打つ。

なんだそれは。

「いやいや、ああじゃなくて、どうしたんですか、寺田主任は。取調べ、昨日も今日もやってないみたいですけど」

立川総合庁舎との往復で時間をとられるため、丸川のそれは、通常の取調べより時間の制約が厳しい。なおさら二日も調べを休むべきではない。

日下は、軽く舌打ちしてから話し始めた。

「ついさっき、連絡があった……どうやら、インフルエンザらしい」

おやまあ。

「じゃあ、しばらく出てこられないんですか」

「学校ならな、発症から五日、解熱から二日だったか、登校禁止になるんだろうが、うーん……でもなあ、今日でまだ三日目だろ。あと何日かは……少なくとも、マル被の調べはさせられないよな、どう考えても」

　ラッキー。

　玲子は、自己最高の朗らかな笑みを作り、可能な限り目をキラキラさせ、パチパチッと瞬きをしてみた。

　しかし、日下はあからさまに顔をしかめる。

「……なんだ、気持ち悪い」

　めげない。キラキラ瞬き、二連発。いや三連発。

「なんだよ。取調べ、やりたいのか」

「はい。丸川の調べ、私にやらせてください」

「でも、お前じゃなぁ……当たり、キツいからなぁ」

「大丈夫です。優しめにやります」

「相手を見て手加減するってのが、ないからな、お前の場合」

「そんなことないです。できます、手加減、匙加減。むしろ得意な方です」

「ほんとかよ……外で聞いてて、駄目だと思ったら、すぐ俺が入るぞ。それでもいいか」

「はい、けっこうです。お手を煩わせないように、努力いたします」

　そんな経緯で、翌日から丸川伊織の取調べは玲子の担当になった。

ただ、いきなり二人とも交代したら丸川も緊張するだろうから、立会いは奥本ではなく、それまでも取調べに同席していた三浦真由子警部補にお願いした。

「よろしくお願いします」

「こちらこそ、よろしくお願いいたします」

「で、丸川はどんな様子でしたか、これまで」

三浦は福生署刑組課盗犯係の担当係長で、なんと玲子と同い歳だという。

「日常会話に応じない、というほどではないですが、でも、口はなかなか重いです。なんとか、部屋にあったスタンガンを犯行時に使用したことまでは認めさせたんですが、いつ、どこで購入したのかまでは、いまだに」

「そうですか。分かりました」

丸川が立川総合庁舎から福生署に到着し、取調室に連れてこられたのは午前十時十分過ぎだった。

小さな机の向こう、玲子の正面に丸川が着座する。腰縄をパイプ椅子に結び付けられ、代わりに手錠が外される。

玲子は初めて、丸川伊織という女を間近で、しかもじっくりと見ることができた。

「おはようございます」

丸川も、小さく低く「おはようございます」と返す。

なんとも、地味な女だ。

これまで、能面のような顔という以外の印象は特になかったが、じっくり見てみてもやはり、それ以上の感想は浮かんでこない。胸が大きいわけでも、首が長くて色っぽいわけでもない。髪が艶々でサラサラ、なわけでもない。そもそも、いま着ているのは立川総合庁舎の貸出用ジャージだし、むろん化粧もしていないので、この状態で女性としての外見的魅力云々を測るのはフェアではない、というのは玲子も分かっている。だが、それを差し引いても丸川は、決して魅力的な女性とは言い難い。

自己紹介しておこうか。

「今日から取調べを担当します、捜査一課の姫川です。というのも……最初に担当しました寺田警部補が、実は、インフルエンザに罹ってしまいまして。感染経路はまだ分かっていないんですが、とにかく、丸川さんの担当はできなくなってしまいました。ですので、今日からは私が……ちなみに、丸川さんは大丈夫ですか？　体調、悪くないですか？」

丸川はほんの一瞬視線を上げ、玲子の顔を窺ったが、またすぐに視線を下げ、小さくかぶりを振った。見たところ、顔色も悪くないし、目に隈を作っているわけでもない。呼吸も安定している。体調面は問題ないと判断してよさそうだ。

身長は百七十センチ。玲子とほとんど変わらないのに、座高は明らかに玲子より高い。やや背中を丸くしているにも拘わらずだ。どうやって見ても「大柄」な感じは否めない。女性に対して「小柄」は褒め言葉であり、「大柄」は貶し言葉である。少なくとも玲子はそう思っている。「大きい」とか「背が高い」とか「大柄」とか言われて、嬉しく感じたことはただの一度もない。スポーツや日常生活で得をしたことはあるが、女として得をした記憶は皆無だ。これで太り始めたら大変なことになる。丸川もおそらく、その点には気を遣って生きてきたのだろう。最初の印象は「中肉」だったが、ちゃんと見れば「痩せ型」と言って差し支えない体格をしている。

いま目の前にいるこの女は、一体、何をしたのか。

これまで、玲子の脳内で空白になっていた部分に、目の前にいる「伊織」を嵌め込んでみる。

遺品整理の仕事をしながら、伊織はある男と同棲を始めた。幸せな時期もあっただろう。しかし、いつからか暴力を振るわれるようになった。そして先々月、正確には十月の二十日に遺品整理の会社を辞め、行方をくらました。事件現場となったマンションに入居したのはその八日後、十月二十八日。十一月一日からはハウスクリーニングのKDSで働き始めている。

その約一ヶ月後、十二月二日に事件は起こった。

玲子は、一度深く息を吐いてから伊織に訊いた。

「……あなたが転落死させたのは、浅野竣治という男性です。それはもう、寺田からも聞いてますよね。あなたは、浅野さんがどういう人かは知らないと言った。知らないのに、付きまとわれるようになったと言った。ストーカー、という言葉も取調べ中に使っている。でも、それって本当ですか。本当に、あなたは浅野さんのことを知りませんでしたか。本当に浅野さんは、ストーカーだったんでしょうか」

伊織は伏し目がちにして黙っている。息を殺し、玲子の質問がやむのを待っている。いや、この取調べ時間が何事もなく過ぎていくのを、待っているのかもしれない。

でもそれは、許されない。

玲子は、次に伊織が息を吐いた瞬間に訊いた。

「倉永勝というのは、何者ですか」

ヒュッと細く、伊織が空気を吸い込む。

やはり——。

玲子は伊織の携帯にあった電話帳の人物を当たったが、それと並行して別班が電話会社に出向き、ここ三ヶ月間の着発信履歴を照会している。電話機本体では消せない、大本の記録だ。

それによると、十月十九日から、狂ったように伊織の携帯にかけ続けている番号があることが分かった。しかもこれを、伊織は着信拒否している。当初はこれが浅野竣治の番号ではと考えられたが、実際には、浅野の携帯番号ではなかった。今になってみれば、浅野が伊織の携帯番号を知ったのは早くても上京当日、十一月十八日。それより一ヶ月も前の話だから、違っていて当たり前だ。

その発信番号の契約者が、倉永勝だった。

「知らないわけ、ないですよね。ずっとずっと、あなたの携帯に連絡を入れ続けていた人なんですから。あなたはその番号を、十月十九日から着信拒否しているけれども、その前は普通に通話していた。そんな長話ではなくて、二分とか三分とか、日常的な連絡程度の話をしていた……その、倉永勝さんと」

伊織の喉元（のどもと）、血管が透けるほど薄い皮膚の下で、喉仏（のどぼとけ）が、静かに転げるのが見えた。

もうひと押し必要か。

「誰なんですか。倉永勝さんというのは」

伊織の眉間に力がこもる。

「教えてください。あなたと倉永勝さんは、どういう間柄だったんですか」

もともと細い目も、今は完全に閉じてしまっている。

ならば、その目を開かせてみせよう。

「……そんなに怖いんですか、倉永が」

パチッ、と音がするほど、伊織が大きく目を開く。視線は目の前、何もない机の一点に、釘付(くぎづ)けになっている。

そこに何が見える。倉永の顔か。自分を殴りつけた男の、悪鬼の形相(ぎょうそう)か。

少し、声のトーンを和(やわ)らげてみる。

「伊織さん。もう、いいんですよ、怖がらなくて。もう誰もあなたを傷つけたりしないし、尾け回したりもしない。捜し出して、連れ戻そうともしませんから。だから、話してください。倉永勝は、あなたにとって、どんな存在だったんですか」

再び伊織が目を閉じる。そのまま、開きかけた心の扉まで閉じさせるわけにはいかない——と、思った瞬間だった。

「……一緒に、住んでいた、男です」

その言葉と同時に、伊織の、閉じた両目をこじ開けようとするように、透き通った涙が染み出してきた。

「そんなに、怖い人だったの？」

うん、と子供のように頷く。

「よく、殴られた？」

それにも、頷く。

「逃げたかった？」

「……はい」

「遺品整理でもらったお給料は、どうしてました？」

伊織は驚いたように目を開け、顔も上げたが、次から次へと溢れてくる涙に視界を奪われ、またすぐに下を向いてしまった。

「全部、あの人に……取られちゃいました」

悔しかっただろう。悲しかっただろう。でもそれ以上に、怖かったのだろう。倉永勝という男が。

「そうだよね。逃げたくても、あなたには、そうするためのお金もなかったんだよね。でも、そんなあなたに、突然のチャンスが訪れた。それも……誰にも知られる心配がない、あなたにだけ、内緒で訪れたチャンスだった」

否定するかと思った。黙り込むかもしれないとも思っていた。

でも、伊織はそれにも頷いてくれた。

「……どうしても、あの人と、別れたかった……逃げたかった」

「何を、やっちゃったの」

「お金……取っちゃいました」

「どこから」

「仕事の、現場から」

「正確には？　現場って、なんてお宅？」

「吉澤、きえさん……」

「いくら」

一層、嗚咽が激しくなる。

「……八十、二万円です」

玲子の予想より、だいぶ少ない。

一つ、確認しておこう。

「あの、あなたが転落死させてしまった、浅野竣治さんね。あの人が、吉澤きえさんのお孫さんだったっていうのは、本当は知ってるんだよね？　最初は知らなくても、今はもう知ってるよね？」

うん、とまた頷く。当然だ。そうでなくては辻褄が合わない。

「ですよね。はい……吉澤きえさんは、竣ちゃん、竣ちゃんって、小さい頃から浅野さんのことを、とても可愛がっていたそうです。もう二十八だったけど、今年も彼は、きえさんからお年玉をもらってるんです。それも、十万円も。年に一、二回は東京に来て、きえさんを訪ねていたそうです。たぶん毎回、お小遣いをもらってたんでしょう。何万円かは分かりませんけど」

今のところ、なぜ吉澤きえがそんなにお金を持っていたのかは分かっていない。

「きえさんが亡くなったのが、九月の二十九日。告別式は一週間後の十月六日。この告別式にも、浅野さんは参列しています。遺品整理が行われたのはもう少しあとの、十月十七日。じゃあ、この日にあなたは……？」

小さく、伊織が頷く。でも黙っている。

「ちゃんと、自分の言葉で言って」

「遺品から、お金を見つけて、取っちゃいました」

「それが」

「八十、二万円です」

「どこにあったの？」

「白い、ビスケットの、缶の中です」

そういうことだ。いつも小遣いをもらっていた浅野は、それがどこから出てくるかも知っていたのだろう。

「そうですよね……でも、浅野さんが行動を起こしたのは、それから一ヶ月ほど経ってから。なんでかって言うと……浅野さん、遺品整理からちょうど一ヶ月後なんですけど、十一月十七日の夕方に、とあるニュース番組を見てるんですね。あとから調べただけだから、本当にその番組を浅野さんが見たって証拠はないんだけど、でも、たぶん見たんだと思います。それ、どんなニュースだったかって言うと……ゴミ処理場とかで、何千万ってお金が発見されることがある、っていう内容なんです。あたしなんかが聞くと、犯罪とか裏金とか、そういう話かなって思っちゃうんだけど、番組の見解はそうではなくて……今、独居老人って増えてるじゃないですか」

伊織も、話の先は読めているようだった。静かに頷きながら聞いている。

「お年寄りは、上手くATMが使えなかったり、ATMまで行くのが面倒だったりして、ついついタンス預金しがちらしいんですね。そんなお年寄りが、突然亡くなったりすると、まさかそこにお金が入ってるなんて誰も思わないから、捨てられちゃうことがあると、そういう話でした。それを見たんでしょう。浅野さんは、ご両親に確認したんだそうです。東京のお祖母ちゃん、きえさんのアパートとか、遺品はどうしたんだって。ご両親は、東京の遺品整理の会社に頼んで、全部捨ててもらって引き払った、と答えたそうです。浅野さんが上京したのは、その翌日です」

そこからの経緯は、もう説明不要だろう。

「伊織さん。あなた、浅野竣治さんに、なんて言われたんですか」

もう涙も涸れたのか、伊織はぼんやりとした表情で、また机の一点に視線を向けている。

「最初は……白い、ビスケットの缶を知らないかって、話だったんですけど、二回目にかかってきたときには、もう、お前が盗んだんだろう、バアちゃんの金、盗んだのお前だろうって、五百万は入ってたはずだ、って……私、とっさに、そんなに入ってなかったって、言っちゃったんです」

ある意味、正直者なのだろうとは思う。あるいは、嘘のつけないお人好しか。

「それからです。あの男に、お金を要求されるようになったのは」

「いくら、要求されたんですか」

「全額じゃなくてもいい、山分けにしよう、二百五十万で手を打とうって、言われました。でも本当に、そんなには入ってなかったんです。八十二万だって、言いました、私。でも、全然信じてくれなくて。じゃあ百万でいい、百万に負けてやるから、すぐ払え、明日払えって……私だって、その八十二万で、ようやくあの人から逃げてきて……十日くらい、ホテルにも泊まったし、マンションの家賃とか敷金も払ったし、服とか家具とかも買って、もう、三十万くらいしか残ってなくて。でも、百万払わなかったら警察に行く、お前が金を盗んだこと、バラしてやるって脅されて、それで……倉永が、私を連れ戻しにきたら、必要になるかもしれないと思って、買っておいたスタンガンを……使って、しまいました」

なんにせよ、浅野竣治はやはり、ストーカーではなかったということだ。

今日一日の取調べで、本件の謎の全てが解明できたわけではない。そもそも、なぜ二人で浅野竣治が転落したのは、四階と五階の間にある踊り場部分。そもそも、なぜ二人でそんなところにいたのかも疑問だが、それ以前に、踊り場の手すり壁は高さが百四十センチほどある。浅野が、スタンガンで体の自由が利かなくなっていたのならなおさら、よろけた弾みで百四十センチの壁を越え、転落したとは考えづらい。

おそらく伊織はスタンガンの使用後、浅野からの反撃はないと判断し、手すり壁に寄り掛かった状態の浅野の両脚をすくい上げ、それを越えさせて転落させたのだと思う。その根拠となるのが、手すり壁に残っていた伊織の皮膚片だ。浅野の両脚をすくい上げる際、手すり壁にこすりつけて、左手首を擦り剝いてしまったのだと思われる。この点については、まだ伊織の供述は得られていない。というか、玲子は伊織に訊いてすらいない。でも、今日のところはそれでいいと判断した。勾留期間はまだ充分あるし、そういっぺんに、なんでもかんでも認めさせたら、伊織に過剰な精神的負担を掛けることになると思ったからだ。

とにかく、今日は一歩も二歩も前進ということで、会議終了後は係の仲間と居酒屋に飲みに出ることにした。場所は福生駅近くにある海鮮系居酒屋。上手いこと座敷の個室が確保できた。

飲み物が揃ったところで、小幡が玲子に振る。

「では姫川主任から、ごくごく簡単に、乾杯のご挨拶を」

そういうの、一番面倒臭い。

「はい。今日も一日お疲れさま、カンパーイ」

「カンパーイ」

今日は珍しく、中松も日野も来ている。あと、声をかけたら寺田班の水谷と宇野も来てくれた。むろん菊田もいる。全部で七人。みんな一杯目は生ビール——いや、今ガチャガチャと合わせたジョッキ、ちょっと、数が多くなかったか。

菊田と中松、日野に小幡、水谷、宇野、と玲子。

いや、もう一人いる。

いち早く気づいたのは、菊田だった。

「……井岡、お前、いつのまにッ」

捜査一課殺人班七係所属の、井岡博満巡査部長。今は確か、練馬の特捜にいるのではなかったか。

「いや、なんや、捜査がエエ感じで進んでるて聞いたもんやから、お祝いせなアカンやろなぁ、と」

練馬から福生は、どんな交通機関を利用しても一時間はかかるはず。そもそも、捜査がいい感じで進んでるかどうかなんて、井岡が知り得るわけがない。

しかも今、井岡は小幡の背後をにじにじと這い、玲子の近くまで来ようとしている。

「玲子主にぃん」

「よせ、こっちくんな、ストーカー」

「あーんもう、いっそそのお美しいお御脚で、ワシを足蹴にして」

「井岡、テメェ、こっち来い」

そうだそうだ、菊田、そのままネクタイを絞め上げて、そいつの息の根を止めてしまえ。それぞまさに「正しいストーカー殺人」だ。情状は最大限に酌量されるはず。ひょっとしたら、無罪判決だって勝ち取れるかもしれない――。
ウソ、冗談だよ、菊田。
もう、その辺で勘弁してあげて。

赤い靴

階下から、遠慮がちにではあるが、朝の音が聞こえてくる。

冷蔵庫のドアを開け閉てする、コンロに何かを載せて点火する、タッパーのフタを引っぺがす、何かこぼしたのか、短く悲鳴をあげる、スリッパの足で右往左往する。そんな全てが目に浮かぶ。

もう少し、寝かせておいてくれればいいのに。

ベッドの脇に置いたナイトテーブル。目覚まし時計は寝たままでも文字盤が見えるよう、何冊か積み上げた本の上に載せてある。

七時四十二分、いや三分。腹を立てるほど早くはないが、ああよく寝た、と悦んで伸びができるほどゆっくりでもない。だが二度寝ができない体質なのは自分が一番よく分かっている。一度布団から出たらこの季節だ。頭も体も寒さで自動的に覚醒する。

そういえば、早起きで得する三文って、今でいったら何円くらいなのだろう。三十円か、高くても百円くらいか。まあ、多少でも家計の足しになるのなら助かる。

日野利美は布団を撥ね退け、両脚を高く振り上げ、それを下ろす反動を利用して起き上がった。三十数年前、術科は合気道ではなく、あえて柔道を選んだ。これでも三段は持っている。五十代半ばでも、この程度の運動能力は維持できている。

ナイトテーブルに置いた携帯電話を摑み、寝室を出て、ほぼ正面にある階段を下りていく。当たり前だが、空調が利いていなければ一階の方が寒い。特に廊下が寒い。突き当たりのドアまで急ぐ。

「……おはよ」

入ったところはキッチン。調理台の前で何やら楽しげに拵えている順一郎が、ひょいとこちらに顔を向ける。白髪頭に巻いているのはピンクのバンダナだ。

「おはよう」

今朝の献立は和食らしい。味噌汁と、炊き上がり間近のコメの匂いがする。ごめん、起こしちゃったな――そんな、謝罪めいた言葉はない。優しい人だとは思うが、そういう気遣いをする男ではない。

ドアを閉め、順一郎の手元を覗く。さっき聞いて想像した通りの状況がそこにある。冷蔵庫から糠漬けのタッパーを出し、勢いよくフタを開けたはいいが、下手に傾けて糠味噌をこぼしたのだろう。半ば味噌色に染まった台拭きがまな板の横に放置されている。

順一郎が、ショウガの糠漬けを刻みながら訊く。

「……今日から、裏在庁なんだろ」

あるいはB在庁。担当事件が決まるまでの自宅待機。それが分かっているなら、朝食の支度はもっと静かにやってくれ。

「うん。ウチも入れて、浮いてるの二コだから。三日も休めたら御の字かな」

A在庁は四係、B在庁は利美のいる十一係。実質休みと同じ自由待機のC在庁は、昨日の時点ではなし。これらは、事件が起こらなければ概ね五日程度でローテーションしていくが、そんなことは滅多にない。早ければ今日、呼び出しがあってもおかしくはない。

順一郎が頷く。彼も元は警察官だから、こんなことに一々同情などしないし、励ましの言葉を口にすることもない。

「もうできるけど、一緒に食べる？」

「……うん」

悪気はないのだろうが、やたら物音をたてて人を起こしておいて、一緒に食べる？もないもんだと思う。でも、鍋の残りで作ったような具だくさん味噌汁が美味しそうだったので、口答えはなしにした。

その前に、トイレ。

夫、順一郎は二年前まで埼玉県警の、俗に言う「似顔絵捜査官」だった。そうはいっても日々似顔絵ばかり描いていたわけではない。所属は強行班（強行犯係）や盗犯、鑑識が多かった。退職時の階級は警部補。まあまあ、優秀な捜査員だったのではないかと思う。

出会いは二十七年前。利美は二十八歳で、刑事になって三年目だった。埼玉と東京で同様の手口の窃盗事件が続発し、その共同捜査本部で一緒になったのが知り合うきっかけだった。のちにその共捜本部は「合同捜査本部」に格上げになり、実際、順一郎とコンビを組んで聞き込みなどもして回った。

犯人グループが逮捕され、合捜本部が解散になったのちも、順一郎は何かと連絡をくれ、二人で会うようになった。その後、一年半ほどの交際を経て結婚。広い意味で言えば「職場結婚」なのだろうが、埼玉県警と警視庁で、というのは珍しい方だと思う。

子宝にも恵まれた。息子が二人。二人ともすでに自立し、この家を出ている。長男は美容師になった。次男はフィットネスジムでインストラクターをやっている。利美は、どっちか一人くらいは警察官になってもらいたかったが、順一郎はそうでもないようだった。はっきりと「やめとけ」みたいには言わなかったが、少なくとも勧めることはしなかった。

その心情は、むしろ定年後の順一郎を見ているとよく分かる。

長年連れ添った利美でさえ、そんなに？　と思うほど順一郎は、実は趣味に走る人だったのだ。

まず、真っ先に始めたのは油絵だった。散々似顔絵を描かされてきたので、いつか顔ではないもの、風景とか静物とか人の全身とか、いろんなものを絵具で描いてみたいと、ずっと思っていたのだそうだ。順一郎のそれが絵画としてどうなのかは、利美には分からない。それでも、ここ一年くらいの作品は、まあまあ見られるレベルになってきているとは思う。

次は料理。これはもともとできる方だったが、最近はパソコンでいろいろ調べて、和食でもイタリアンでもフレンチでも、なんでも作ってくれる。しかも、けっこう美味しい。利美は現役の捜査一課員。できれば家事はパスしたいところなので、これは単純に助かっている。鍋を焦がさずに使ってくれたら、なおよし。

さらにギター。昔からビートルズが好きなのは知っていたが、まさか自分で弾こうとするとは思わなかった。こちらはまだ騒音のレベル。練習は利美のいないときにする約束になっている。

あとは、写真か。わざわざ一眼レフのフィルムカメラを買って、野良猫とマンホールの写真を撮って回っている。野良猫はともかく、マンホールは意味不明だ。でも長くなりそうなので、あえて説明は求めないようにしている。

そんな順一郎を見ていると思う。よっぽど、警察の仕事がストレスだったんだろうなと。

少なくとも息子たちに勧めない程度には。と同時に、ある意味羨ましくもある。定年後を活き活きと過ごせるのは喜ばしい限りだ。

そして、朝食。

「……いただきます」

ありがたいのと、グルメレポートを求められる面倒臭さとが、概ね半々といったところだ。

「どうだ、旨いだろ」

糠漬けは、ショウガとキュウリを一緒に食べろという。

「……うん、美味しい」

「これもあるぞ」

見たところ、ただのゆで卵だが。

「ああ、じゃ、お塩ちょうだい」

「いやいや、実はそれもな、糠漬けなんだよ。ゆで卵の、糠漬け」

びっくり、するべきなんだろうな。

普通のゆで卵の方がよかった、とか言っちゃ、いけないんだろうな。

ダラダラと朝のワイドショーを見ていたら、携帯電話が鳴り出した。横目で確認すると、【姫川担当主任】と表示されているのが見える。出たいか出たくないかと訊かれたら、もちろん出たくはない。

「……はい、もしもし」

『おはようございます、姫川です』

その声だけで、きっちり仕上がったナチュラル「風」メイクの顔がありありと目に浮かぶ。

「おはようございます」

『日野さん、すぐ出られる？』

「はい、出られますけど……もう、A在庁ですか」

一応、自宅待機なので。

『んーん、まだウチはBのままなんだけど、別スジで応援頼まれちゃって』

にわかに面倒な予感。

「なんですか、別スジって」

『うん、滝野川署でね、取調べだけやってくれって言うのよ』

面倒な予感、強まる。

「ってことは、マル被は確保できていると」

『そう。でも落ちないと』

姫川の頼まれ仕事、それで利美にまで声がかかるということは。

「マル被は女、ですか」

『うん。二十三歳だって』

そんな小娘も落とせないとは、滝野川も情けない。

「なんでまた、そんな調べが主任に回ってきちゃったんですか」

『今泉管理官が、なんか、頼まれちゃったみたい』

姫川は今泉管理官に頭が上がらない。いま本部の捜査一課にいられるのも今泉のお陰、みたいな話は利美も耳にしたことがある。そんな恩人の頼みを、姫川が断われるはずがない。

だからといって、それに自分を巻き込むのはやめてもらいたい。

「……分かりました。滝野川に、直接行けばいいんですか」

『うん。何時に来れる？』

「昼前には着くと思いますけど」

『それだと助かる。じゃ、お願いします。あたし、先に行ってますから』

「はい。了解です」

利美が操作するまでもなく通話は切れ、ディスプレイもすぐに暗転した。

洗い物を終えた順一郎が、エプロンで手を拭きながらこっちに来る。ピンクのバンダナは首に巻き直されている。

「なんだ、もう呼び出しか」

「うん。なんか、ちょっと面倒臭そう」

「電話、姫川さんか」

「よく分かったね。声、聞こえた？」

順一郎が、苦笑いを浮かべてかぶりを振る。

「いや。お前の口調が、それっぽかった」

「え、私、姫川さんとどんなふうに喋ってんの」

「どんなふうって……まあ、いろいろ複雑に入り混じった、玉虫色の口調、とでも言おうか」

確かに、二十歳も年下の同性上司というのは、利美も姫川が初めてだった。しかも、まあまあの美人、高身長、そこそこのモテ具合。利美が応援したくなる要素なんて、一つも見当たらない。

「ひょっとして……受け答え、嫌味っぽかった？」

「いや、それはないけどね」

「むしろ、おちょくってる感じとか？」

「そういうんでも、ないかな」

「じゃ、何よ」

順一郎は口を「へ」の字に結び、腕を組んで首を傾げた。

「なに、って言われてもな……俺も、よく分かんないけど、でもなんか、昔の、フウちゃんを散歩させてるときのお前を……不思議なんだけど、なんとなく思い出した。なんでだろうな」

フウちゃんというのは、利美の実家で飼っていた犬の名前だ。もう二十年近く前に亡くなった、シェットランド・シープドッグだ。姫川と似ているところといったら、毛が長いところと、やや顔が長いところと、よく吠えるところだろうか。

「……姫川さんって、フウちゃんみたいに可愛くはないよ」

「知らないよ、俺は、会ったことないんだから。別に、姫川さんが似てるとかじゃなくて、フウちゃんを、散歩させてるときのお前を思い出した、って言っただけだよ」

なんだそれは。

付け加えていうなら、フウちゃんの正式な名前は「風太（ふうた）」だ。

もちろんオスだ。

滝野川署は東京都北区の南部を管轄する、規模でいったら中くらいの警察署だ。

そもそも何を以て中規模というのか。一つは署員の数だ。

概ね三百名より多いと大規模署、二百名以上が中規模署、二百名未満は小規模署になる。当然、庁舎もそれに伴った大きさになる。ちなみに国内最大の新宿警察署は約七百名。小規模署の三つ分か四つ分というわけだ。

規模が変われば組織も変わる。大規模署の署長は警視正、中規模署、小規模署の署長は警視。大規模署には刑事課、組織犯罪対策課が独立して設けられているが、中規模署では「刑事組織犯罪対策課」と一つにまとめられている。略称は「刑組課（けいそか）」。これが一部の小規模署だと「刑事生活安全組織犯罪対策課」となる。刑事と組対（そたい）に加え、さらに生安（せいあん）までひと括りにされてしまうのだ。これの略称は利美も知らなかったのだが、ついこの前、五日市署に行って「刑生組対課」であることが分かった。確かに「刑生組課（けいせいそか）」よりは語呂がいい。なかなか、考え抜かれた略称だと思う。

「失礼します……」

滝野川署刑組課の大部屋に入ると、奥の方、窓際に置かれた応接セットに姫川がいるのが見えた。隣にいるのは、たぶん今泉だ。もう一人、今泉の向かいにいるのはここの署員だろう。

姫川が小さく手を挙げたので、利美も会釈をしながらそっちの方に進んだ。

利美が近くまで行くと、なんとなく三人が立ち上がる。

「……すみません、遅くなりました」

改めて一礼すると、玲子より、むしろ奥にいる今泉の方が申し訳なさそうな顔をした。

「急に呼び出して、悪かったな」

その向かいにいる男も、さも済まなそうに頭を下げてみせる。

「こちらの一方的な事情で、大変申し訳ありませんが、なんとか一つ、よろしくお願いします」

利美はてっきり、彼が滝野川署の刑組課長なのだと思っていたが、違った。左胸の階級章は警視。つまりは滝野川署長だ。

だが、そんなお偉いさんに下手(したて)に出られても、その「一方的な事情」とやらが分からない利美には返答のしようもない。なんとなく「こちらこそ、よろしくお願いします」と頭を下げ返すくらいしかできない。

その後、席の譲り合いみたいなひと幕もあったが、結果的には今泉が向こう側に回り、その左が署長、今泉の正面に姫川、その左に利美という配置に落ち着いた。

今泉が、姫川と利美を順番に見る。

「じゃあ、ここはまあ、俺の方から説明しておく」

署長も「お願いします」と小さく頭を下げる。

「はい……まず、ウチの十係が入っている、会社役員殺しの特捜が、この上に設置されている。もうこれだけで、滝野川署の通常業務に支障が出るのは分かるだろうが、加えて、千葉県警、埼玉県警と立ち上げた特殊詐欺の合捜本部に……何名でしたっけ」

署長が答える。

「九名です」

「九名、捜査員が転出している。おまけに」

まだあるのか。

「産休で二名、女性捜査員が現場を離れている。そこに起こった事件の被疑者が女性ということで、こちらは非常に困っている」

なるほど。要するに、こういうことか。

今泉は第五強行犯捜査の管理官。係でいったら、殺人班十係から十二係の指揮・統括をしている。その、十係の担当事案が片づかない現状を申し訳なく思った今泉は、じゃあ女性被疑者の取調官くらいはこちらで用意しましょう、とひと肌脱ぎ、自分の配下の十一係から、姫川と利美を呼びつけた、というわけだ。

署長が遠慮がちに割って入る。

「もちろん、本署も全力で捜査はしております。被疑者は逮捕……というより、こちらの事案認知前に、自首してきておりまして。なんとか、本部捜査にまではせず、本署刑組課が、単独で起訴まで持っていきたい、とは、思っておったのですが……」

今泉が頷く。

「なかなか、自首してきたわりには、面倒なマル被らしくてね……署長、調べは何日やったんでしたっけ」

「第一勾留の、今日が四日目です」

今日は一月六日。ということは、自首してきたのは去年の大晦日(おおみそか)辺りか。

今泉が続ける。

「まあ、自首してきてから、ちょうど一週間。今のところ、ほとんど何も喋ってないそうだ」

　ふいに姫川が、前傾姿勢で乗り出す。

「これまでの取調官は、男性だったんですか」

　署長が「はい」と頷く。

「何しろ、中堅どころは全部、特捜に上げてしまっているので……いや、恨み言とかそんなのではなく、本署としても、そっちに全力を注いでおったわけですが、しかしそうなると、経験の浅い若い者か、極端に年配の捜査員しか残っておりませんもんで、二十三歳の女性の被疑者となると、なかなかこう、話を引き出すまでに至らないというか」

　泣き言はもういいから、そろそろ事案の内容について聞かせてくれ、と思っていたら、姫川が訊いてくれた。

「分かりました。では早速、どんな事案かお聞かせいただけますか」

　署長が、ほっとしたように頷く。

「はい。細かいことは、のちほど資料をご覧いただくとして、現場は東田端一丁目の、二階建てアパートの二階です。マル害は、タバコヤトシユキ、二十八歳の男性です」

　煙草屋？　とは思ったがここは黙っておく。

「同室の賃借名義人です。マル被は、自称ケイコ、二十三歳……といっても、年齢も自称ではありますが」

おやおや、名字も分かっていないのか。

署長が続ける。

「この自称ケイコが、大晦日の夜に、男を殺しましたと、東田端交番に出頭してきまして、捜査員を現場に向けますと、確かに男が室内で死亡している。ところが、臨場した当直の捜査員は、ひと目見て、おかしいなと、思ったと言うんです」

利美は思わず、姫川と一緒に「はあ」と頷いてしまった。

「というのも……死体の腹部にはですね、明らかに刃物で刺したような傷がある。ただし、出血量はさほどでもない。それとは別に、首にですね、比較的幅のある、ベルトのようなもので絞めた索痕がある。ケイコは刺し殺したと言うんですが、どちらかと言うと、絞頸による窒息死のように見える。本部の検視官の見解も、同じでした」

そんなものは司法解剖をすればすぐに答えが出るだろう、と利美は思ったのだが、そこはさすが、姫川はもう一歩先を読んでいた。

「ひょっとして、司法解剖が済んでいない？」

「……ええ、実は」

「というと、アレですか」

姫川が、左の掌を右拳で叩いてみせる。

今泉が頷く。

「ああ。西新宿ジャンクションでの、バス横転玉突き事故な。十七名の死者がいっぺんに出て、監察医務院だけじゃ足りず、都内の法医学教室も解剖室はフル回転の状態らしい。特に、玉突きだからな。あとからあとから衝撃が加わって、死体はグシャグシャ、所見を出すのにも、やたらと時間がかかってるらしいんだ。大学の先生は、交通事故の検死は専門外だから、慣れてない人もいるみたいだし。そんなところに、コレの死体も運び込まれたもんだから……」

「後回しにされていると」

「そういうことだ」

やれやれ。ここまで悪い条件が重なるのも珍しい。

しかし、索痕と刺創の両方があるというのはどういうことだろう。

たとえば扼殺、手で絞め殺したのを自殺に見せかける目的で、あとからロープか何かで高いところに死体を吊るす、というのなら分かる。それでも警察が調べれば、自殺を装った他殺と簡単に判明するのだが、偽装しようとした意図は理解できる。

ところが、一方が刺し傷ではそうもいかない。本当は刺し殺したのに、あとからベルトで首を絞めたところで、なんの偽装にも言い訳にもならない。殺人罪に死体損壊罪が加重されるだけだ。順番が逆でも同じ。首を絞めて殺したのに、あとから刺し傷を付けたところで何も装ったことにはならない。

警察的には「無意味」としか言いようがない。

あいにく、すぐには会議室が用意できないということで、別の階にある畳敷きの仮眠室を借り、そこで姫川と資料を読むことになった。運ぶのを手伝ってくれた強行班の係員は、何度も「すみません、こんなところしかなくて」と頭を下げていた。

姫川も、一応は「大丈夫です」と答えていたが、それが全然「大丈夫」そうに聞こえないのは頂けない。そういう、ある種の「硬さ」が姫川にはある。できることなら、面と向かって言ってやりたい。よく知らない人には愛想笑いの一つもしなさいよ、と。じゃないと、偉ぶった可愛げのない女にしか見えないよ、と。もうけっこういい歳なんだから——さすがにそれは言い過ぎか。

仮眠室の広さは十畳。そこに、脚が折り畳める座卓が二台。座布団が八枚。畳は全体的に変色しており、シミもあちこちに浮き出ている。

「じゃ、始めよっか」

「ですね」

しかし、ここまで状況がイレギュラーだと、一緒にいるのが知った人間だというだけで、なんとなく安心感があるから不思議なものだ。それがたとえ、この姫川玲子であろうとだ。

「主任、アメ食べます？」

「何味ですか」

「濃厚黒蜜抹茶ミルクです」

「……いただきます」

この、一瞬迷うところにも、姫川玲子という女のプライドの高さが表われている。濃厚黒蜜抹茶ミルクなら食べるけど、カンロアメだったら食べないわよ、みたいな。そもそも、あんたみたいなオバサンが勧めてくるアメなんて碌なもんじゃないんだから、くらいは思っていそうだ。そんなところにも、いい加減慣れはしたけれど。

それはいいとして、資料だ。

基本的には一部ずつしかないので、弁解録取書や取調調書は姫川に譲り、利美は実況見分調書から見ていくことにした。

事件発生並びに死体発見現場は東京都北区東田端一丁目△△－※、フジタハイツ二〇三号、賃借名義人は被害者である「萛谷俊幸」。「タバコヤ」ってこういう字だったのか。八畳の和室に押し入れ、四畳程度の台所、トイレ付きユニットバス。死体は和室奥の、窓際に敷かれた布団の近くに倒れていた。室内には生活用品が多くあるものの、乱れた様子はなかった——添付された写真を見ると、確かに乱れてはいないが、でも整理整頓が行き届いているとも言い難い。主婦目線で言わせてもらうなら、これは明らかに不合格だ。

続いて押収品目録。衣類とか郵便物とか、預金通帳、携帯電話、ノート型パソコン、その他諸々。歯ブラシ二本って、俊幸は誰かと同棲してたってことか？ 実況見分調書に戻って浴室の写真を見ると、やはりそのようだ。シャンプーとリンスが二種類ずつあるし、和室を見ると、整理箪笥(だんす)の上には化粧品のような小瓶も写っている。

「日野さん、終わったのここ置くね」

「はい」

基本的に、姫川は書類を読むのが非常に速い。読解力、理解力が人並み以上にあるのだろう。そこは認める。

「じゃ、私が読んだのはこっちに」

「はい」

弁解録取書、自首調書、供述調書と読み進めていくと、利美にも事件の様相がだいぶ分かってきた。

自称ケイコは先月、十二月三十一日水曜日の二十時十分頃、東田端交番を一人で訪れ、男を殺したと告白。フジタハイツ二〇三号に臨場した滝野川署捜査員が死体を発見、ケイコは本署に連行された。

任意聴取の段階では、ケイコもある程度は質疑に応えていたようだ。年齢は二十三歳、被害者と一緒にフジタハイツ二〇三号で暮らしていた、台所にあった文化包丁で刺し殺した。ただし、動機を訊かれると首を傾げ、黙り込む。名字も、「ケイコ」はどういう漢字を書くのかも答えない。いつから被害者と暮らしていたのか、職業は、出身地は、家族は。そういったことにも答えない。よって逮捕状も「氏名、自称ケイコ、年齢、自称二十三歳」で請求されている。

一方、台所にあった文化包丁で刺したのは間違いないようで、現場で押収されたそれにはケイコの指紋がくっきりと残っていた。

ふと隣を見ると、姫川が、物凄い目つきで死体写真を睨んでいた。

少しでも理解を深めようとか、見逃しがないようにとか、もはやそういうレベルではない。よく見て、見つめて見つめて見つめて、なんだったら目から写真の中にヌルヌルと入り込んで、時間も空間も超えて犯行現場に化けて出たい——まで言ったら怖過ぎるけど、でもそれに近いものはある。これもいつものことなので、さほど驚きはしないけれど。

「……主任的には、どうですか、その死体」

そう利美が声をかけると、ふと我に返ったように、写真から目を上げる。少しオドオドというか、自分が見られていたことを恥じるような、そんな表情を浮かべる。

「ああ……死因は、窒息だと思う。見た感じはね。絞頸による、窒息死。凶器は何かな……ベルトよりはもっと柔らかいもの、たとえばタオルとか、ジャージの袖とか、そういうものじゃないかな。それなら、現場にいくらでもあるしね。布だと指紋が採りづらいから、厄介だとは思うけど……それとここ、首の後ろにある、この痕、結節だと思う。前から回して、後ろで一回交差させてる。普通、こういうのは自絞死だけど、たとえば酔ってて、居眠りしてるところを狙って、首に布を回して、後ろで交差させてギュッと絞め上げて……それだと、苦しんで喉を掻き毟った痕とかありそうだけど、そういう表皮剝脱はない。でも、一回交差させて絞めちゃえば、加害者は両手が空くしね。ちょっと両手を押さえて邪魔してやれば、マル害も自分では外せなかっただろうし。ただ、絞殺を自絞死に偽装しようって意図は、ケイコの供述からは読み取れない。むしろもっと分かりやすい、刺殺を自白している。これってどういうことなのかな……可能性としては絞殺、自絞死、薄いけど刺殺、ってことなんだけど、それを刺殺って線に自ら持っていく意味って、なんなのかな。首を絞めたけど、ちゃんと殺せたかどうか分かんないから、念のため包丁で刺した、ってことなのかな。だったら、そう供述すればいいのにね。じゃなかったら……」

この長い独り言、自分が黙ってたらいつまで続くのだろう。

面白いから、しばらく放っておいてみようか。

少しでもいいから直にケイコに会っておきたい、と姫川が言うので、夕方から取調べをすることになった。

多くの警察署には女性を勾留できる留置場がない。滝野川署にもない。よって、女性専用留置場がある他の施設に預け、取調べのたびに連れてこなければならないのだが、それでも今回はまだいい方だ。女性用留置場のある西が丘分室は、滝野川署と同じ北区の、西が丘三丁目にある。車なら十五分か二十分ほどの距離だ。

警務課の留置係員に連れられ、ケイコが刑組課の取調室に入ってきたのが十六時五分前。西が丘で夕食をとらせる時間を考えたら、正味一時間、粘っても一時間半ほどしかないが、それでもマル被を直に見たことがあるのと、ないのとでは大きく違う。第一勾留四日目という、一日の意味が変わってくる。

ケイコを奥に座らせ、腰縄を椅子に結びつけ、手錠を外す。正面に座るのは姫川、利美はその右後ろに陣取った。

「初めまして。今日からあなたの取調べを担当する、警視庁捜査一課の、姫川です」

「日野です」

なぜ取調官が交代したんですか、というような質問はない。ケイコは黙ったまま、デスクの真ん中辺りに視線を落としている。表情も、落ち着いているというよりは、無気力ゆえの無表情に見える。

少し髪色を明るくしたショートカット。肌は、やや不健康そうに見えるくらい白い。目鼻立ちは決して悪くはないけれど、可愛いとか、美人という感じではない。目が、何しろ暗い。性格まで暗そうに見える。身長は百五十七センチとなっている。利美が百五十八センチだから、ほとんど変わらないわけだ。

身体的なことで言えば、一つ気になる報告があった。

警察では、被疑者を留置する前に必ず身体検査をする。被疑者が女性であれば、もちろん女性係員が検査を担当する。下着まで全て脱がせ、肛門や性器に何か隠し持っていないかまで、徹底的に調べる。その際に、健康面で何か不安なこと——たとえば妊娠しているとか、持病があるとか、そういったことがあれば、被疑者は申し出ることができる。

その身体検査を担当した留置係員が、前任の取調官にこう報告している。

ケイコの胸や腕、腹には、小さな火傷（やけど）や切り傷、痣などがいくつもある。小さな火傷は、タバコの火種を押し付けたものに酷似している。また、背中にはかなり古い傷痕もあるので、幼少期から虐待を受け続けてきた可能性が考えられる。

前任の取調官が、これについてケイコに訊いている。しかし回答はなかった。黙ったまま視線すら動かさなかった、と報告書には記されている。

そこだけを見れば、ケイコは俊幸から虐待を受けていた、それを恨んで殺害した、と考えることができる。だが、それならそうと供述すればいい。日々痛めつけられていたので、耐えきれなくなって大晦日に刺し殺しましたと、ケイコは言うべきだ。しかし、それもしない。

姫川が訊く。

「あなたは出頭当初に『ケイコ』と名乗り、莨谷俊幸さんと一緒に住んでいた、というところまでは、話してくれてるんですよね。戸籍上、俊幸さんは独身となっているので、あなたは俊幸さんの奥さんではない……ということに、なりますよね」

莨谷俊幸はアパートの大家に対し、同居人は妻であると説明している。事実上、これは虚偽だったわけだ。

姫川は続ける。

「つまり、一緒に住んでいたといっても、それはあくまでも同棲なわけで、結婚ではない。

ということは、あなたには『葭谷』以外の姓がある……はずだよね。違う？」

むろん意識してのことだろうが、姫川の今日の声色は、いつもの調子と比べると極端に優しい。利美は、姫川が「あたしがこの手でお前を殺してやるよッ」と被疑者を恫喝した場面にも居合わせているので、激しいときの彼女がどんな調子かはよく知っている。それと比べると、今日の姫川は、こっちの首筋がむず痒くなるほど優しい。ちょっと、気持ちが悪いくらいに。

「どうして、名字を言えないのかな……親御さんに迷惑がかかるから？　それは、確かにあるよね。でもさ、二十三歳っていうのも聞いてるからさ、未成年じゃないんだから、これ、メディアによっては、顔が出ちゃうこともあるんだよ。検察に行くときとか、テレビカメラが狙ってるでしょう。ああいうので……親御さんは、あなたが俊幸さんと同棲してたことは、ご存じだったの？　知ってるんだったら、テレビ見て、今頃驚いてるかもね。あ、ケイコの彼氏だ、殺されたって、どういうこと、ケイコはどうなったの、大丈夫なの、って、きっと心配してるよ。そんなところに、いきなり犯人としてあなたの顔と名前が出ちゃったら、大変だよ。ご両親にはある程度、心の準備はしておいてもらった方が、いいと思うよ」

姫川も、本気でこんなことを思って言っているのではあるまい。「親」という言葉を聞いたケイコが、どう反応をするかを見たかった、親の現状を想像させることによって、ケイコの様子がどう変化するのかを試したかった、そういうことだと思う。

だが利美が見たところ、今の試みは失敗だった。

ケイコは眉一つ動かさなかった。

その日は残念ながら、供述と呼べるようなものは一文字も引き出せなかった。

だが姫川的には、大いに収穫があったようだ。

留置係員にケイコを引き渡し、二人で取調室に戻った途端、姫川は呟いた。

「あの子、殺(や)ってる……それは間違いない」

利美は、一度畳んだパイプ椅子をもう一度広げて座り直した。

「どうして、そう思ったんですか」

自分でも妙な質問だとは思う。

男を殺しましたと自首してきた被疑者と直に会って、間違いなく殺しているとの印象を抱くのは、ある意味当たり前のことだ。しかし、姫川がケイコのどこを見て、何を感じてそう確信したのかとなると、利美には分からない。想像もつかない。少なくとも利美は、座ったまま黙っているケイコを一時間余り見ていただけでは、彼女が殺人犯であるとの確信には至らなかった。

それに対する答えまでは用意していなかったのか、姫川は少し、困ったように眉をひそめた。

「間違いない……っていうのは、ちょっと言い過ぎかもしれないけど、あの子の中に、殺人の『メ』っていうか、『カク』みたいなものがあるのは、見えた気がした。それを『心の闇』とか言うのは、あたしは安っぽいから好きじゃないけど、でも、そんな感じ」

日下警部補が統括主任として殺人班十一係に来てから、もうすぐ一年になる。彼が姫川に対して、感情論を振りかざすなとか、論理的に順序立てて説明しろとか、叱責というほどではないにしろ、けっこう厳しめに注意する場面は何度か見たことがある。

確かに、姫川にはそういうところがある。印象や直感を重視する傾向が多分にある。でも、それが絶対にいけないことかというと、利美はそうとも思わない。姫川には、論理や証拠の積み上げを超越して事件の真相に迫る才能がある。それは事実だと思う。それで解決できた事件だって、一つや二つではなかったはずだ。

ただ、もう少し説明が欲しいとは思う。

「主任。殺人の『メ』って、なんですか。この、見る『目』ですか。人殺しの目ってことですか。それとも……」

「いや、メが出て膨らんで、花が咲く方の『芽』です」

ということは、『カク』は『核』か。

「はあ。それが、ケイコにはあると」

「うん、なんかね……この社会に生まれ育って、それでも人を殺そうと思うって、相当強い意志だと、あたしは思う。カッとなってとか、弾みでとか、そういうんじゃなくて、殺意を持って殺すって、かなりの覚悟だと思うの。そういうものを、あの子の中に感じた、っていうか」

「それをケイコの、どの辺りに見たんですか」

姫川が、半眼にした目をこっちに向ける。

「……そんなの、あたしだって分かんないですよ。なんとなくです」

そりゃ、日下統括も怒りたくなるわな。


十八時を過ぎた辺りから、ぼちぼち戻ってきた捜査員たちと挨拶を交わし、何人か揃ったところで今日の報告を始めた。

最初は、滝野川署刑組課強行犯捜査係の松本大担当係長。五十代のベテラン警部補だ。

「マル害が田端駅近くのファミレスと、西日暮里駅近くのバーのアルバイトを掛け持ちしていたことは、報告書にも記した通りですが、ケイコが日中何をしていたのかは、よく分かっておりません。宅配便の当該地区担当者に訊くと、マル害宅には何度か届けに行ったことがあり、いつも受け取りに出てくるのは、女性だったということでした。ケイコの写真を見せると、この女性で間違いないとの証言を得ました。また、同じアパートや近隣の住人に訊いたところ、午前中に洗濯物を干している姿や、近所のスーパーの袋を提げて、あの部屋に入っていく姿なども目撃されています。普通に専業主婦、若い奥さんだと思われていたようです。近所では」

同係の主任、藤井真人巡査部長。

「マル害は同じキャリアで二台、携帯を契約しています。一台が本人用、もう一台がケイコ用と思われます。両方とも押収できていまして、内容も調べましたが、あまり二人とも、外部との連絡はなかったようです。特にケイコは。マル害はバイト先とか、そこの同僚と連絡をとり合ったりしていましたが、ケイコはほとんど、マル害との連絡にしか携帯を使っていません……ある意味、孤独な専業主婦、とでもいいますか」

続けて、同係の野口陽子巡査。署長の言った「経験の浅い若い者」というのは彼女のことだろう。姫川が歳を訊くと、まだ二十二だという。交番勤務から刑組課に上がってきたばかりらしい。

「マル害の、静岡の実家は、父親が亡くなっていまして、母親は、地元の農協に勤めています。遺体確認に来たのが、母親と、マル害の兄で、兄は大阪の商社に勤めています。ええと……ですので、家族は二人だけです」

姫川が松本担当係長に訊く。

「司法解剖は、まだ終わらないんでしょうか」

「いえ、先ほど連絡がありまして、今日中か、明日一番には検案書が届くことになっております」

「絞頸に使用された帯状のものが何かは、判明しましたか」

「はい。おそらく、長袖Tシャツの袖であろう、というところまでは分かったんですが、現状は、死体頸部から検出された繊維片の鑑定と、そのTシャツの袖に残留している皮脂等の照合が終わった段階でして、指紋の検出までは、まだ」

昨日までケイコの取調べを担当していたのが、この松本だ。おそらく、取調べを肩代わりしてもらった負い目があるのだろう。ここの署長同様、姫川に対してひどく下手に出る傾向がある。

「……で、姫川主任。今日の取調べは、いかがでしたでしょうか」

結果は昨日までと大差ないはずだが、そんなことで小さくなる姫川ではない。

「今日のところは単なる顔見せです。本格的な調べは明日からになります。ところで松本さん、マル害のパソコンは調べましたか」

松本は「あっ」という顔をし、すぐまた済まなそうに眉をひそめ、首を垂れた。

「申し訳ありません、まだそこまでは、手が回っておりませんで」

「分かりました。ではそれは、私どもが調べます。お借りしている仮眠室の方に運んでもかまいませんか」

「あ、はい、では、そのように……藤井、例のパソコンと、あとプリンターも一台、すぐ仮眠室にお運びして、ちゃんと接続して、使えるようにしておけ。あと、プリンターの紙も、満タンに補充しておけ」

「了解です」

姫川が「よろしくお願いします」と軽く一礼する。

いや、ちょっと待て。本気か？　姫川は、これからパソコンの内容を調べ始めるつもりなのか。もし中身が空っぽだったらそれでもいいが、逆に目一杯いろいろ入っていたら、一体何時間かかるか分かったものではない。最悪、今日は徹夜ということにもなりかねない。

やはり、そのようだった。

「じゃ、日野さん。私たちはその間に、コンビニに行ってこよう。たぶん、今日は徹夜になると思うから、いろいろ準備しないと」

「……ですね」

若い野口が「それなら私が」と申し出たが、姫川は「大丈夫です」と突っ撥ね、さっさと出入り口の方に歩いていってしまった。

やれやれ。長い夜になりそうだ。

お握り、サンドイッチ、お茶、コーヒー、ちょっとしたお菓子と、コロコロクリーナー。

仮眠室に戻り、姫川が袋から一番に取り出したのは、意外なことにコロコロクリーナーだった。

「古い畳って、なんですか、これ……イグサ？　細かいのが服にピンピンピンピン、くっ付くじゃないですか。もうこれ、取調べ前に取るの大変だったんですよ」

確かに、利美のパンツの裾にもけっこう付いていた。取調べ中に大きいのは取ったが、今もまだけっこう残っている。姫川はこれを、取調べ前に綺麗にしたというのか。身だしなみに気を遣うのは女性として尊敬すべきところではあるが、姫川のそれはやや行き過ぎな気もする。

姫川の黒いパンツを綺麗にして、せっかくだから利美も借りて使って、それからちょっと腹ごしらえをして、

「じゃ、始めましょうか」

「はい」

ようやく、パソコンの内容を調べ始めた。

最初はインターネットの利用状況から。男性だから、当然エッチな画像や動画を見まくっているだろうと思いきや、そういうブックマークは一つもなく、履歴にすら一件も残っていなかった。

姫川が「なるほど」とインターネットの画面を閉じる。

「そりゃ、五歳も年下の女の子と暮らしてたんだから、そっち系は必要なかったか」

「そういうこと、かも、しれませんね」

「ケイコと共用だったのかもしれないし」

「あると思います」

だが、次に開いた【ドキュメント】フォルダーには、いきなり興味深いものが収められていた。

同じフォルダーのアイコンだが、名前は【小説】となっている。

姫川もそれを指差す。

「……なんですかね、これ」

「小説、なんじゃないですか」

「誰の？」

基本的には、ふた通りしかあるまい。

「そりゃ、ネット上にあるものをダウンロードして集めたか、自分で書き溜めたか、どっちかでしょう」

「見てみましょう」

利美は一瞬、何かの禁を犯すような罪悪感を覚えたが、姫川は躊躇なくそのアイコンをクリックした。

瞬時に、夥しい数のアイコンとファイルネームがズラズラと表示される。見たところ、全て文書ファイルのようだ。

「けっこうな数ですね」

「百、はあるのかな」

実際、表示枠の左下には【106個の項目】と表示されている。これだけの数の文書ファイルが一斉に並ぶフォルダーを、利美は今まで見たことがない。普通は、もう少し小分けにして整理するのではないだろうか。

タイトルを一部、拾い読みしてみる。

【幸せになったらサヨウナラ】【ロクデアリ】【君の指先】【あの日の僕の影】【悲しませてあげる】【呪縛】【中庭】【遺言】【血の味】【袖】【小粋な経済学のススメ】【真っ白になったよ】【通り過ぎた自転車】【レイン】【楽園の招待状】【生業】【季節を渡る舟】【転生尽誤】【傷】【西の都のホームレス】【蛮行】【赤い靴】【壁の中】【恨み、清らかに】【愛はどこへ】【街の明かりに飽きたから】【ジャンクフード急行】【雑感1】【雑感2】【雑感3】【片腕の男】【キスミー】【東西南北上下左右】

これらは一体、どういう傾向の作品群なのだろう。少なからず興味は覚える。

利美は、姫川がどう思ったのかも聞きたいと思い、目を向けたが、

「し……主任、どうしたの」

なんと、とんでもなくブスになった姫川の顔がそこにあった。なんだろう。苦くて臭くて、形も食感すらも気持ち悪い、色も汚い食べ物を口に入れてしまって吐きそうになった顔、とでも言ったらいいだろうか。

「日野さん……あたし、無理かも」

「無理って、何がですか」

「この小説、読めないと思う」

「なんで」

姫川のブスは継続中。

「あたし、そもそも小説って、嫌いなんですよ」

それは意外。

「あら、主任って書類読むの速いから、むしろ文学女子なんだと思ってました……っていうか、小説は読まないって人はいますけど、はっきり『嫌い』って言う人、私、初めてですよ」

ようやく少し、気持ち悪いものが呑み込めたようだ。

「それは、その……小説読んで、自分が思った結末じゃないと、裏切られた気がして腹が立つし、自分の思った通りの結末だと、なんだつまんないの、って思っちゃうんですよ」

「ものすっごい、傲慢な考え方ですね」

それでも姫川は続ける。

「要するに、著者と知恵比べしちゃうんですよ。だから一行一行、騙されないように騙されないようにって、いつのまにかその、騙されないことが一番重要になっちゃって。ちょっと変な書き方してあると、何かあるのかと思って何回も読み返して、そこじゃなかったら戻って探してでも読み直して。そんな読み方してるから、時間ばっかりかかっちゃうし、そこまで丁寧に読んで騙されたらもう、自分が赦せなくなるし。逆に、もっともっと話が単純で、なんとなくの、第一印象のままのオチだったりすると、この作者、馬鹿なんじゃないの、って思っちゃうんです。だから小説って、全然楽しめないんです」

完全に、読書も捜査も同じ思考回路で処理しているわけだ。

「それじゃ、楽しめませんよね」

この人、自分が思っていたより、遥かに変人なのかもしれない。

それでも、ちょっと口を尖らせて言い訳じみたことは付け加えようとする。

「映画はいいんです。二時間も経てば、勝手に終わるから。面白くてもつまらなくても、そこまで腹は立たない。でも小説は違うんです。かけた時間と労力に見合わない、怒りか落胆しか残らないんです、あたしには」

しかし今、怒りと落胆を覚えているのは利美の方だ。

「……で、小説が嫌いだから、なんだっていうんですか」

「代わりに、日野さんが読んでください」

「全部ですか」

「全部です」

それはない。

「いやいや、そんなに嫌いなら、きっちり半分コとは言いませんけど、せめて三分の一、四分の一くらいは受け持ってくださいよ」

姫川が、全身を震わせるようにしてかぶりを振る。

「無理です、っていうかイヤです。タイトルのセンスからしてもう、あたしには拷問以外の何物でもないです。申し訳ありませんが、日野さん、お願いします。あたしは他をチェックしますんで、そっちはあたしが全責任を持ちますんで、小説だけは、日野さんお願いします。絶対にお願いします」

子供かこいつ、とは思ったが、要求されているのは小説を読むことなので、基本的には遊びというか、娯楽というか、暇潰しの類なので、それで仕事をしたことになるなら楽なものだと考えることにした。まだ二十時前だし、早く読み終えれば徹夜する必要もないかもしれない。

「……分かりました。じゃあ、小説は私が担当します。その代わり、他は全部、主任がチェックしてくださいよ」

「うん、任せて。もう、プリンターも日野さん優先で、っていうか専用で、ジャンジャン使っていいから」

しかし読み始めるとまもなく、正確に言うと初っ端の作品で、利美は自分の考えが甘かったことを思い知らされた。

小説を読むのが娯楽や暇潰しになるのは、それがプロの書いた作品である場合のみだ。あるいは、極めてプロに近いアマチュアの原稿も、それに含めていいかもしれない。なんにせよ単なるアマチュア、いわば素人の書いた原稿を読むのは、けっこうつらい。苦痛と言ってもいい。

たとえば、最初に読んだ『ロクデアリ』という作品。これはひと言で言うと、ロクデナシな男の日常を描写した小説だった。誤字脱字が多少あるのは致し方ないだろう。ときどき意味が分からない言い回しがあったり、自分に酔ったような表現が続くのも、百歩譲って赦そう。

でも、未完成は勘弁してくれ。

【水の流れなくなったトイレを見つめ、途方に暮れた俺は、いも】

この作品は、ここで終わっている。

作者である葭谷俊幸が——いや、まだ作者はケイコである可能性も残されてはいるが、どちらにせよ、一方は殺害され、もう一方は身柄を拘束されているのだから、未完成の作品が一つや二つあるのはむしろ自然なことなのかもしれない。

でも、次に読んだ『季節を渡る舟』も、さらには『中庭』も『ジャンクフード急行』も『片腕の男』も、みんな完結していなかった。どうもこの作者は、途中まで書いて上手くいかないと、急に放り出す癖があるらしい。そしてまた新しい作品に手をつけ、上手くいかないと放置する。

それからは利美も、最後の行がどうなっているのかチェックしてから読み始めることにした。

最初に見つけた、完成した作品は『悲しませてあげる』だった。

主人公は売れない画家で、女と同棲している。男は、女のためにも成功したいと日々努力を重ねるが、まるで上手くいかない。女はそんな男を見て「私のために、もう苦しんだりしないで」と涙ながらに訴えるが、男はさらに自分を追い込んでいく。それを見ている女は、自分がいるからいけないのだと思い、男のもとを去る——簡単に言うとそういう話だ。

一応の結末があるというだけで、何かとんでもなく素晴らしいものを読んだような気になったが、冷静に考えたら、そんなにいい作品でもなかった。男は自分の作品をウジウジと批判しながら描き直しているだけだし、女は女で人物像が薄っぺらく、物語にも起伏がなくて面白みに欠けた。おそらくこれは、萛谷俊幸が自身の境遇に重ねて書いたものなのだろうが、それにしてもつまらない。

でも、完成した作品もあると分かったのは大きな収穫だった。しかも、最後にちゃんと【了】と書いてある。今後はこの【了】を目印に選んでいけばいいわけだ。

次に見つけた完成作品は『幸せになったらサヨウナラ』だった。

これも、主人公が陶芸家という設定の違いこそあるものの、才能がなくて上手くいかないのは『悲しませてあげる』と同じで、薄っぺらい女が献身的に支えようとするところも、それ自体が男には重荷になっていくところも、まるで一緒だった。ただ、こっちはまぐれで売れて、男が女を捨てるという、違う結末になっていた。そういう願望も、萁谷俊幸の中にはあったということか。

でも、分かった。つまり萁谷俊幸という小説家は、『季節を渡る舟』とか『ジャンクフード急行』とか、架空の設定で書き始めると駄目なのだ。作品を完成させられない。ところが、設定がちょっと違うだけの半ば自伝的な作品だと、そこそこ書ける。一応完成はさせられる。その代わり、どれも似たような作品になってしまう。要するに、創作能力が足りないのだろう。

なんか、すでに読むのがシンドくなってきているが、でもこれでも仕事なのだから、我慢して読まなければなるまい。

次はどれにしよう。『赤い靴』っていうのは、どうなんだ。終わっているのか、また途中で投げ出したのか。ファイルのサイズを見ると、ある程度のボリュームはありそうだが。

ふいに姫川が、ノートパソコンのモニターから目も上げずに話しかけてきた。

「ねえ、日野さん」

「はい、なんでしょ」

「そっちに『赤い靴』ってタイトルの作品、ある？」

なんという偶然だろう。

「ええ、あります。私もちょうど、今から読もうと思ってたやつです」

「そっか。それね、今から八年くらい前に、俊幸が文学新人賞に応募して、最終選考まで残った作品らしいんだ。その、最終選考通過作品の発表って……これはなんだろう、文芸雑誌か何かかな、そういうのに【赤い靴　萛谷俊幸】って載ってるページを、写真に撮って保存してあるの。よっぽど嬉しかったんだろうね」

最終選考に残るって、けっこう大変なことなんじゃないのか。

「主任、そういう記録は、他にはないんですか」

「うん、今のところは、これだけ」

「ペンネームも『萛谷俊幸』なんですか」

「うん、まま本名で載ってる」

八年前といったら、蒖谷俊幸はまだ二十歳そこそこ。その歳で最終選考に残ったということは、当時の俊幸は、まあまあ才能がある方だった、ということなのか。

蒖谷俊幸の初期作品『赤い靴』を読んだ。

表現の稚拙さは、当然のことながらある。利美もさほど読書家ではないので、評論家のようにどこがどうとは指摘できないが、ある種のバランスの悪さも感じた。でも、それを差し引いても余りあるくらいの衝撃が、この作品にはあった。生々しさがあった。荒々しい文章の中に、おそらく著者本人にも制御できなかったのであろう、狂おしいほどのエネルギーがあった。命が宿っていた。

傑作だと思った。少なくとも、蒖谷俊幸作品の中では。

「主任、この『赤い靴』だけは、自分で読んでみてください。話はそれからにしましょう」

姫川は頷き、プリントアウトした原稿を受け取ってくれた。

主人公の男はある少女と出会い、恋に落ちる。しかし、彼女の置かれた境遇を知るにつれて、自らも苦悩するようになる。

彼女は両親から虐待を受けていた。幼少期からずっと。特に父親が怖ろしい。彼女は父親に何度も殺されかけている。母親はそれを黙認するに留まらず、父親に手を貸すことすらあった。地獄だった。彼女は地獄に生まれ、地獄に育ち、地獄をさ迷っていた。

主人公の男は心を決め、行動に移す。彼女の家に押し入り、彼女の両親を殺害し、彼女を救い出す。

二人きりの世界の、始まり。

それがこの物語の、終わり。

読み終えた姫川は、静かに頷いた。

「……他の作品は、どうなんですか」

利美は、かぶりを振ってみせた。

「正直、あとは駄作のオンパレードです。設定や展開に多少の工夫はありますが、要はマル害の愚痴です。言い訳、かな……創作に打ち込むんだけど、上手くいかない。そのうち、彼女の存在が重たくなってくる。別れたいとかではなく、彼女を幸せにできない自分、才能のない自分自身に、次第に押し潰されていく。でものちの作品を、形を変えた『赤い靴』の続編だと解釈すると、むしろ納得はいきます。それなりに意味を見出すことはできる。たとえば……」

利美は『悲しませてあげる』と『幸せになったらサヨウナラ』も姫川に渡した。姫川も、億劫がらずに読んでくれた。

「……なるほどね」

「主任は、どう思いますか」

姫川は原稿を座卓に置き、そこに両手を重ねた。

「マル害とマル被の関係が、仮にこれらの作品の通りだったとして、それが破綻しかかってたことは、分かる。これを端緒に、ケイコの口を割らせるって手も、なくはないと思う。でも、基本的にこれってマル害の、俊幸側の心理でしょう。ケイコが俊幸を殺害した動機とは、また別物じゃない？」

姫川ならそう言うだろうと思っていた。

でも、利美の見解は違う。

「そこなんですけど、私、ケイコは俊幸を殺してないんじゃないかと思うんですよ」

姫川が片眉だけをひそめる。

「……具体的に言うと？」

「俊幸はTシャツの袖を利用して自絞死を図った。実際にそれで死に至った。ケイコはその後に、俊幸の腹に文化包丁を突き立てた」

「なんのために」

「それは、私にも分かりませんけど」

「あたしは、ケイコが絞殺、でもそれで死んだかどうか不安になって、念のために包丁で刺した、と思ってるけど」

「いや、それは……」

数秒前から、その足音は聞こえていた。こっちに近づいてくるように感じていた。でもそのまま、この仮眠室の戸がノックされるとは思っていなかった。

姫川が応える。

「……はい」

「刑組課の松本です、ちょっといいですか」

「どうぞ」

引き戸を横にすべらせ、松本がタタキに入ってくる。

「失礼します。今ようやく、東邦大から死体検案書が届きまして、一応、死因は絞頸による窒息で、腹部の刺創は死後のものと判明しました。ただ、鑑識の方も、今日の段階での報告をあげてきまして、これがですね……」

姫川が「勿体ぶるな」とでも言いたげに松本を睨みつける。

「簡潔にお願いします、係長」

「はい……絞頸に使用したのが長袖Tシャツというのは動かないんですが、結局、指紋は検出不能ということでした。引き続き、検出作業は継続しますが、おそらくもう無理だろうと。つまり……」

萇谷俊幸本人による自絞死か、ケイコによる絞殺なのかは、分からないということか。

二人で、朝まで話し合った。

姫川も、捜査の一環だと肚を括れば、小説を読むこともできないわけではないようだった。他の作品にもいくつか目を通し、その上での話し合いだった。

それでも姫川は自らの直感を信じ、ケイコは殺していると主張した。利美は逆に、ケイコは殺していないという見解を堅持した。作品に出てくる「女」が俊幸を殺すとは到底思えない、二人はそういう関係ではなかったはず――でもそれも、いうなれば「勘」の域を出るものではなかった。

女と女の、直感のぶつかり合い。結論は出なかった。出るはずがなかった。

姫川と利美は方針を一本化できないまま、ケイコを取調室に迎えることになった。

「おはようございます」

「……」

ケイコの様子は昨日と変わらない。変わったのは、西が丘分室の貸出用ジャージが、グレーからくすんだ緑になったことくらいだ。

姫川はしばらくの間、当たり障りのない話題を振り続けた。

婚姻の事実はないものの、二人は、近所では若夫婦と見られていたこと。俊幸はバイトを二つも掛け持ちし、頑張って働いていたこと。一方、ケイコは家事を一所懸命やっていたこと。部屋は一見散らかって見えるけど、それはあの部屋に収納が少ないからで、ケイコなりに努力して整理はしていたのだろうこと。若い二人には、あの部屋はせま過ぎたのだろうこと。

「料理も、作ってあげてたんでしょう？」

決して数は多くないが、部屋の隅に積み上げられた本の中には、料理に関するものが何冊かあった。押収したそれらを見ると、ときにはページを開きっ放しにして、見ながら調理をしたのだろうことが窺えた。酢豚、鶏の唐揚げ、ビーフシチュー、ハンバーグのページが特に開きやすくなっていた。

「俊幸さんは、何が好物だった？」

ケイコが長く息を吐き出す。心情の変化、というほどではないにしろ、少しは姫川の言葉も心に届いているのかな、という印象は利美も持った。

衣類に関する話もした。

「洗濯機、あれじゃ小さくて、大変だったでしょう。でもあの部屋じゃ、そんなに大きなのは置けないしね。一日何回くらい？　冬場は、二回も三回も回してたんじゃないの？　俊幸さんの、バイトの制服も洗ってたんでしょ。大変だよね」

バイトの制服を自宅で洗濯、というのはどこからの情報だろう。そんなこと、報告書に書いてあっただろうか。利美には覚えがない。

さらに、近所のスーパーマーケットの話。レンタルショップの話。部屋にあったＤＶＤプレイヤーがかなりの旧型だったこと。好きな映画の話、音楽の話、テレビ番組の話。姫川は、自分ではなかなかいけないから、旅番組が好きだという話。

そこから、いきなりだった。

「そういえば俊幸さん、小説、書いてたんだね」

ピクッ、とケイコの睫毛(まつげ)が動いた。

正直、上手いな、と思った。絶妙の呼吸と間(ま)だった。

映画から小説に、という流れは利美も予測した。ということは、ケイコも同じように予測し、警戒した可能性が高い。小説の話題が出ても反応するまい。そう心のガードを固めていたに違いない。

だが姫川は、そこから音楽、テレビ番組、しかもプライベートの一端を明かして、旅番組へと転回した。近場での食べ歩きもいいよね、というところまで話を逸らして、ケイコの油断を誘った。

そこからの、小説。ケイコはまんまと引っ掛かった。

姫川が続ける。

「あなたは、俊幸さんの作品、全部読んだ？」

ケイコは暗い目、別の言い方をしたら「眠そうな目」をした女だが、今はそれが、明らかに「覚めて」いる。その胸に触れることができるなら、速くなった心拍を掌に感じ取ることもできるのではないか。

「私は、読みました。初期作品から全部」

嘘つけ、と思ったが、利美はむろん、そんな茶々は入れない。

「あの『赤い靴』って短編、だいぶ前に、文学新人賞の最終候補になってるのね。どういう理由で受賞に至らなかったのかは分からないけど、私は、いい作品だと思った。感動とか、泣けるとか、そういうタイプの作品じゃないけど、心を揺さぶられる感覚はすごくあった。主人公の男性と一緒になって、怒りも覚えたし、駄目だって分かってるのに、主人公が女の子の家に向かう場面なんかは、寒気がした。やめてって思いながら、同時に、行け、って思ってた」

姫川は、充分過ぎるほどの間を取って、次の矢を放った。

「……ねえ。なんであの短編、タイトルが『赤い靴』なの?」

一瞬、ケイコの目が泳いだ。角度にしたら十度くらいかもしれないが、確実に揺れた。

それは姫川も見たはずだ。

「作品を素直に読めば、女の子の両親を殺したときの返り血で、二人の靴は赤く染まっていた、というのと、童謡の『赤い靴』だよね。赤い靴を履いた女の子が、異人さんに、遠い外国に連れていかれて、彼女は二度と戻ってこなかったっていう、あの歌。主人公が、助け出した女の子を家から連れ出す、その姿を、童謡の『異人さん』に重ねたわけだよね、俊幸さんは」

利美も、そう解釈していた。

しかし、

「ただね……他の作品も読むと、その最初の解釈は、ちょっと違うんじゃないかって、思うようになったの」

姫川は、射貫(いぬ)くほどに強くケイコを見つめる。

「俊幸さんがそれをどこまで意識していたか、自覚していたかは、あたしにも分からない。でもね、あのタイトルが意味しているのは、実は童謡の『赤い靴』ではなくて、アンデルセン童話の方の『赤い靴』なんじゃないかなって、今は思ってる」

待て。そんな話、姫川は今まで一度もしていない。少なくとも利美は聞いていない。

だが、ここで横から話を止めるわけにもいかない。

「赤い靴を履いた女の子が呪いをかけられて、死ぬまで踊り続けなければならなくなるっていう、あの童話。俊幸さんにとっての赤い靴って……あなた、ケイコさんだったんじゃないかなって、あたしは思ってる」

ケイコが、初めて視線を上げる。姫川の顔を正面から見る。

姫川も、その視線を真っ直ぐに受け止める。

「俊幸さんはあなたと出会い、小説家として成功することで、あなたを幸せにしたいと願った。そのために小説を書き続けた。いや、書くことをやめられなくなってしまった。でも、思うような結果は出ない。『赤い靴』ではあと一歩というところまで行ったのに、その後はまるで箸にも棒にもかからない。それでも俊幸さんは書き続けた。八年もの間、あなたという赤い靴を履いてしまった、死ぬまで書き続けなければならない呪いをかけられてしまった俊幸さんは、どんなに自分の作品が駄目でも、駄目だと分かっていても、書くことをやめられなかった。どんなに心がすり減っても、アイデアが浮かばなくても、新人賞に落選し続けても、そこから逃れられない。あなたという、呪いの赤い靴を履いてしまったから」

ケイコの目に、感情めいたものが宿り始める。それは怒りか、反発か、嫌悪感か。

姫川が、静かに息を吐く。

「……あなたは、どうだったの。俊幸さんに、作家として成功してもらいたかった？」

利美は、夜の海の静けさを思い出していた。どの作品だったかは覚えていないが、俊幸の小説に、そういう場面があったのだ。

主人公と女の間には微妙な距離があり、主人公は彼女に問う。本当に俺でよかったのか、と。

それに対し、女はなんと答えたのだったか。

ケイコなら、なんと答えるのか。

「……あの人は、もう、駄目だった」

一瞬、誰が喋ったのか分からないくらい、低い声だった。とても二十三歳の声とは思えない。四十歳か五十歳くらいの、疲れ果て、乾いて嗄(しゃが)れた女の声に聞こえた。

姫川は微動だにせず、ケイコを見つめている。

ケイコはもう、姫川を見てはいない。

「一度、最終選考に残ったんだから、頑張れば、次は受賞できるって……私も、そう励ましたけど、駄目だった。あの人は、私をイメージしないと、書けない。『赤い靴』とは違う、次の作品を書かないと、応募できない。あの人は、私を想いながら、同時に私から離れようとした。私も、あの人から離れようとした。でも、できなかった。戻ってきてくれって、泣く……だったら、私を傷つけてよって、包丁を握らせた。タバコを持たせた。私を傷つけて、それを見て、もう一度傷ついた私を書いてよって、手を引き寄せた……でも、駄目だった。泣いてた。あの人も、私も」

ケイコの上半身には、タバコの火を押し付けたような痕がある。ただ不思議なことに、新しい痕は胸や腹、古い痕は主に背中側にあった。新しい痕は、むしろケイコが自分から進んでつけた、あるいはつけさせた。だから背中ではなく、胸や腹だった。そういうことなのだろう。

ケイコが続ける。

「呪い……確かに、そうなのかも。あの人は、小説で生きていくことに、取り憑かれてた。私は、どうだったんだろう……分かんない」

姫川が、ゆっくりと頷く。

「そんなあなたが、どうして、俊幸さんを刺したりしたの」

同じ質問は、松本警部補も幾度となくしたはずだ。だがそのときケイコが答えなかったのは、分かってもらえると思えなかったから、ではないだろうか。

人間には承認欲求というものがある。犯罪者にも、いや犯罪者だからこそ、誰かに認められたいという願望を強く抱く。問題は犯罪者にとって、その取調官が「認められたい相手」かどうかということだ。

ケイコにとって、今の姫川はどうなのだろう。

促すように、姫川が小首を傾げる。

「ケイコさん……あなたにとって重要だったのは、俊幸さんがどうやって死んだかではなく、俊幸さんを死に追いやったのが誰だったか、だったんじゃないの？」

利美は思わず、姫川の方を向きそうになった。

それ、どういう意味。

ケイコは答えない。

長い沈黙が、窓もない、小さな取調室に積もっていく。

重く、それでいながら、ひどく透明な、時間の流れ。

それはケイコにとって、とても重要な静寂だったに違いない。

　ケイコが、再び口を開く。

「……私が、お風呂から出てきたら、あの人、布団の上で、仰向けで寝てて。首に、黒いTシャツが、絡まってて。声かけても、返事がなくて……嘘でしょ、って思ったけど、息、してなくて。心臓も止まってて。起こそうとしても、上手く動かせなくて……Tシャツを解（ほど）いて、少し待ってたら、起きるんじゃないかって、思いたかったけど、思おうとしたけど、起きなくて。なんか……動かなくなっちゃった、あの人を見てたら、こんなふうにしたのは、私なんだよなって、思えてきて……ちゃんと、私が殺そう、って思って……それで、刺しました」

　童話の『赤い靴』。あれを履いた女の子は、最後はどうなってしまったのだったか。確か、誰かに両足首を、斬り落としてもらったのではなかったか。

　ケイコを西が丘分室に戻し、午後は調書を作ることにした。

　でもその前に、一つ確かめておきたいことがある。

「主任……ひょっとして途中で、考え変えました？」

　座卓の向こうに座る姫川が、「ん？」と小首を傾げる。

「考えって、何がですか」

「ケイコが殺したのか、それとも俊幸の自殺なのか、って点です」

姫川が顔を背ける。でもそこには、隠し果せない笑みが浮かんでいる。

「……バレたか」

「あ、やっぱりそうだったんですか」

さも照れ臭そうに、姫川が頷く。

「日野さんと話してるときは、絶対ケイコは殺ってるって思ってたけど、面と向かって話してるうちに、違うかなって思えてきて。でも、あなたが殺したんじゃないよね、とも言えないから、とりあえず、なんで刺したのって訊いたら……まあ、上手くゲロしてくれたと」

利美は胸を反らせ、「へえ」と感心してみせた。

「主任、意外とそういうところ、素直なんですね」

「ちょっと、意外ってそれ、失礼じゃないですか。あたし、けっこう根は素直ですよ」

「いやいや、主任みたいな意地っ張り女、そうはいませんよ」

「あ、もっとひどい」

膨れっ面も、そう思って見れば、多少は可愛くも思える。なるほど、フウちゃんに似ていなくもない、かもしれない。

しかし姫川は、すぐに「ただね」と真顔に戻した。

「ケイコの身元が分かってないのは、マズいと思うんですよ。マル害の作品が、概ね自伝的なものなのだとしたら、じゃあ『赤い靴』のあの描写はなんなんだ、って話になる。そもそも俊幸は、どこからケイコを連れてきたんだってことになる」

要するに、事件はまだ終わっていないと。

やっぱり姫川って、根っからの意地っ張りなんだと思う。

青い腕

姫川玲子は滝野川警察署の、仮眠用の和室にいた。

傷んだ畳のイグサがやたらと服にくっ付くし、照明はいまだに蛍光灯だし、かろうじて電気ストーブは借りられたものの、首振り機能がないもんだから顔ばかり火照って、正直困っている。

滝野川署の窮状は理解している。特別捜査本部と合同捜査本部を同時に抱えているところに、さらに死体損壊事件が発生したのだから、さぞ大変だったろうとは思う。同情もしている。なので、見かねた今泉管理官が、せめて取調官くらいは捜査一課から、と助け舟を出すことを思いつき、玲子と日野利美を呼び寄せたところまではよしとしよう。

しかし、玲子と日野はB在庁、いわば昨日今日は休み同然の自宅待機のはずだった。こっちは、それを返上して取調官を引き受けたのだから、せめてもう少しまともな待遇を期待したいところだが、それもまた無理な話なのかもしれない。

何しろ署の上の方には特捜と合捜が陣取っている。講堂も会議室も、使える部屋は全て彼らに占拠されているのだろう。よって玲子たちは、狭くても寒くても畳が傷んでいても、書類を広げてゆっくり読めるスペースがあるだけ、ありがたく思わなければならないのかもしれない。

全然、そんなふうには思えないけど。

もう一つ気になるのは、座卓を挟んで正面にいる日野が、さっきからチラチラとこっちを見ていることだ。

「日野さん、何か」

日野が、さも驚いたふうに両眉を吊り上げる。

「いえ……小説嫌いと言うわりに、主任、さっきからけっこう熱心に読んでるな、と思って」

なんだ、そんなことか。

玲子の小説嫌いについては、確かに昨日、日野に話している。今も成り行き上致し方なく、マル害である莨谷俊幸が書いた短編小説を読んでいる。

「ああ……あたしはもう、これを小説だと思って読むのやめにしたんですよ。単なる、マル害の独白というか……一種の、被害者供述みたいな位置づけで。信憑性には著しく疑問がありますけど」

「そう思ってしまえば、読めるんですか」

「読めますね。だって、小説が面白くなかったら腹が立ちますけど、供述は別に、面白くなくてもいいでしょう。そういう期待をする対象では、そもそもないわけですから」

「確かに」

それにしても、この『赤い靴』という作品。

今日の取調べで、マル被である自称「ケイコ」には、いい作品だと思うとか、心が揺さぶられたとか言ってはみたものの、本音（ほんね）を言ったら、そこまでいい作品だとは、玲子は思っていない。

【僕は、重く垂れ込めた闇を進んだ。彼女の囚（とら）われている家まで、一歩一歩、アスファルトの地面を削るように距離を縮めていった。

助けてと叫ぶ彼女の声が、ずっと耳の中で鳴っていた。すれ違うヘッドライトの眩（まぶ）しさや、エンジン音の棘々（とげとげ）しさ、頬を切り裂く冷気。全てが彼女の負ってきた傷の深さと重なった。

寝るな、目を開けて起きていろと電気スタンドを向けられ、壁際に立たされ続けた。チューニングのズレたラジオのノイズを大音量で、しかもヘッドホンでひと晩中聞かされ続けた。目を閉じると、口に大きな氷を二つも三つも詰め込まれ、手で口を塞がれた状態で頬を殴られた。拳で何度もだ。口の端から、溶けた氷で薄まった血がタラタラと流れ落ちた。」

主人公が恋した「彼女」は、両親から虐待を受けていた。それを知った主人公は、なんとか彼女を救い出そうとする。しかし、どうやって。

常識で言えば、警察に通報しなさい、ということになる。その上で、彼女は親戚に引き取ってもらうか、然るべき養護施設に入ることになる。別に難しい話ではない。

いや、これを「難しい話ではない」と切り捨ててしまうから、自分は小説を楽しめないのかもしれない。設定上、親戚はいないのかもしれないし、施設には行きたくないと彼女が泣いてすがったのかもしれない。主人公が別の提案をした可能性だってある。そういう描写がないので想像に過ぎないが、小説を楽しめる人というのは、そういうところを行間から読み取って、自然と補完しているのかもしれない。

まあいい。目には目を、歯には歯を。暴力には暴力で対抗する。それは法治国家が成立する遥か以前からある人間の根源的な解決方法なので、否定はしない。のちに自分がどういう罪に問われるか、罰を受けるかは社会制度上の問題に過ぎない。

とにかく主人公は、力ずくで彼女を救い出すことを決意し、相手方の家に乗り込んでいく。

そして、犯行に着手する。

【いきなり包丁を突き出した。最初は骨に当たったのか、ゴリッ、という手応えだけで、刃は刺さらなかった。間髪を容れず、こめかみの辺りに衝撃を受けた。殴られたのだ。何発もだ。

閉じた瞼の裏の、黒い闇が揺らいだ。赤い雲が目の奥に広がった。骨が軋むほど強い力で手首を掴まれた。目を開けると、僕の右手首に、大蛇のような青い腕が絡みついていた。

包丁を奪われたらお終いだと思い、僕は必死で抵抗した。】

包丁を突き出したものの、骨に当たったのか上手く刺さらなかった、という描写はリアルでいいと思う。

実際、動ける状態にある相手の心臓をひと突きにするには、かなりの技術が要る。刃物の形状にもよるが、ちょっとズレただけで肋骨に当たってしまうので、一回では深く刺さらない方がむしろ普通だ。主人公が相手の正面から刺しにいったのか、背後からいったのかは書いていないので分からないが、背後からならなおさらだ。人間に限らず、生物は背部の方が強くできている。骨の数も多いし、筋肉も硬い。その骨と骨との間に一回で刃を刺し込むのは、よほど訓練された兵士でも容易ではあるまい。

しかし、決死の覚悟で乗り込んできた主人公は、刃物を奪われることなく、なんとか彼女の父親を刺し殺すことに成功する。

【最後は馬乗りになって、繰り返し繰り返し、その突き出た白い腹に包丁を突き立てた。動かなくなっても、まだ刺した。何回も刺した。動かないのは僕を油断させるためで、僕が刺すのをやめたら、途端に起き上がって、また襲い掛かってくる気がした。だから、刺すのをやめられなかった。】

その後、主人公は逃げようとした母親を玄関で捕まえ、その母親も刺殺する。このときの出血がタタキにあった全ての履物に降り掛かり、「赤い靴」が完成する、というわけだ。

最初のページを一番上にして揃え直し、日野に訊いてみる。

「……これって、どこまで事実に基づいてると思います？」

日野は「うーん」と口を尖らせる。

「どうなんですかね」

「現状ケイコは、俊幸と暮らし始める前のことは、覚えてないの一点張りじゃないですか」

ケイコは、菅谷俊幸の死亡は自殺であったことと、自身による死体損壊については認めたものの、それ以外はいまだ何一つ供述していない。いつから二人で暮らしているのか、それまではどこにいたのか、自身の家族はどうしているのか。そういったことは全て、覚えていない、知らない、分からないとしている。

日野が、手元にある『赤い靴』をプリントしたコピー用紙に目を落とす。これだけは二部プリントアウトした。

「かといって、これに書いてあることを一つひとつ、事実ですか、本当ですか、って確めていくのも変ですしね」

「ですよね。それやっても、都合のいいところだけ頷いて、あとはまたダンマリを決め込むだけでしょうし」

玲子は、座卓の右端に重ねておいた別の資料に手を伸ばした。

「俊幸の家族って、どうなってるんでしたっけ……あ、これか。実家は静岡で、父親が亡くなってて、母親は地元の農協で、お兄さんは大阪の商社か」

俊幸は高校卒業後、東京都町田市にある棚川大学に入学。当時は大学に近い、神奈川県相模原市内で一人暮らしをしていた、というところまでは調べがついている。

ということは、だ。

「この『赤い靴』を書いたのが二十歳の頃、ってことは、俊幸は大学二年生だったわけですよね」

「か、それよりちょっと前の作品、じゃないですかね。正確に言ったら、最終選考に残ったのが二十歳のとき、なわけですから。応募はもうちょっと前だったのかも」

なるほど。玲子は執筆にかかる時間も、選考に要する期間も考慮に入れていなかった。

「そっか……まあ、それはともかく、学生時代はずっと相模原にいたと仮定すると、そのときすでに、俊幸はケイコとの同居を始めていた可能性が高いわけですよね」

日野が小さく頷く。

「ケイコの二十三歳説を信じた場合、当時彼女は十五歳、中学三年か高校一年生。それが、二十歳の大学生に囲われていた、と」

そういうことに、ならざるを得ない。

「……なんか、ヤラしいですね」

「主任、何を今さら」

「昔ありましたよね、そういう設定の映画」

「ああ、『完全なる飼育』ですか。見ましたよ、私。でもあれ、相手はけっこうな中年男だったと思いますけどね。あるんですよ、男には誰しも、そういう願望が」

そんな話をしていたら、廊下とを隔てる引き戸がノックされた。

「……お疲れさまです、松本です。ちょっといいですか」

「はい、どうぞ」

戸が開き、お辞儀しながら松本が入ってくる。こっちも、なんとなく正座に座り直して頭を下げる。

「お疲れさまです」

松本は靴を脱がず、框のところに腰掛けて話し始めた。

「マル害が、いつからフジタハイツ二〇三号に住んでいるのか、って件ですが」

そう。実はそれすらも、今まで明らかになっていなかったのだが、これには一応理由がある。

フジタハイツの元の持ち主である藤田雅通は三年前に亡くなり、現在、アパートの経営管理は息子の尚樹に引き継がれている。その、亡くなった雅通があまり書類をきちんと保管しない人だったようで、調べるのにここまで時間がかかってしまった、ということらしい。

何にせよ、分かったのなら一歩前進だ。

「はい、ちょうど今、私たちもその話をしてたんです。いつからでした？」

「六年前の、四月からということでした」

俊幸が『赤い靴』を書いた、二年か三年後だ。

「その前は」

「相模原ですね。ですから、大学卒業と同時に、こっちに出てきたってことなんじゃないですかね」

俊幸はフジタハイツへの入居時、ケイコを「妻」と説明している。二人の同居はそこから始まったのか。それとももっと以前からだったのか。相模原時代はどうしていたのか。『赤い靴』との関連を考えると、二人の関係はそれ以前からあったように察せられるが。

「松本さん。俊幸の大学時代の友人関係、当たってもらえますか」

「分かりました。明日、早速」

「それと、俊幸の母親とお兄さんなんですが……名字はこれ、なんて読むんですか」

報告書には【稲熊泰子】と記されている。

「イナグマ、です。『ク』が濁って、イナグマヤスコ」

「なんで『葛谷』じゃないんでしょう」

「さあ……そこまでは私も、何しろ遺体の身元確認のときに会っただけなので、わざわざ訊きませんでしたが、たぶん旦那さんが亡くなって、そのときに旧姓に戻したんじゃないですかね」

なるほど。

「そっか。そうかも、しれないですね……その稲熊泰子は身元確認にきたとき、どんな感じでした？」

松本は「ああ」と頷きながら眉をひそめた。

「それが、ちょっと変わった人たちでして」

人、たち？

「それは、どんなふうに」

「その、兄貴の方は普通にスーツを着た、見るからにサラリーマンといった感じの男でして、ややビジネスライク過ぎるというか、そんな印象を受けました。弟が殺された……かどうかはともかく、亡くなったというのに、はいはいどうも、はいどうも、みたいな。やたらと事務的な感じでして」

玲子に兄弟はいないので、そういう男同士の感覚はよく分からない。いるのは、あまり仲の良くない妹が一人だけだが、ただあの珠希でさえ、玲子の遺体を確認するとなったら、さすがに「はいはいどうも」的な態度はとらないと思う。とらないと、思いたい。

それはさて措き。

「事務的、ね……で、母親の方は」

松本の眉が、さらに険しい急角度に傾く。

「そっちはなんか……鬼みたいな人で」

「はあ。鬼母ですか」

「かどうか、本当のところは私にも分かりませんけど、とにかく、息子の死に際して、ですよ、涙は疎か眉一つ動かさないで、はい、確かに俊幸です、ご面倒お掛けします、もうよろしいかしら、みたいな感じで、さっさと帰っていっちゃったんですよ。まあ、司法解剖が済んだら云々という話も、もちろん私はしましたけど」

それは、確かに気になる。

「でも、もうよろしいかしら、と」

「いや、正確になんと言ったかは、覚えてませんが」

「でもそういう、ちょっとお上品な感じの方なんですか」

「いえ、上品というのではなくて、むしろ冷たいというか、厳しい感じですかね……この口の端が、ムッ、と下がった感じの、普段から怒った顔をしてるみたいな、上司にいたらやりづらそうなオバサン、って言ったらいいんですかね」

そういうことは玲子も陰で言われているかもしれないので、多少の同情は覚える。

「ちなみに、その母親とお兄さんに、ケイコの写真は確認させましたか」

「はい、遺体確認を待ってもらってる間、事情を説明するときに見せました。兄貴の方は、チラッと見て、知りませんって。母親の方は、数秒睨むように見てましたけど、やっぱり、知らないですって……そうは言っても、留置前に撮ったやつですからね。一緒に住んでいた、第一発見者でもある女性です、って言われたら、この女が俊幸の死に関わってるのかも、くらいは思ったと思うんですよね」

母親はケイコの顔写真を、数秒睨むように見ていた。

それは一体、どんな目だったのだろう。

今泉には【ご相談がありますので、そちらの会議終了後にお時間をいただけますでしょうか。】とメールしておいた。なので、普通に【いま終わった】という返信か、電話をくれればよかったのに、二十三時過ぎになって、今泉の方からわざわざ来てくれた。

「……今泉だ。姫川、いるか」

「あ、はい」

日野と中腰になったところで戸が開き、こっちに掌を向けた今泉が入ってくる。

「いい、立たんでいい」

「すみません」

「お疲れさまです」

今泉は上着もカバンも持っていない。管理官専用車の運転担当に預けてきたのかもしれない。

靴を脱いで上がり、座卓の端の席に胡坐を掻く。

お茶を淹れるのは、日野に任せよう。

「……すみません、わざわざお出でいただいて」

「いや、いい。話って」

「実はマル害の、茛谷俊幸の実家に行ってこようかと思ってまして」

今泉が眉をひそめる。

「すまん。俺も昨日、ほんの概要を口頭で聞いただけだから、詳しいことは覚えてないんだ。どういうことだ」

「……というわけです」

かいつまんで、ここまでの経緯を説明する。

しかし、今泉はまるで納得した顔をしない。

「ちょっと待ってくれよ。今の話だと、この件はケイコの死体損壊で決まりじゃないのか」

「はい、本件については、そうなる公算が高いです」

「マル害の実家はどこだって？」

「静岡です。静岡県静岡市葵区の、産女というところだそうです」

「父親は死去、兄貴は大阪で、母親は違う名字になっている。じゃあ、今その実家には誰がいるんだ。わざわざ籍を抜いたんだから、そこに母親が住んでるとは考えづらいだろう」

そこ、ちょっと説明を端折った。

「すみません。正確に言うと、母親に会っておきたいんです。なので、実家に行くというよりは、実母に会いにいくということです」

「そもそも論だが、なんのために」

「ケイコの身元が分からないからです」

「だったらケイコの身元を調べろよ」

「どうやって？」

今泉は、フクフクと笑いを漏らし始めた。

「……知らねえよ、そんなことは。お前がケイコの身元を調べるって言ったんだろ。どうやって調べんだよ」

「ケイコの身元を調べるとは言っていません。私は、分からない、と言っただけです」

そう口走ってから、マズったな、と思った。たまに自分はこういうことをやらかす。相手は好意をもって接してくれているのに、変に揚げ足を取るようなことを言ってしまう。

実際、今泉が眉間(みけん)に力を籠(こ)める。

「……じゃあ訊く。ケイコの身元が分からないのと、俊幸の母親に会いにいくのには、どういう関係がある」

そして、これだな、とも思う。自分は今泉の、こういう忍耐強いところにずっと助けられてきたのだな、支えられてきたのだなと痛感する。

「申し訳ありません、私の説明が足りませんでした。これは単に、松本係長の印象というのに過ぎませんが、俊幸の身元確認に訪れた二人にケイコの写真を見せたところ、兄の方は、即答で知りませんと答えたのに対し、母親は数秒写真を睨んだのち、知らないと答えたというんです。松本係長はこれに関して、だからなんだという意見は述べませんでしたが、そういう印象は持ったわけです。もし、もし母親がケイコの顔に見覚えがあるとしたら、直接本人ではないにせよ、誰かに似ているとの印象を持ったのだとしたら、そういう間(ま)も生まれたのかな、と思いまして。それを直接確かめるために、母親に会いにいきたいと思っています」

まだ納得がいかないのか、今泉が首の代わりに顎を捻(ひね)る。

「……仮にそれで、稲熊アキ子か」

「泰子です」

「ああ、泰子か。その母親が心当たりを話してくれて、ケイコの身元が分かったとして……まあ、裁判をやるにしたって、被告人が名無しの権兵衛(ごんべえ)より、人定(じんてい)は確定してた方がいいからな。そりゃやらないより、やっておいた方がいいに決まってるが、お前……在庁返上で調べやらされてるわりに、ずいぶん前のめりじゃないか」

捜査の拠点がこの仮眠室、という点に不満はあるが、だからといって手抜き捜査をするつもりは毛頭ない。

「ケイコは、理由はどうあれ、死亡した莨谷俊幸の死体を傷つけています。つまり、もともとそういう『癖』を持っている可能性があります。ひょっとしたら、子供の頃に動物虐待とか、そういうことをやっていたのかもしれません」

「仮にそうだとしても、器物損壊か動物愛護法違反だろ。しかも、おそらくはとっくに時効だ」

「それに至る理由まで分かれば、公判におけるケイコの印象はだいぶ違ったものになってくるはずです」

「つまり、情状酌量の材料探しに、お前は静岡くんだりまで足を運ぶというのか」

それは、分からない。

い。

玲子自身、自分が静岡で何を探り当てようとしているのか、明確に挙げることができな

翌日の午前十時。

稲熊泰子に連絡をとると、夕方なら時間を作れるというので、少し余裕を見て十八時に静岡駅近くの喫茶店で待ち合わせ、話を聞くことになった。

「じゃ、日野さん、出発しましょう」

「もうですか。いくらなんでも早過ぎませんか」

すぐに滝野川署を出発。まず王子(おうじ)駅まで行き、京浜(けいひん)東北線に乗って東京駅まで出る。

「……主任。もう一度お訊きしますけど、こんなに早く行って、静岡で何をするんですか」

「いろいろありますよ。見るべきものも、聞くべき話も」

東京駅からは東海道・山陽新幹線。

新幹線、久し振りだ。

「主任、ひょっとして、ちょっとウキウキしてます？」

「別に……あ、すいません、ホットコーヒーください」

乗車時間は約一時間。意外と短かった。着いてみると、かえって物足りなかったくらいだ。

「あの、まだ十二時なんですけど」

「ちょうどいいから、お昼にしましょう」

市街地を離れるとお店もあまりないだろうから、昼食は駅の近くで済ませることにする。

「日野さん、静岡だとやっぱり、お魚ですかね」

「静岡おでんも捨て難いですけどね。でもそれじゃ、一杯やりたくなっちゃうか」

「ですねぇ……」

ちょうどすぐ入れそうな寿司屋を見つけたので、そこでランチサービスの鮪丼(まぐろどん)を食べた。

「けっこう美味しかったですね」

「主任、食べるの早すぎ。美容のためにも、もうちょっとゆっくり食べた方がよろしいんじゃ」

エネルギー補給が済んだら、即仕事に取りかかる。今は無人かもしれないが、茛谷俊幸の実家を訪ねる。

途中まではバスでいく。

「あー、二分前に出たばっかりだ……主任、次まで二十分ありますけど、どうします?

タクシーで行っちゃいますか」

「いえ、待ちましょう、二十分」

日野が、濃いめに描いた眉を盛大にひそめる。

「あの、すいません、よく分かんないんですけど。主任って、基本的には時短派ですか、のんびり派ですか」

「ケース・バイ・ケースです」

「今はのんびり気分ですか」

「いえ、単なる経費削減です」

二十分なんてあっという間だ。幸い天気もいいので、待つのもさして苦ではあるまい。

ンッ、と日野が、小さく咳払いをする。

「……そういえば、例の作中に『青い腕』って表現が、出てきたじゃないですか」

「ああ、ありましたね。クライマックスシーンでしたっけ」

「あれって、なんだと思いました？」

そんな細かいところ、気にもしていなかった。

「別に……父親が青いシャツを着てたとか、作業服？　そういう色のツナギを着てたとか、そういうことじゃないんですか」

「ははあ。主任は基本的に、袖の色と解釈したわけですか。じゃあ『突き出た白い腹』というのは」

「インナーの、ランニングシャツとかでしょ。それによって、前のボタンを留めない、だらしない男というのを表わしているのでは」

なんだ。その軽く馬鹿にしたような目は。

「日野さんは、何か違う解釈をしたんですか」

「ええ、まあ……私は、刺青（いれずみ）かな、と思ったんですけど」

うっそ。そんなこと、全っ然、一ミリも思わなかった。

「えー、刺青って青いですか？　そりゃ漢字はそうなってますけど、いわゆる和彫（わぼ）りだったら、むしろ紺とか、花の赤とかが入ってて、単純化して言っても、全体的には紫じゃないですかね」

日野は、その馬鹿にしたような目をさらに細めた。

「そうでしょうか……俊幸って、意外といろいろ、色で表現しようとするでしょ。目の中に『赤い雲』とか。あれって、殴られてチカチカしたことの比喩（ひゆ）ですよね。じゃなかったら、鼻血が出そうとか、そういうことなのかも。『青い腕』も、私はそっちだと思ったんですけど」

それを「馬鹿馬鹿しい」と鼻で嗤ったら、さらに読解力を疑われるのだろうから言わない。

「そういうの、あたし苦手かも。面倒臭いんですよ、そういう比喩とか、回りくどい表現って。だったら『刺青』って書けばいいじゃないですか。実際、あたしにはそう伝わってませんし。情報伝達能力低すぎ」

「やだ、そこが文学なんじゃないですか。文芸っていうか」

「文学と文芸って、どう違うんですか」

「それは……私も知りませんけど」

そんな話をしているうちに、バスが来た。

こちらの乗車時間は三十分弱の予定。東京・静岡間がほぼ一時間だったことを考えると、やはり新幹線という乗り物は偉大だと思わざるを得ない。

「主任、窓際をどうぞ」

「なんなんですか、今日は。ひょっとして、あたしのこと馬鹿にしてます？」

「そんなことないですよ」

国道を真っ直ぐに十分ほど走り、立体交差を兼ねたような橋で川を渡ると、急に地平を塞ぐように低い山々が見え始め、見渡しても高い建物は右側に一つ、左側に一つくらいしか見当たらなくなった。

いよいよ田舎っぽくなってきましたね、と言おうとしたが、それもやめた。もうちょっとマシな言い回しはないんですか、とか、また日野にツッコまれそうな気がしたからだ。

そういえば、あの勝俣はよく玲子の実家がある、埼玉の南浦和（みなみうらわ）を「田舎、ド田舎」と馬鹿にするが、ここと比べたら遥かに南浦和の方が都会だ。良い悪い、好き嫌いの問題ではなく、ここは正真正銘の田舎だと思う。

「……アメ食べます？　この前と同じのですけど」

「いただきます」

さらに国道から折れて県道に入ると、それまで多少はあった商業施設も消え失せ、風景は真っ平らな農地と、倉庫と住居が点在するだけになっていった。

「主任って、なんかこういう田舎とか、すごい馬鹿にしそうですよね」

そんな、勝俣じゃあるまいし。

「しませんよ。なんなんですかその偏見」

「次で降りますよ」

「分かってます」

中学校前のバス停で降り、その先に架かっている橋を徒歩で渡り、

「さむっ」

「田舎を舐めてるからですよ」

突き当たりの交差点を右に曲がり、さらに十分ほど歩いた。

あと五分歩いたら完全に山の中、という場所に、それはぽつんと建っていた。東京でいったら、少し大きめの一軒家といった構えだ。

確認のため指差してみせる。

「住所的には、それですよね」

「ええ、間違いないですね」

家屋の側面には、古いオートバイのイラストが描かれている。

「バイク屋さん、だったんですかね」

「……っぽいですね」

真ん前まで行くと、まさにそのようだった。

シャッターにある店名は空色のペンキで塗り潰されているが、かろうじてその凹凸から「グットモータース」と読める。「グット」の「ト」の濁点は最初からなかったのか、それとも途中で剥げてしまったのか。

シャッターが閉まっているので店内は見られないが、建物の隣、枯れた雑草に覆われた空き地には、乾涸(ひから)びた不揃いのタイヤとか、折れ曲がったハンドルとか、錆(さ)びた燃料タンクといったバイクの部品が放置されている。もはや盗む価値すらない、ガラクタ以下の産業廃棄物に他ならない。

立地的に、商売向きではないという不利はもちろんあっただろう。だがそれ以前に、店主の管理能力の低さや、営業努力の不足を感じずにはいられない。確か、バイクショップならここまでの道中にもあった。もっと大きくて明るくて、サービスもよさそうな、おそらくチェーン展開している店だ。そういった意味では時代も悪かったのかもしれないが、何にせよ、こんなところでバイクを買うのはよっぽどの物好きだと思う。

「……ちょっと、この辺で聞き込みもしておきましょうか」

「えっ、ここでですか？」

自分で提案しておいて言うのもなんだが、玲子も難しいだろうとは思う。ほとんど人は歩いていないし、見える範囲にある倉庫も、シャッターが閉まっていて無人っぽい。時期も時期だから畑に出ている人もいない。

どうしよう。

無理やり民家で聞き込みをして時間を潰したが、当然のことながら収穫はないに等しかった。

そこにバイク屋があったことは、住民の何人かが覚えていた。中には、店主と顔見知りだったという人もいた。でもその人ですら、店主の名前は知らなかった。名字は「タバコヤ」だったろうと訊いてみても、冗談でなく「バイク屋でしょ?」と返されて終わりだった。

十七時には静岡駅に戻り、待ち合わせ場所に指定された喫茶店を探した。

「あったあった、主任、あれ」

「ですね」

店自体は東京にもよくあるチェーンのそれだが、ご当地グルメを欲しているわけでもないので、それはかまわない。

「いらっしゃいませ。二名さまですか」

「いえ、あとからもう一人来るので、四人席でお願いします」

ウェイターには「姫川」と名前を伝えておき、そういう客が来たら案内してくれるよう頼んでおいた。

稲熊泰子が案内されてきたのは、十八時三分前だった。

いったん、玲子たちも立つ。

「……初めまして、警視庁の姫川です。お忙しいところ、お時間を頂戴(ちょうだい)いたしまして申し訳ございません」

「同じく警視庁の日野です。よろしくお願いいたします」

松本の言っていた通り、稲熊泰子はちょっと怒ったような、やや取っ付きにくい雰囲気の中年女性だった。いや、すでに初老か。

「稲熊です。こちらこそ、遠いところご足労いただきまして」

玲子と日野は名刺を渡したが、稲熊泰子は持っていないのか、その気がないのかは分からないが、自身のそれは出さなかった。

コーヒーを三つ注文し、まずは軽めの話題から入る。

「先日は、東京までお越しいただいたと聞いております。俊幸さんは突然のことで、大変残念でした。お悔やみ申し上げます」

泰子は、小さく頭を下げただけで黙っている。

もう少し探りを入れてみよう。

「立ち入ったことをお伺いするようですが、稲熊さんという名字は、旧姓ということで、よろしいのでしょうか」

浅い溜め息、一つ。

「ええ……主人が五年前に亡くなりまして。息子二人ももう独立していましたし、母親という役目も終わったので、もう一人になってもいいだろうと思いまして」

俗に言う「死後離婚」というやつだ。

「そうでしたか。お勤めは、農協と伺っておりますが」

「ええ。本店の、総務部です」

ならば、名刺くらい出してくれてもよさそうなものだが。

「お住まいは」

「隣の、東静岡駅の近くです」

コーヒーが来る前の、このタイミングがよかろう。

「すみません、何度も恐縮ですが……」

玲子は、テーブルに出していたシステム手帳から一枚、写真を抜いて泰子に向けた。むろん、ケイコの顔写真だ。

「この方に、見覚えはありませんか」

一瞬、ほんの一瞬見ただけで、泰子は写真から視線を外した。

明らかに「知っている」顔だった。ここまでは、玲子の予想通りと言っていい。松本の心証を信じてよかったと素直に思う。

意外なのは、そのあとだった。

泰子が、真正面から玲子に視線をぶつけてきたのだ。

「……刑事さんは、私が知っているだろうと、そう思ったから、こんなところまでわざわざいらしたんでしょう」

決して威圧的な、押し殺したような低い声ではない。女性の話し声としては、むしろ高い方かもしれない。しかしそれが、非常に冷たく耳に響く。イントネーションの乏しい、平板な喋り方がそう思わせるのかもしれない。

「ええ。もう一度きちんとお見せすれば、何か思い出していただけるのではないかと、期待しておりました。ご存じでしたか、この女性」

ウェイトレスが来た。

コーヒーを三つテーブルに置き、「ごゆっくり」と言って下がっていくまでの時間。泰子は、存分に考えたのだと思う。

「……たぶん、姪の、メグミちゃんだと思います」

ケイコではなく「メグミ」か。

そして俊幸とは、従兄妹同士――。

「名字は」

「アクツ、です」

手帳を向け、ペンを渡して直接書いてもらった。阿久津恵。ケイコの「ケイ」は「恵」からきていたということか。

「恵さんは、どちらのごきょうだいのお子さんですか」

「主人です。主人の、妹の子です」

「妹さんのお名前は」

「ノゾミ。希望の『キ』と書きます」

阿久津希、旧姓でいったら茛谷希か。

いったん整理しておこう。

「稲熊さん。東京にいらしていただいたとき、担当の係員がご説明したかもしれませんが、この女性、恵さんは、亡くなられた俊幸さんと一緒に暮らしていました。我々の調べでは、およそ六年前から、同居していたものと思われます」

今はさっきと逆、泰子はテーブルに置いた「阿久津恵」の写真に視線を据えている。

玲子が続ける。

「ということは、この恵さんと俊幸さんは、従兄妹同士ということになります。どういう経緯で二人が同居するようになったのか、ご存じありませんか」

それには、ゆるくかぶりを振る。少し、泰子の「心の壁」が薄くなったように感じたが、気のせいだろうか。

「……俊幸とは、もう十年以上、顔も合わせていなかったので、分かりません。連絡先も知りませんでしたし、東京の……大学に入ったことは聞いてましたけど、その後どうしていたのかも、全く」

どういうことだろう。

「あの、旧姓に戻られたのは、ご主人が亡くなられたあと、と伺いましたが、では、それ以前から？」

「ええ。正確に言うと、どれくらいでしょうか……俊幸が、高校に入った辺りだから、十二年とか、十三年近くになりますか。ずっと別居状態でした、主人とは。長男は、私についてきましたけど、俊幸は主人のところに残りました。家族の中でも、相性の良し悪しってのはありますから。俊幸は主人に似て……まあ、優しいといえばアレですけど……私とは合わなかったというか、私のことを、嫌っていたんだと思います。本音で言ったら」

予想外に、話が複雑になってきた。

「差し支えなければ、もう少し詳しく、お聞かせいただけますか」

泰子は一度コーヒーを口にし、長く息をついた。

「主人は……まあ、商売もあまり上手くありませんでしたし、そこは、私がずっと農協に勤めていましたから、なんとか辻褄は合っていましたけど、その、妹が……希さんが結婚した相手が、私にはどうしても……阿久津ショウジという男です」

なんだろう。泰子は、さっきとは少し違うニュアンスの視線を玲子に向けてきた。何かを問うような、あるいは試すような、そんな目つきだ。

「阿久津、ショウジさん……」

玲子が訊き返し、隣で日野がペンを構えると、泰子は「昭和の『ショウ』に漢数字の『二』」と説明してくれた。

阿久津昭二。

「その昭二さんは、どんな方だったんですか」

「分かりやすく言ったら、ヤクザ者です。見るからにそういう感じの男でしたけど、まさか本物だとは、私も思っていなくて。結婚式に行ってびっくりしました。向こうの列席者を見たら、まるでヤクザ映画ですよ。最初はそれでも大人しくしてましたけど、お酒が入ったらもう、すぐに正体を現わして」

ケイコこと阿久津恵の父親は、暴力団の構成員だった。

すると、例の作中の「青い腕」の「青」は刺青を意味している、という日野の読みは正しかったことになりそうだ。

泰子が続ける。

「私はね、主人に、希さんと縁を切ってくれって言ったんですよ。ヤクザ者と親戚だなんて冗談じゃない。あんな男を子供たちに『おじさん』なんて呼ばせたくないし、親戚面して遊びに来られるなんて、まっぴらご免だって。あの人も……私がそう言えば、そうだねって、そのときは頷いてました。でも、そもそもを言ったら知ってたんですから、あの人だって、希さんの付き合ってる相手がヤクザだってことを。それを知っていて、私には話さないで、結婚式に連れ出したんですから。同罪とは言いませんけど、線を引いたらあっち側なんですから、主人だって」

ふと、隣で黙って聞いている日野の様子が気になった。何か言いたげな顔をしているが、今はまだ、大人しく聞き手に徹しようとしている、ように見える。

そう。今は、泰子から可能な限り多くの情報を引き出す方が先だ。

「それは、大変でしたね」

「それだけじゃないんですよ。別に、どういうヤクザだったら立派とか、何をしたら偉いのかなんて知りませんし、知りたくもありませんけど、あの男は、ヤクザとしても駄目だったらしくて……よりによって、主人のところに、お金を無心しに来たんですよ。お義兄さん、頼みます、助けてくださいって。希さんと、まだ小さかった恵ちゃんを連れて。もうほんと……呆れて物が言えないとはあのことですよ。そのとき、主人がいくら渡したのかは忘れましたけど、もうこれっきりにしてくれ、二度とウチには来ないでくれって、ちゃんと希さんに言いなさいよって、私は散々言いました。散々言ったのに、また来るんですよ。それも、嫌らしい。あの男は来ないで、次からは希さんと恵ちゃんの二人をよこすんです……そういうとき、恵ちゃんの相手をしてあげてたのが、俊幸でした。二階に上げて、遊んであげてました。だから、仲は良かったんだと思います。実際、言ってましたしね。恵ちゃんが可哀相だよ、助けてあげてよ、みたいなこと。私は、冗談じゃないって、逆に俊幸を怒鳴りつけましたけど」

あのバイク屋の二階に、俊幸と恵の「始まり」はあったわけか。

思い出したら怒りが再燃して収まりがつかなくなってきたらしく、泰子は、玲子たちが相槌を打つだけで面白いように話を続けた。

「お金もね……主人の甲斐性で用立ててるなら、まだ分かりますよ。でも、あの人は……ああ、ここからだとちょっとありますけど、西の方にある産女ってところで、ずっとバイクの店をやってたんです。でもあんな、半分山に入ったようなところで、今どきバイクなんて売れるわけがないし、せいぜい近所の人が修理とか、顔見知りがお情けで買い替えどきに来てくれる程度で、もう終（しま）いの方なんて、年にいくらも稼げてなかったんですよ。そんなところに、ヤクザ者の女房が子連れで無心に来るんですから。あなたが妹に渡してるお金は、一体誰が稼いできたんでしょうね、って……私だって、そんなこと言いたくはないですけど、言わずにもいられなくて。もう、私も、自分で自分の性分は分かってますから、これ以上関わってたら、自分が何かしでかしちゃうんじゃないかって、怖くて……それで、私の方から家を出たんです。あの人のところに残った俊幸には、可哀相なことをしたと、今でも思ってはいますけど」

ここまで聞いて、玲子は何か、頭の端っこに引っ掛かるというか、ぼんやりと浮かんでは消えるというか、連想に至る一歩手前で、思考が足踏みするのを感じていた。

阿久津昭二、希の夫婦。その娘、恵。

あの『赤い靴』がどこまで現実を写し取った物語かは分からない。だがもしあの通りだったとしたら、俊幸は昭二と希を殺害し、恵を連れ去ったことになる。

現実と物語の境界は、阿久津夫妻の「今」だ。

だが、玲子がそれについて訊くより、日野が割って入る方が少しだけ早かった。

「あの、ひょっとして……阿久津昭二さんと希さんって、神奈川の、海老名（えびな）市に住んでいらっしゃいましたか」

思わず、玲子は「ヒッ」と音がするほど勢いよく、息を呑んでしまった。

そうか、あの事件か——。

泰子が「我が意を得たり」という顔を日野に向ける。

「……刑事さん、やっぱりご存じでしたか」

「ちょっと、そうかなと、途中から思ってました」

だからか。日野が何か言いたげな顔をしていたのは、これがあったからか。

正式になんという事件だったかは、玲子は記憶していないが、海老名市内で夫婦が惨殺され、同居していた娘の行方が分からなくなるという事件が、確か十年くらい前にあった。

しまった。そうか、そういうことか。

自分でもよくない癖だと分かってはいるが、どうも玲子の脳は「思考」に走りがちで、記憶することを蔑ろにするきらいがある。

まさに自分が手掛けている事件については、当たり前だが、その都度頭に入れるようにしている。自分に必要になると思ったことに関しては、わりとちゃんと記憶している、方だと思う。だが、自分に関わりのない事柄であったり、特に地方の事件だったりすると、一時的に記憶に留めはするものの、それらはいつのまにかデータとしては使い物にならない、ぼやけた影というか、綿埃のような残滓になり果ててしまう。

しかしまさか、日野が覚えていたのに「私、覚えてません」とも言えず、玲子は黙って二人のやり取りを聞くしかなかった。

泰子もすっかり、話し相手を日野に鞍替えしている。

「そう、ですよね……東京に行って、この写真を見せられて、長男は、アキオは気づかなかったようですけど、あとで私が、あれは恵ちゃんだと思うって言ったら、物凄く驚いてました。事件があって、あの夫婦と息子が殺されて……」

息子？　殺されたのは夫婦だけではなかったのか。情けない限りだが、ここまでくるともう、玲子は全く話についていけない。

「恵ちゃんだけ、行方不明になって……阿久津昭二と、希さんはどうかと思ってましたけど、恵ちゃんに、あの子に罪はないんで。可哀相に、どうしたんだろうって、どこに連れてかれちゃったんだろうって、一応、心配はしてましたから、私も」

「はい」

相槌も、完全に日野の役回りになっている。

「ですから……恵ちゃんが、俊幸と一緒に暮らしてたって聞かされて、私が思ったのは、つまり……」

「ええ」

「その……あの事件を起こしたのは、俊幸だったのかって、分かって、混乱してしまって……アキオに話したのも、二日くらいしてからで。そうしたら、お母さん、それは黙ってちゃ駄目だよって、逆にお説教されて。犯人が俊幸だとしても、違うにしても、どっちにしろ俊幸はもう死んじゃってるんだから、せめて警察には本当のことを話さなきゃ駄目だって、説得されて。私も、そうだよなって、思って、だから……こちらから連絡して、写真の子、知ってましたって、ちゃんとお話ししようと思ったんですけど、でもなかなか、決心がつかなくて。そのうち、今日ということに、なってしまって……」

泰子が、深めに頭を下げる。

「すみませんでした……あの子を、知らないなんて、嘘をついてしまって……申し訳、ありませんでした」

この席に来たときと比べると、泰子の印象はがらりと変わっていた。あの最初の平板な物言いは、嘘をついてしまったことに対する自己嫌悪と、防御本能の表われだったわけだ。

泰子は、店を出て別れるときまで、「すみませんでした」と繰り返していた。

母親って複雑だな、と思った。

その日は帰りが遅くなってしまったので、玲子も日野もいったん自宅に戻った。

翌、一月九日金曜日。

朝一番で松本係長らと情報共有及び今後の打ち合わせを済ませ、玲子たちは神奈川の海老名警察署に向かった。阿久津昭二・希夫婦と息子が殺害された事件について調べるためだ。

庁舎に着き、二階の刑事課を訪ねると、西垣という課長警部が対応してくれた。

「一応、そちらの本部からも連絡はいただいてますが、国分南の件で、何か新情報でも？」

神奈川県警が決めた正式な事件名は「国分南一丁目アパート内殺人事件」。誰が殺害されたのかも、長女が行方不明になっていることも戒名には盛り込まれていない。おそらく、初期のマスコミ対応について考慮した結果、こうなったのだろう。すでに捜査本部は解散しており、海老名署にあるのは連絡窓口だけになっている。

玲子は頷いてみせた。

「実は、行方が分からなくなっていた、阿久津恵と見られる女性を先日、警視庁の滝野川警察署が逮捕しました」

「えっ……」

驚愕か、悔恨か、落胆か、あるいはその全てか。

西垣は大きく表情を歪ませた。

「逮捕、ってそれは、いつのことですか。彼女はどこに……というか、容疑はなんですか」

気が急くのは、充分理解できる。

「逮捕は九日前の大晦日、容疑は今のところ死体損壊です。ですが、その逮捕した女性が阿久津恵らしいというのは、昨日になって分かったことです。なので、我々もこの事件との関連があるのかないのか、はっきりとは分かっておりません」

西垣が浅く、所在なげに頷く。

「そう、ですか……じゃあ、それで、例の事件に関する、調書を」

「はい。閲覧、できますか」

「もちろんです」

「ちなみに、課長はこの、国分南事件の捜査には」

「いえ、私は全く、この件には関わったことがありません。未解決事件として、異動してきたときに申し送りを受けただけです」

「そうですか。分かりました」

保管庫から関係書類を出してもらい、その向かいにある小部屋で、玲子たちは読ませてもらうことにした。

西垣はとにかく気が気でないらしく、何かというと「どうですか」と覗きにきたり、「何か不明な点は」と訊きにきたりした。

その気持ちもよく分かる。

事件発生は十年前の六月。自身は関わっていないとはいえ、神奈川県警が扱った事件だ。それを九年半も経った今になって、警視庁の捜査員が穿り返しにきたのだ。それが本題ではないにしろ、捜査の落ち度でも指摘されはしまいかと案じているのだろう。

だが、そんな心配は必要ないように思えた。資料や調書を見る限り、当時の捜査本部はやるべき捜査をきちんとしていたように見える。神奈川県警にしては、などと上から目線で言っていいことでは決してないが、落ち度らしき点は特に見当たらない。結果的に、犯行に使用された凶器は発見できなかったようだが、捜索自体は現場から百メートル離れた小田急線の海老名検車区、いわゆる「車庫」にまで立ち入って、徹底的に行われている。果たして、国分南事件は『赤い靴』のそれと同じなのか、あるいは全くの別物なのか。

事件の概要はこうだ。

発生は、のちの司法解剖から六月十二日日曜日の夜と特定されたが、発覚は六日後の十八日、現場となったアパートの隣室住人が、異臭がすると警察に通報したことによる。臨場した海老名署地域課係員は、阿久津昭二、四十二歳、希、三十五歳、陽太（ようた）、四歳、計三名の死体を発見。また同居していたと見られる阿久津恵、当時十二歳の長女の姿がないことを確認した。

十二歳という年齢は引っ掛かるが、今はさて措く。

現場の間取りは1DK。八畳の和室とダイニングキッチン。昭二と陽太は和室で、希は玄関近くで死亡していた。昭二と希、両名の死因は包丁状の刃物で複数回刺されたことによる出血性ショック。陽太は左側頭部を強打したことによる外傷性くも膜下出血。陽太に刺創はなかったが、殴打されたような痕は十数ヶ所あった。

被害者家族の生活が非常に乱れていたことと、犯行から六日経っての発見ということで、鑑識作業はかなり難航したようだ。湿気の多い六月というのもあり、三つの死体の腐敗はかなり進行していた。さらにネコやネズミ、昆虫による損壊も進んでおり、特に幼かった陽太の死体には、警察官が到着した時点でもまだ、顔面にネズミが取りついていたという。死体がそれでは、現場全体もネコやネズミに荒らされ、相当壊れていたと思っていい。

現場から犯人逮捕に繋がるような手掛かりはほぼ得られず、捜査本部は鑑取り——関係者への聞き込み、事情聴取に力を入れざるを得なかったようだ。

その中で玲子が注目したのは、事情聴取をした関係者の一覧だ。

なんとそこに、萇谷俊幸の名前があった。当時の捜査本部も、俊幸を容疑者の一人と見ていたようだ。

当時、俊幸が住んでいたのは同じ神奈川県内、相模原市南区上鶴間本町四丁目で、最寄駅は相模大野。事件現場となった阿久津宅までは、小田急小田原線を使えば三十分もかからずに移動可能な場所だ。稲熊泰子が明かしたような、恵との関係まで捜査本部が把握していたかは分からないが、俊幸は静岡から出てきて東京の大学に通っているのに、わざわざ神奈川県相模原市を居住地として選んでいる。当時の捜査本部が、恵と何かしら関係があるのではと疑ったのは当然だろう。

ところが、だ。

一月十日土曜日、自称「ケイコ」の第一勾留八日目。

玲子は日野と、刑組課の取調室でマル被の到着を待っていた。

日野が浅く溜め息をつく。

「道でも混んでるのかな。ちょっと、遅いですね」

「……ええ」

個人的には、遅くなるのは別にかまわない。気持ちはむしろ、来てほしくない、に近い。

この件の落とし処が、玲子には分からない。しかし、海老名署に出向き、神奈川県警がきちんと捜査していたことを示す記録、今も未解決事件として申し送りされている実情を目にしてしまった今、分からないで済ませることはできない。一警察官として、やるべきことはやらなければならない。それがどんなにひどい事実であろうと、明らかにしなければならない。

近くに壁時計などないのに、さっきから、秒針の音が耳の奥で鳴り続けている。時間は刻々と過ぎていく。望むと望まざるとに拘わらず。

マル被が、到着したようだ。

「……姫川主任、松本です」

「どうぞ」

留置係員と松本係長に連れられ、マル被が調室に入ってくる。奥の席に座ると、腰縄はパイプ椅子に結ばれ、手錠が外される。

二人が一礼して退出し、ドアが閉ざされる。

三人きりの取調べが、また始まる。

「……おはようございます」

期待してはいなかったが、マル被からの返答はなかった。

「二日、空いてしまいましたが、その間、どうしていましたか。いろいろ、考えたこともあるんじゃないですか」

犯罪者も人、個性は様々だ。調べがない間に深く反省する者もいれば、掌を返し、前回認めた事柄まで否認し直す者もいる。まるで空白を感じさせない、全く同じ様子で戻ってくる者もいる。

彼女は、どうだろう。

「取調べはしませんでしたが、私たちは別に、休んでいたわけではありません。この件に関して調べられることを、いろいろ調べていました。新たに分かったこともあれば、いまだに分からないこともあります。分かったことの一つは……あなたの身元です」

ひと塊、息が彼女の鼻から抜けてきたのは、どういう心情の表われだったのだろう。

「俊幸さんのお母さん、泰子さんとお会いして、あなたの写真を見てもらいました。姪の、恵ちゃんだと思うと、教えてくださいました。俊幸さんと仲が良かったことも、話してくださいました……あなたの本当の名前は、阿久津恵。それで、間違いありませんか」

マル被は何もない、机の真ん中辺りに視線を落としている。

調室の外では、刑組課の係員が通常の業務をしている。電話も鳴れば、係員同士が会話を交わしたりもしている。それでも、他所(よそ)と比べれば静かな方だと思う。特捜と合捜に捜査員の多くを取られているからか、それとも、玲子たちの取調べに気を遣って静かにしてくれているのかは分からないが。

「ケイコの『ケイ』は、『恵』って字の音読みからきてるんじゃないかと思ったんだけど、違う？　ひょっとしたら、俊幸さんは昔から、事件が起こるずっと前から、あなたのことを『ケイちゃん』って呼んだり、してたのかな。私はなんか、そんなことを想像したんだけど。それと、あなたが年齢を二十三歳って言ってたこと……それって、あのアパートに入居した時点で、十八歳くらいじゃないと体裁（ていさい）が悪かったからなんじゃない？　法的には十六で結婚してもいいんだろうけど、そうなると、親御さんはどう考えてるの、みたいな話にもなりかねない。だったら、せめて高卒、大家さんには十八歳くらいに言っておいた方がいい……そういうことだったんじゃないかなって、私は思ってるんだけど」

静かに息を吐き、マル被がほんの数センチ、姿勢を正す。

もう少し続けてみよう。

「……そこは、ちゃんと答えてよ。あなただって、あの事件に関しては、思うことがたくさんあるでしょう。言いたいことがあるでしょう。だから、俊幸さんにはいろいろ話したんでしょう」

むろん「あの事件」とは「国分南事件」を指している。それは、マル被にも分かるはずだ。

「私はね、あの『赤い靴』という作品の中に、あなたの弟が出てこなかったことには、とても重大な意味があると思ってるの。その点に関して、仮に何かあったにしても、あなたはあなた自身を責めるべきではないと思ってる。だってあの当時、あなたは十二歳だったんだから。軽々しく、仕方なかったなんて言い方はすべきじゃないんだろうけど、でも、十二歳のあなたにできることは、限られてたと思うんだ、私は」

玲子の言葉を、マル被がどう解釈したのかは分からない。どの単語がマル被の心の鍵穴にはまるかなんて、そんなことまでは計算できない。

ただ自分は、彼女にとって話をするに値する人間でいようと、そう努めているだけだ。

取調官と、被疑者。

縄で繋いだ者と、繋がれた者。

その隔たりをなくすことはできないけれど、その隔たりを境界に向かい合っていてもなお、想いを交わすことはできると、そう伝えたかった。

あたしにだって、殺したい人間の一人や二人、いるよ――。

そう心の中で呟くと、不思議とそれ以外の自我が、風に吹かれたように消えるのを感じる。殺したいという、これ以上はないくらい傲慢な自我を認めてしまうと、なぜだろう、むしろ心穏やかにすらなれる。

阿久津恵。あなたは、どうなの——。

マル被が、ゆっくりと瞬きをする。

「……陽太が生まれて、少しの間、親たちは、明るかった」

鍵は弟。そういうことか。

「少しって、どれくらい？」

「一歳、ちょっとか、二歳くらいまで」

阿久津陽太は四歳まで生きている。

玲子は「うん」と相槌を打つに留めた。

マル被、阿久津恵も、小さく頷いた。

「……私も、その頃は殴られたり、しなくなって。このまま、こういうのが続けばいいなって、思った。陽太が生まれてくれたから、私まで殴られなくなった。陽太、ありがとうって思った。思ったけど……思ったのに……やっぱり、いろいろあって。陽太も、言うこと聞かなかったり、漏らしたり……そういうの二人とも、一々怒るし。段々、前みたいに戻っていって。誰も笑わなくなって……私も、二歳とか、三歳のときからこうだったんだろうなって、思って見てた。思い出したっていうか。陽太が殴られて、私もまた殴られるようになって。背中に、タバコとかやられて。私は、学校に行ってたから、みんながみんなこうじゃないってことは、分かってた。親は、優しいのが普通だって、明るい方が普通だって、知ってた。友達をぶっちゃいけないって知ってた。でもウチの親は、すぐぶつ。グーで。陽太を殴って、私を殴って、母親も殴って、なんか……すっきりした顔をする」

泰子の言葉を借りるなら、阿久津昭二はヤクザとしても駄目だった男だ。その憂さ晴らしの矛先が、幼い実子や妻に向いたのだろうことは容易に想像がつく。

玲子は、約二年前に担当した通り魔殺傷事件のことを思い出していた。背景には、犯人が母親から受けたネグレクトの影響と、犯人の、弟を想う強い気持ちがあった。

だが、あの犯人と恵とでは、何かが違う。

これは賭けだが、訊いてみよう。

「陽太くんは……お姉ちゃんのこと、好きだったのかな」

そのときが、玲子の前では初めてだったのではないだろうか。

恵が、大きく首を傾げた。

左の目尻から、流れ落ちるものがあった。

「……二人のときは、お姉ちゃんって、寄ってきた」

「可愛かった？」

それにも、首を傾げる。

「……なんか、フワフワしてて、怖かった。守ってあげたいとは、思ったけど、私も、あの青い刺青の腕が、怖かった。母親の、父親の顔色ばっか窺ってる目が、怖かった。嫌いだった……このままだと、死ぬのは、この子の方が先だなって、分かってた。私はその次。実際……そうなった」

借り物のジャージの袖で、恵が頬を拭う。

だが、目にはもう、涙はなかった。

決心した目。肚を括った者の目。あるいは「芽」。

事件のとき、恵はその目で何を見たのか。何をしたのか。

「実際って……どうだったの」

「なんで、二人いっぺんに怒られたのかは……たぶん、陽太がお漏らしして、それを私が、ちゃんと綺麗にできなかったとか、そういうことだったと、思うけど……母親が、私と陽太の頭を、こう、両方鷲摑みにして。ゴツン、ゴツンって、二人で頭突きさせるようにしてて。それが私の目に当たって、私が、うわってなって、なんか……陽太を、振り払う感じになっちゃって。そしたら、窓の柱みたいなのに、陽太が頭をぶつけて、ぐでってなって。母親も、ヤバいって感じで、陽太、陽太って揺さぶって。でも起きなくて。そこに、父親が帰ってきて、何があった、何があったって騒ぎ始めて、母親をビンタして。母親が、私じゃない、恵が、とか言い始めたから、私は、すぐこっちに来るな、って思って、次は私だって分かってたから、だから、その前に……台所から包丁持ってきて、急いで刺した」

子供だって、いつまでもやられっ放しにはなっていない、ということだ。

「どっちを、刺したの」

「父親。それを、母親はぼーっと見てた。私が何度も刺して、父親が動かなくなったのを見て、母親は私に、ありがとうって言った。私が、母親を助けるために刺したと、思ったんだと思う。それから、行こうって私の手を握った。一緒に行こうって。どこに行くのかは言わなかったけど、玄関の方に行こうとした。警察だな、って私は気づいて、でも、それは嫌だった。ずっとずっと、私も陽太も殴られてきたのに、私が刺したのは今日だけなのに、殺したのは私だって、悪いのは全部この子だって、母親は平気で、警察で言うんだろうなって思ったから、だから……母親も刺した。あんただって同罪なんだよ、って思いながら」

細かい部分は違うが、概ねこういうことだろうという予想は、玲子もしていた。

捜査資料によると、神奈川県警は、萁谷俊幸を容疑者の一人としながらも、結果的に逮捕するには至らなかった。なぜなら、俊幸には確固たるアリバイがあったからだ。

俊幸は恵が事件を起こす前日から、群馬の草津温泉に旅行に行っていたのだ。大学時代、俊幸は文学研究会というサークルに入っており、草津旅行はその新入生歓迎会を兼ねた合宿だったという。東京に帰ってきたのは犯行当日、十二日の夜。実際に解散になったのは深夜過ぎ。どう考えても、俊幸に昭二と希を殺すことはできない、という結論に捜査本部は至った。松本係長にはもう一度、俊幸の大学時代の友人に確認してもらうつもりでいるが、おそらくこのアリバイは崩れないだろう。

「それから、どうしたの」

「血だらけだったから、着替えた。お財布とか、必要そうなものを手提げカバンに入れて、刺した包丁も入れて、ウチを出た。公園のトイレに入って、まだちょっと顔についてたから、洗って。あの人に……俊ちゃんに、電話した。公衆電話で。何かあったら、いつでも連絡してって、携帯番号、渡されてた。住んでるの、近くだって知ってたし。それまでも、何回か電話して、親が怖いって、相談してたし……頼れるの、俊ちゃんだけだった。何回か電話したら、出てくれて……家を出てきたって言ったら、そっちに行ってもいいって訊いたら、いいよって言うから、行った」

「それまで、俊幸さんの部屋に行ったことはあったの？」

恵はかぶりを振る。

「初めてだった。でも、電話で説明された通り、小田急線の線路沿いを歩いてったら、途中の駅まで、俊ちゃんが迎えに来てくれてて、それで、アパートに連れてってくれた。私は、綺麗にしたつもりだったけど、まだ血がついてたみたいで、お風呂入れって言われた。ジャージ貸してくれたけど、ブカブカだった」

俊ちゃん、と呼ぶときの恵の眼差し(まなざし)はそれまでと違い、少し遠く、どこか優しげだった。

「俊ちゃんが大学に行ってる間は、部屋でじっとしてた。ピンポンされても、絶対に出なかった。一人で静かにしてた。それは全然平気だった」

この時点で、県警が俊幸宅の捜索をしていれば、恵を保護、あるいは逮捕できていたのだろうが、不幸にも県警は俊幸のアリバイの方に先に行き着いてしまい、俊幸を容疑者リストから外してしまった。これを県警捜査本部の落ち度とするのは、玲子はいささか酷だと思う。

そしてその不幸は、恵にとってはこの上ない幸運であったわけだ。

「父親も母親もいない部屋は、静かで、安心だった。帰ってきたら、俊ちゃんといっぱい話した。ずっと。何回も。何日も。今までどうだったか、とか、あの日に何があったのか、とか……なんか、俊ちゃんに話すと、私の中にあった、毒みたいなものが、俊ちゃんに吸い取られてくみたいに感じて、気持ちが軽くなった。私は……ただあの部屋に置いてほしかった。俊ちゃんと一緒にいさせてほしかった。警察には行きたくなかった。刑務所にも行きたくなかった……親がセックスしてるの、何回か見たことあって。そういうの次の日は、父親と母親が、なんか仲良くて。それ覚えてて、なんかそうした方が、俊ちゃんも私を大切にしてくれると思ったから、だから……自分から、抱かれた。全然嫌じゃなかった。すごく……なんだろ。助かったって思った」

もういくつか、確かめておきたいことがある。

「あの事件を俊幸さんが小説にすることについては、反対しなかったの？」

肯定か否定かは分からないが、恵は頷いてみせた。

「私が毒を吐き出して、気持ちが軽くなったのと同じで、俊ちゃんも、何かに吐き出したかったんだと思う。それがたまたま、小説だったってだけで。そうやって、回り回っていくうちに、少しずつ小さくなって、薄くなって、あの事件のことは、消えてなくなっちゃえばいいって、思った。でも、なくならなかった。俊ちゃんは……あの人は、ずっと自分で抱え込んでた。私の毒を、手放そうとしなかった。私がいる限り、この人は……刑事さんの言う通り、呪いにかかったままだったのかもしれない。だから、あの人に死を選ばせたのは、実際には、私なんだって……思う。今でも」

回り回って、いつのまにか毒は希釈され、消えてなくなることも、あるのかもしれない。ただその毒に、言い換えれば「悪意」に、また別の誰かが侵（おか）されることもある。その方がむしろ、確率としては高いように思う。

昭二の毒が、希を侵したように。

二人の毒が、恵を侵したように。

恵の毒が、俊幸を侵したのだ。

人はそのことに、決して無自覚になるべきではないと思う。

「もう一つ。俊幸さんが本名で小説の新人賞に応募するのは、どうだったの。警察に分かっちゃうかもしれないって、思わなかったの」

これにも、恵は曖昧（あいまい）に頷く。

「でも、落ちてたし」

「ただ落ちたわけじゃないじゃない。最終選考まで行ってたんだから、ひょっとしたら、そのままデビューってことだって、可能性としてはあったと思うよ」

「分かんない。そうなったら、名前はそのときに変えるとか……あ、違う。なんか、占いで、小説家に向いた名前だって、言われたことがあったとか、なんか、そんなこと……だから、本名には、拘（こだわ）りがあったのかも。よく、覚えてないけど」

その後も、決してスムーズではなかったけれど、恵は供述を続けた。玲子の問い一つひとつに、首を傾げながらも、丁寧に答えてくれた。

その間、恵は自分に科されるであろう刑罰については訊かなかった。両親を殺したことで、あるいは俊幸の遺体を傷つけたことで、自分がどんな罪に問われるのか。そういうことを、知ろうとはしなかった。

ただの、一度もだ。

その夜は、日野と王子駅近くまで行き、焼き鳥居酒屋に入った。わりと繁盛しているのか個室は取れなかったが、なんとかボックス席には案内してもらえた。店全体が煙っているこの感じも、個人的には嫌いではない。

座るや否や、日野がドリンクをオーダーする。

「おネエさん、生二つね」

「はい。お料理の方、お決まりになりましたら、こちらのボタンでお呼びください」

「はい」

日野が、開いたフードメニューを衝立のようにし、ニヤニヤと顔を近づけてくる。

「それにしても、主任……こんなところで、よかったんですか」

また始まった。

「別に、全然いいですよ。日野さん、基本的にあたしのこと、ものすっごく誤解してません？　普通に来ますから、こういうお店」

すると、大袈裟に驚いてみせる。

「へー、そうなんですか。私はてっきり、もっとお洒落なお店じゃないと駄目なのかと思ってましたよ」

駄目、ってなに。

「そんなわけないでしょ。なんでそんなふうに思うんですか」

「だって、会議終わりはいつも、ほら、菊田主任と、二人でしっぽりだから」

その言い方。

「やめてくださいよ。小幡だってよく一緒に来てますよ」

「それは、無理やり交じって二人の邪魔をしたいからですよ」

この人は、なんとかそういう分かりやすい構図に、玲子たちの関係をはめ込みたいらしい。

「そんなんじゃありません。っていうか、それ逆ですから。あたしが誘っても、日野さんと中松さんが、一回も一緒に来てくれないってだけじゃないですか」

「それは、菊田主任とのアレを、邪魔しちゃ悪いだろうと思って。こっちもいい大人ですから、気を遣って誘ってくださってるだけなの、分かっててホイホイ乗ったら、野暮じゃないですか」

あー、面倒臭い。

「別に気なんて遣ってません。普通に誘ってるだけですよ。前の係のときは、実際そうでしたから。菊田もいて、他に三人とか四人とかいましたから、常に」

「あら、そうなんですか」

「だから、今度からは中松さんと一緒に、日野さんも参加してくださいね」

「えー、それはどうかなぁ」

常々思っていたが、日野ってやっぱり、ちょっと意地悪だと思う。

生ビールはすぐに来た。串焼きの盛り合わせと焼き空豆（そらまめ）と、大根サラダとポテトフライを頼んで、とりあえず乾杯。

「お疲れさまです」

自称「ケイコ」の身元も分かったし、死体損壊については自供も取れた。振り返ってみれば、この取調べ自体はさほど難しいものではなかった。

日野が、お通しの和え物に箸をつける。

「しかし……最終的には、主任の読みの方が当たってましたね。お見逸れいたしました」

玲子が、恵は「殺ってる」と断言した件か。

「まあ、当初の予想とは、だいぶ違いましたけどね」

「でも実際、殺ってましたから」

「そう、なんですけど……」

「アレって、結局どうなるんでしょうね」

両親の殺害については、当時十二歳だったため刑事責任を問われることはない。

「まあ、裁判で不利な材料にはなりますよね。家庭環境については大いに同情しますが、それで済む話でもないですからね」

「ですよねぇ」

このお通し、鶏皮のポン酢和え、意外と美味しい。

でも日野は少々物足りなかったのか、七味唐辛子をかけている。

「私、あの……俊幸の小説、なんで『赤い靴』だけ、突出していい感じに書けてたのかなって、ずっと考えてたんですけど」

「はあ」

普通に相槌を打っただけなのに、なぜだろう。

急に日野が目つきを険しくする。

「……なん、ですか」

「主任って、ときどきそういう、気の抜けたような返事しますよね」

「え、そうですか？」

「そういうおつもりは、特にないと」

「ええ、全く」

「じゃあさ……もうちょっと、気持ち込めて言った方がいいですよ。なんかいろいろ、上から見てるのかなって、聞いてる方は思いますもん」

反論したい気持ちは、ある。ただ、自分の態度の端々にそう感じさせるものがあるのだとしたら、対する日野の態度——こう言ってはなんだが、玲子が「意地悪」と感じていたそれも、ある種の返礼だったのかと、思わなくもない。

日野は部下ではあるけれども、ここは同性の、人生の先輩からの助言として真摯に受け止めよう。

「……すみません。以後、気をつけます」

「あらやだ。そんな、急に凹まないでくださいよ。なんか、私が苛めてるみたいじゃないですか」

「そんなつもりは、ないですけど」

日野が、クスッと笑いを漏らす。

「ま、それはいいとして……俊幸の小説、なんで『赤い靴』だけがよくて、他のは駄目だったんだと思います？」

そんなこと、まるで考えてもみなかった。

「なんで、ですか……んん、まあ、一つ大きな違いがあるとすれば、あの作品だけは、主人公が自らの意思で行動を起こしてますよね。実際には、現実の俊幸はそうではなかったわけですけど、でもとにかく、恵の状況をいろいろと、あとから知って、たぶん……だったら自分が手を汚せばよかったとか、他に恵を助ける方法もあったんじゃないかって、苦しんだと思うんですよ。それがあの作品には表われている。それが一つの答え、っていうか……」

日野は頷くだけで、口を挟もうとはしない。

「だから……ああ、こういうことかな。俊幸は『赤い靴』を、恵のために書いた。恵を想う気持ちだけで、真っ直ぐに書くことができた。でもそれ以後は、最終選考よりも上に行きたいとか、小説家になって、その稼ぎで暮らせるようになりたいとか、我欲が入ってきてしまった。『赤い靴』だけは、俊幸自身も無意識のうちに、自分ではない誰かのために、書くことができたけれども、それ以後は、自分のための執筆に、閉じ籠もってしまったというか……うん、ある種、独りよがりの袋小路に入ってしまった、みたいな……こと？違う？」

日野は口を「ほう」の形にし、指先で小さく拍手する。

「凄い。主任、解釈が文学的」

「そんな……なんですか文学的って」

「私も、言ってみただけですけど。でも私も、全く同じことを思ってたんです。自分ではない誰かのためって、何にしたって難しいことですけど、突き詰めると、世にある仕事って、全部そうなんですよね。家事まで含めて。物差しが自分の充足感だけになっちゃうと、それが歪んでいようが捩じれていようが、かまわなくなってしまう。でも誰かのために、っていう物差しがあると、いろんなものが整ってくる……なんか、そんなことを、考えちゃいました」

こんな話題で日野と意見が合うとは、玲子は思ってもみなかった。

それは、日野も同じなのかもしれないが。

「主任って、意外と素直だし、可愛いところもあるんですね」

「意外とって……今の話に、そういう要素ありました？　っていうか、なんですか、三十五の独身女捕まえて」

「あ、照れてる」

「照れてません」

「ほっぺ」

「赤くなってません」

焼き物のお店だから、ちょっと室温が高めなのと、アルコールが入ったから、それでちょっと「ぽっ」となっているだけだ。

やっぱり、日野ってちょっと、意地悪なんだと思う。

根腐（ねぐさ）れ

一月末。捜査一課殺人犯捜査第十一係は、久し振りに十二名全員でのA在庁を迎えていた。

ただこのときは、たまたま刑事部屋の自分のデスクにいたのが、小幡と主任の姫川だけだった。そんなところに、統括主任の日下が入ってきた。後ろには連れが二人。一人は管理官の今泉だが、もう一人は小幡の知らない顔だった。

姫川がそろりと立ち上がったので、小幡も倣って隣に立つ。

日下は近くまできて、無人のデスクが並ぶだけの、空虚な捜査一課の大部屋を見回した。

「……お前ら、二人だけか」

菊田主任は確かATM、日野巡査部長は売店、中松巡査部長は畠中巡査部長と水谷巡査部長を連れて昼飯、工藤主任は警務部から何やら呼び出しを受け、寺田主任は体調不良で今日は休んでいる。宇野巡査部長と、係長の山内警部はなぜいないのだろう。トイレか。

姫川が日下に頷いてみせる。

「はい。ぼちぼちみんな、帰ってくるとは思いますけど、なんでしょう」

日下が今泉の方を向く。

「じゃあ、姫川と……小幡でいいですか」

小幡「で」いいですか、って言い草はないだろ、とは思ったが、二つも階級が上の日下に嚙みついてみても始まらない。黙って成り行きを見守るしかない。

頷いた今泉が、姫川に目を向ける。

「ここんとこ立て続けで悪いんだが、また一つ、頼まれてくれないか」

姫川は軽く眉をひそめた。

「管理官。さすがにちょっと、その手の話、多過ぎませんか」

「俺がここを離れる前に、片づけられるヤマは、できるだけ片づけておきたいんだ」

今泉は次の定期異動で捜査一課から出ることになるだろう、というのは小幡も聞いて知っている。

姫川が小さく息を吐く。

「だからって……なんでいっつも私なんですか」

「便利だからだよ。あとは、タイミングかな」

その言い方もマズいだろう、と小幡は思ったが、意外なことに、姫川がこれに腹を立てる様子はなかった。苦笑いしながら三人の顔を見回し、最終的に、小幡の知らない男に向き直る。

「……で、今回の厄介事と、シモイさんはどういうご関係なんですか」

シモイと呼ばれたその男が、ニッと片頬を持ち上げる。良く言えば苦み走った、悪く言ったらヤクザな面構えの男だ。歳の頃は今泉より少し上くらい。ひと言で言ったら「定年間近」だ。

「どういうご関係、って訊かれちまうとな……厄介事を持ち込んだ張本人でございます、としか答えようはねえが」

「さすがにもう、シモイさんも中野じゃないんですよね」

「ああ、今は麻布だ。麻布の組対にいる」

前は中野署、今は麻布署、所属は組織犯罪対策課。要するにヤクザとか薬物とか、そっち系の担当というわけだ。どうりで雰囲気がそれっぽいわけだ。

姫川が「ん」と短く唸る。

「麻布って確か、最近なんかで、ニュースになってましたね」

「ああ、まさにソレだよ」

マズい。小幡にはまだなんの話か分からない。

姫川が続けて訊く。

「コタニマリコ、でしたっけ」

あ、そうか。確かにそうだ。モデル兼女優の、あの小谷麻莉子を覚醒剤所持で逮捕したのが麻布署だった。

シモイが小刻みに頷く。

「最初はな、俺も本部の組対呼んで、調べさせようとしたんだよ。まだまだ、今いる連中にだったら顔も利くからよ。ちょうど、カジオの係が浮いてるってんで、話持ってったんだが……」

姫川も「カジオ」という名前には覚えがないらしく、首を傾げ気味にしていたが、シモイが気にするふうはない。

「てんで駄目なんだよ。小谷麻莉子ですか、だったら俺がやります、いや俺がやります、シモイさん俺にやらしてくださいって……やらしてください、って言い方がもう、アウトだってんだよ、あの馬鹿どもが。芸能人ってだけで浮つきやがって……そうは言っても、あれはまあ、確かにいい女だわな」

小谷麻莉子は「確かにいい女」なんてものではない。女優としてはまだ駆け出しなのかもしれないが、すでにCMには単独やメインで起用されている、かなりの売れっ子モデルだ。男性にも女性にもファンが多く、芸能人の好感度ランキングでも、まあまあの上位に入るクラス。好きか嫌いかと訊かれたら、小幡は「もちろん大好きです」と答える。それくらいの「いい女」だ。

姫川が頷く。

「まあ……可愛いですよね。スタイルもいいし」

「そう。つまり、そういう事情なんだよ」

そういう事情、ってどういう事情だ。マル被が有名芸能人で、しかもとびきりの美人だから、組対の男性捜査員では浮ついてしまって取調べにならない、だから悪いが姫川、お前が代わりにやってくれと、そういうことか？

そんな馬鹿な話があるか。こんな無茶振り、姫川が受けるはずがない。そもそも畑違いでしょ、と一蹴（いっしゅう）するに違いない——と小幡は思っていた。

ところが、何やら雲行きが怪しい。

「組対に、女性の捜査員はいないんですか」

シモイが首を傾げる。

「いねえこたぁねえんだろうが、俺は顔も名前も知らねえからよ。そんなのに丸投げはできねえじゃねえか」

いろいろとツッコミどころ満載の発言だが、なぜか、それについては誰も言及しない。

姫川も、まるで問題視するつもりはなさそうだ。

「でも、麻布にはいるでしょう、一人くらい」

「いや、今ウチの課には一人もいねえし、刑事と生安には二人ずつくらいいるんだが、それはまたそれで駄目なんだよ。えっ、小谷麻莉子さんですか？　って、マル被に『さん』付けしちまうような、ミーハー小娘ばっかりなんだ」

確かに。なんの抵抗もなく「小谷麻莉子」と呼び捨てにできるかというと、それは小幡にも難しい。

姫川が、ちらりと今泉を見る。

「……だから私に、小谷の調べをやれと」

今泉が頷く。

「ちょっと行って、手伝ってやってくれよ」

すると、いきなりだ。

シモイが、なんの予備動作もなく前に出て、姫川の耳元に口を寄せた。距離的には完全にセクハラの領域だ。普段の姫川だったら、何すんですか気持ち悪い、くらい言って両手で突き飛ばしそうなものだが、それもしない。シモイの耳打ちを、大人しく聞いている。

言い終えたシモイが、もとの位置まで下がる。

姫川が、長めに息を吐く。

「……分かりました。小谷麻莉子の調べは、私が担当します」

なぜだ。なぜそうなる。

シモイが、またあの不敵な笑みを浮かべる。

「すまねえが、よろしく頼むよ」

「ちなみに、いま小谷の身柄はここですか」

姫川が真下を指差す。姫川が取調べをしやすいよう、麻布署からここ、警視庁本部庁舎に移送してきたのか、という意味で訊いたのだろうが、シモイはかぶりを振る。

「身柄は、湾岸署だ」

正式には「東京湾岸警察署」だ。

なるほど、あそこには女性専用留置施設があるからな、と小幡は思ったが、これもどうやら違うようだった。

姫川が小さく頷く。

「マスコミ対策ですね」

「ああ。ウチみてえにな、下手に麻布の街中にあると、野次馬だなんだで必ず面倒が起きる。それと比べたら、湾岸署は海っぺりの埋め立て地だ。通りすがりに覗いてく馬鹿もいねえし、歩道が広いからマスコミも待機しやすい。芸能人ブチ込んどくには打ってつけってこった」

シモイが腕時計を覗く。

「……というわけで、今すぐ来てくれるか」

「湾岸署にですか」

「ああ。駄目か」

「駄目、ではありませんが、できれば明日からにしていただけると助かります」

「なんでだよ」

それには答えず、姫川は日下に向き直った。

「……ということは、私たち、今日はもう帰ってもいいってことですよね」

日下も異論はなさそうだった。

「どうせ明日から湾岸署なら、今日ここにいてもらってもな……いいだろう。係長には俺から言っておく」

シモイが慌てたように両手を振る。

「待て待て。だったら逮捕までの経緯と、これまでの供述内容くらい頭に入れてから帰れ」

姫川が小首を傾げる。

「それ、明日じゃ駄目ですか」

「もう送検も済んで一勾（第一勾留）に入ってんだ。そんな悠長なこたぁ言ってらんねえんだよ。明日は朝イチから調べに入ってもらう。そのためにも、予習は今日中に済ませてもらわねえとな」

分からない。今ここにいる警察官全員の、関係性とか規範意識とか指揮命令系統とか、いろんなことが、小幡には納得できない。

本部庁舎を出たところで、姫川に訊いてみた。

「あの、今の、シモイさんって……」

姫川がバッグから名刺入れを取り出す。

「まだ持ってたかな……ああ、あったあった。これね」

一枚抜いて小幡に見せる。

【警視庁中野警察署　刑事組織犯罪対策課　暴力犯捜査係　担当係長　警部補　下井正文】

これが今は「麻布警察署　組織犯罪対策課」になっている、ということなのだろう。

「今も警部補、なんですかね」

「うん、そうだと思うよ。っていうかそうでしょ」

「にしちゃあ、偉そうって言ったら、アレですけど……なんか、大物感が凄かったんですけど」

「ああ、下井さんと今泉さんは昔、一課で同じ係だったからね。あのほら、もう退官されたけど、元捜査一課長の和田さん。あの和田さんが一課で主任だった頃、下井さん、今泉さん、亡くなった林さんとか、あとガンテツ、勝俣主任とか、あの辺りはみんな一緒だったんだって。その頃の繋がりが、まだ活きてるってことでしょ」

それはまた、なかなか濃いメンツだ。

「でも、だからってあの態度は、なくないですか。言ったら、日下さんより下じゃないですか、今現在は」

階級でいうと、今泉は警視。次が警部で、その下にくるのが日下の五級職警部補。下井と姫川はさらにもう一つ下のヒラ警部補になる。

いくら昔同じ係で先輩だったからといって、ヒラ警部補である下井が、今現在は三つも階級が上の今泉にあんな無茶な頼みごとなど、普通はしていいはずがない。というか、指揮命令系に当てはめて考えたらあり得ない。

隣を歩く姫川が、いつになく優しげな笑みを浮かべる。

「普通はね、もちろんあり得ないんだけど、でも、なんかいいじゃない、そういうことがあったって。あたしは、和田さんには物凄くお世話になったし、大変なご迷惑もお掛けしてしまった。同じくらい、今泉管理官にも、亡くなった林さんにも、お世話になった。下井さんは……ちょっと違うけど、でも何度も助けてもらった。あたしは、あの人たちにずっと、守ってもらってきたの。そんな人たちに、よ。多少無理筋だとしても、お前にやってもらいたいことがあるって言われたら、そりゃ嬉しいよ……もし嫌なら、小幡は抜けてもいいけど」

またそういう、可愛げのないことを言う。

「いえ、もちろんご指名ですから、お供します」

「ご指名って……たまたま、あの場に一緒にいたってだけじゃない」

「それでも、指名されたのは自分ですから」

「なに、そんなに小谷麻莉子に会いたいの」

当たり前だろう。

「いえ、決して。そういうことでは、ないっす」

「もしそういう空気、微塵でも醸し出すようだったら、即刻蹴り出すからね」

「分かってます。大丈夫です」

「ほんとに大丈夫？」

「大丈夫っす。ちなみに、せっかく早く上がってきたんですから、どっかで軽く一杯やっていきませんか」

まだ午後三時だが、有楽町まで出れば飲める店はいくらでもある。

だが姫川は、そう簡単には乗ってこなかった。

「ごめん、明日までにちょっと準備しておきたいことがあるから、今日はこのまま帰るわ。明日は湾岸署に直で、よろしく」

明日までに準備したいこととは、なんだろう。

それは、翌朝になってもまだ分からなかった。

「おはよ」

「おはようございます」

「じゃ、行こうか」

湾岸署前で落ち合うと、姫川は、歩道の植え込み辺りに集まっているマスコミ連中には目もくれず、そのまま玄関に入っていこうとする。

その横顔、肌の色がやや優れないように見えるのは、どういうことだろう。

「主任、ひょっとして寝不足、ですか」

「んーん、そんなことないよ」

「でもちょっと、お顔の色が優れないような」

「そう思っても、口に出さないデリカシーは必要だよ、小幡」

悔しいが、自分は姫川の、こういう「ツン」としたところに惹かれているのだと、認めざるを得ない。

「すんません」

刑事組織犯罪対策課のあるフロアでエレベーターを降りると、すぐそこで下井が待ち構えていた。

「……おはようさん」

「おはようございます」

姫川に倣い、小幡も失礼のないよう挨拶はしておく。

下井が廊下の奥を親指で示す。

「面倒な手続きはなんも要らねえ。おたくらは、ただ取調べに専念してくれればいい。疑問点は、分かってるよな」

「ええ。大丈夫です」

昨日受けた説明によると、小谷麻莉子こと石井麻莉子の逮捕に至った経緯は、こういうことのようだった。

一月二十七日火曜日、十五時三十分頃。石井麻莉子は港区東麻布三丁目にある一之橋交番に自ら出頭し、覚醒剤を所持しているので逮捕してほしい、と申し入れた。係員が所持品を調べると確かに、ポリ袋に入れられた覚醒剤と思しき白い粉末がカバンのポケットから出てきた。応援要請を受け、本署から二名の組織犯罪対策課係員が同交番に出向き、検査薬を用いて調べたところ、ポリ袋の中身は間違いなく覚醒剤であることが判明。組対係員は石井麻莉子を本署に連行し、十七時四十五分、覚醒剤所持の疑いで通常逮捕した。

よく分からないのはここからだ。

石井麻莉子は、覚醒剤は笛田要という男から、自身で使用する目的で購入したと供述した。しかし尿検査を実施したところ、覚醒剤使用に関しては陰性。毛髪検査でもやはり陰性だった。

一方、覚醒剤を売ったとされる笛田要とはどんな男なのか。

下井らの調べによると、どうやら笛田は芸能界にも繋がりを持つ半グレらしく、覚醒剤の売買に関わっている疑いもあるため、まさに現在進行形で組対五課がマークしている人物、とのことだった。しかし「小谷麻莉子」と接点があったかというと、そこはよく分からない。

芸能界といっても、笛田が出入りしているのはアダルトビデオ業界が中心で、そこからの繋がりで、売れないグラビアアイドルとか、あるいは地下アイドルとか、その辺までは交流があるものの、「小谷麻莉子」がいるようなファッション業界及びモデル業界とは、どうやっても接点が見えてこない。

しかも、組対五課の協力を得て笛田の最近の動向について確認をとると、石井麻莉子が覚醒剤を買ったという一月十六日金曜の夜、笛田は白川会系暴力団関根組の幹部と、中目黒のキャバクラにいたことが分かった。これにより、少なくとも一月十六日の夜、笛田は石井麻莉子に直接、覚醒剤を譲り渡すことは不可能だったと判断せざるを得なくなった。

石井麻莉子が何者かから覚醒剤を譲り受け、所持していたのは間違いない。ただ、その出所は本当に笛田要だったのか、受け渡し日時は間違いなく一月十六日だったのか。

下井の言う「疑問点」とは、主にその二点だ。

姫川と取調室に入り、五分ほど待つと、ドアがノックされた。

「……姫川、いいか」

下井の声だ。

「はい、どうぞ」

ドアが開き、下井と、湾岸署の留置係員であろう制服警察官に付き添われる恰好で、石井麻莉子が入ってくる。

いや、これは石井麻莉子ではない。やはり「小谷麻莉子」だ。

蜂蜜の中から生まれ、艶々のロングヘアを掻き上げるヘアトリートメントのCM。一個だけだからね、あーん、と言って食べさせてくれるチョコレートのCM。ウエディングドレスを着て、ほろりと涙を流すだけの結婚情報誌のCM——まさにあの「小谷麻莉子」が今、目の前を通り過ぎて机の向こうに回り、パイプ椅子に座らされ、腰縄を背もたれに括り直され、手錠を外され、悲しげにうな垂れている。

勾留中なので、さすがに化粧っ気はない。描いていないので眉は薄いし、唇も白茶けている。肌の色も、ファンデーションをばっちり塗り込んだそれとはやはり異なる。まだ二十六歳なので目立つシミなどはないが、それでもいくつか、小さなソバカスがあるのは見てとれる。目の下には薄ら隈も出ている。

それでも、だとしても、だ。

アイラインなんぞ引かなくてもその両目は充分に大きく、黒い満月の如く美しく輝いている。肌だって、テレビで見るのよりは劣る、というだけで、一般女性のそれと比べたら、あり得ないくらい肌理は細かく整っている。後ろで一つに括った髪なんて、まだ全然艶々だし、スタイルに至っては、湾岸署が用意したジャージでは丈が足りず、手首も足首も十センチほど余計に露出してしまっている。いや、単に手脚が長いということではない。丈が短くて体形に合っていないにも拘わらず、それがなぜだか美しく、むしろ恰好よく見えてしまうのだ。

無理だ。こんな女の取調べなんて、男性警察官にできるわけがない。本当に笛田から買ったのかと訊いて、本当ですと返されたら、だよね、と認めるしかない。日にちだって、間違いなく十六日です、と言われたら、おかしいな、じゃあもう一回調べてみるよ、と引き下がらざるを得ない。

今、ようやく分かった。実感した。

だからなのだ。だからこその、姫川玲子なのだ。

「……おはようございます」

姫川は、もう全く、全然、いつもの取調べの様子と変わらない。腐った雑巾（ぞうきん）みたいな体臭を放つ男性殺人犯を取調べるのも、売れっ子モデルをそうするのも、姫川にとっては何一つ変わることのない日常業務でしかないのだ。

名刺を机上に一枚置き、麻莉子の方に押し出す。

「警視庁捜査一課の、姫川と申します。今日からあなたの取調べを担当することになりました。よろしくお願いします。こっちは、同じく捜査一課の小幡です」

ここは大人しく、会釈するに留めておく。

麻莉子も、浅く頷いて返す。

「……よろしく、お願いします」

とはいえ、姫川の心中がどうかは、また別問題かもしれない。

姫川は小幡の一つ上だから、いま三十五歳。むろん姫川だって充分美人の部類に入るし、背は高いし、スタイルだっていい方だと思う。ファッションセンスも悪くないし、同年代の女性と比べたら、雰囲気はまあまあ華やかな方なのではないか。

ただ、今回ばかりは相手が悪い。九つも年下の、しかも現役の売れっ子美人モデルなのだ。内心、ある程度の気後れは否めないのではないか。

姫川が机に左肘を掛け、頰杖のようにする。

「へえ……やっぱり、ほんとに綺麗なのね、モデルさんって。驚いちゃった」

それは本心か、あるいは単なる社交辞令か。

麻莉子も困ったようにかぶりを振る。

「私なんて、そんな……全然」

「じゃあ、石……んー、石井さんって呼ぶのも、なんか、あんまり実感ないから、小谷さんにしとこうか。小谷さんから見て、本当に綺麗だったのって、誰？」

しばし、麻莉子が間をとる。

「え……誰……ハヤマ、ミナミさん、とか、ですかね」

「ウィルユーとかに出てた？」

「ああ、そうです」

「彼女ってむしろ、あたしくらいの世代じゃなかったっけ」

「はい、少し上の、先輩です。すごく、お世話になりました」

「なるほど」

姫川の言った「ウィルユー」は、女性ファッション誌『will you』のことだと思うが、「ハヤマミナミ」という名前には、小幡は聞き覚えがない。それでも、姫川ならピンとくる程度には有名なモデル、ではあるのだろう。

続けて姫川が訊く。

「仲良かったの」

「……はい？」

「ハヤマさんと」

「あ、ええ……事務所も、同じなので……ご飯とか、連れてっていただいたり、お宅にも、何度も呼んでいただいたり」

「旦那さん、確かプロ野球選手だったよね」

「はい……元、ライオンズの」

姫川は、この話をどこに持っていくつもりなのだろう。今のところ、小幡には全く先が読めない。

話題は、プロ野球からゴルフ、スキューバダイビング、そこから映画『グラン・ブルー』についてになった。

「若いのに、よくそんな古い映画知ってるわね」

小幡も詳しくは知らないが、『グラン・ブルー』が製作されたのは間違いなく二〇〇〇年より前、たぶん一九八〇年代だったと思う。監督はリュック・ベッソン、ではなかったか。違うか。

麻莉子が、頷きながら視線を上げる。

「ロザンナ・アークエットが、好きなので」

これまた小幡の知らない名前だが、当然『グラン・ブルー』に出演している誰かなのだろう。

姫川は、これも知っていたらしい。

「確か『ニューヨーク恋泥棒』とかにも」

「はい、出てました。大好きでした、あの映画も」

姫川には姫川なりのプランがあって、こういう無駄話をしているのだとは思う。だがしかし、ちょっと映画の趣味が合ったからといって、いくらなんでも脱線し過ぎてはいないか。もっと笛田要についてとか、覚醒剤を使い始めた時期とか、そういう話に持っていった方がいいのではないか。

そんな小幡の懸念とは裏腹に、話題はさらなる脱線に脱線を重ね、なんと麻莉子が出演した映画『晩夏の翳り』についてになった。

これも小幡はタイトルを知っている程度で、具体的なストーリーも、予告編の映像すらも記憶にない。なので、二人が何について話しているのかは、チンプンカンプンだった。

姫川は、しみじみ「いい映画だったよね」と言ったあとで、ふいに首を傾げてみせた。

「でも一つ、疑問だったのは……タケルがリカコの面影を、サリナに見るのは分かるんだけど、サリナの父親って、結局トモアキだったわけでしょ。それってなんか、単に人間関係をグチャグチャさせたいだけ、っていうか……なんだろ。言い方は悪いけど、余計な演出みたいに感じちゃったんだよね、あたしは」

そういうこと、今になって言うか、と思った。

夕暮れの尾道の映像が抜群に綺麗だったとか、麻莉子の演技にも感動したとか、散々褒めちぎったあとでの、この卓袱台返しにも等しい駄目出し。

麻莉子は、明らかに気分を害していた。

「それは、まあ……そういう見方も、あるとは、思いますけど」

「あそこは、タケル役の浅沼啓太さん辺りがさ、ベテランなんだから、監督、ちょっとこれは違うんじゃないですかとか、言うべきなんじゃないの」

「はあ、なるほど……」

「あれって原作か何かあるの？　それとも映画オリジナル？」

「監督と、脚本家さんの、オリジナル作品です」

「でしょうね。そういうところだよね、怖いのは。原作モノだったらさ、こうなってこうなってこう、みたいなのが前もって分かるからいいけど、オリジナルは編集まで終わって、通して見てみて、あれ？　ってなっても、撮り直せないもんね、そう簡単には」

小幡は段々、姫川の態度そのものに腹が立ってきた。

最初は、よかったと思う。会話をする下地として、麻莉子の仕事についていろいろ訊くのは自然な流れだった。でも、出演作品の演出にまでケチをつけるというのは、ちょっと行き過ぎだと思う。傍から見ていると、芸能人と直接話しているうちに、徐々に調子づいてきて偉そうな意見まで言い始めた、知ったかぶりの素人――そんなふうに、姫川のことが見えてしまう。

そういった意味では、麻莉子の方が大人なのかもしれない。

「……あれはあれで、演出の狙いは、私は、分かるんですけど」

「ああ、小谷さんは、あの演出に納得してるんだ」

「納得、というか……監督が表現したかったことは、理解、しているつもり……でした」

「へえ、そうなんだ。じゃあ『実録、水曜日クラブ』は？　あれをコメディとして世に出すって、けっこう悪趣味な発想だと思うんだけど。ブラックジョーク、では済まないでしょう」

おい、まだ続けるのかよ。

一日目の取調べを終え、石井麻莉子を留置場に戻した。

しかし、このあとどうするかを、小幡は聞いていない。

エレベーター乗り場の前。自販機で買った缶コーヒーを飲みながら、姫川に訊いてみる。

「まさか、特捜じゃないんだから、俺たちまでここに泊まり込み、ってことはないですよね」

姫川が、フッと鼻から笑いを漏らす。

「それはないわ……そもそも湾岸署にとって、石井麻莉子は麻布署からの預かりボシよ。本来なら、調べは麻布に連れてってやってくれ、って話だから。でもマル被が芸能人だから、出したり入れたりするたびにフラッシュ焚かれて、下手したら護送車に並走されたりする可能性もあるわけだから。ダイアナ妃のパパラッチじゃないけど……だったら取調べもここでどうぞ、ってだけの話でしょ。ただし、それ以上はお断わり。泊まりなんてあり得ないでしょ、いくらなんでも。会議は普通に、麻布でやるんだと思う」

「なるほど」

もうひと口コーヒーを飲む。これはちょっと、小幡には甘過ぎた。次は違うのを買おう。

「それにしても、主任……よくあんなに、小谷麻莉子の出てる作品、見てましたね。ファンだったんですか」

姫川が、さっきよりいくらか嫌味な笑い方をする。

「そんなわけないでしょ。見たのよ、昨日、慌てて」

まさか、それが昨日言っていた「準備しておきたいこと」だったのか。

「えっ……あの『晩夏の翳り』も、ですか」

「そう。『ラブ&ピーチパイ』も『ウルフ・クイーンに恋してる』も『実録、水曜日クラブ』も全部、昨日家に帰ってから見たの。あと『グラン・ブルー』もね。彼女が好きだっていうのは、ネットに上がってるインタビューに書いてあったから」

嘘だろ。

「え、いやいや、だって、時間的にちょっと、全部は無理じゃないっすか。だって、『ウルフ・クイーンに恋してる』って、連続ドラマでしょ？」

姫川が、凝りをほぐすように肩を回す。

「だから……彼女が出てる場面以外は、大体早回しよ。事前にネットであらすじ調べてから見れば、早回しでもストーリーを見失うことはないしね。ま、覚えてないところとか、飛ばしちゃったところの話はしなきゃいいわけだし」

それが本当だとしたら、単純に「凄い」とは思う。

「でも主任、それ、なんのために？　会話のネタ集めにしちゃ、ずいぶんと手が込み過ぎてませんか」

マズい。姫川の眉の角度が、どんどん険しくなってくる。

「小幡……あたしがそんな、無駄なことするわけないでしょ」

「ええ、まあ、そうだとは、思うんですが」

「大前提として訊くけど、小谷麻莉子って何者？」

「モデル、兼、女優……ですか」

「あんた、そういう人種、今までに取調べたことある？」

「ない、です」

「あたしだってないわよ。ないけど、ないからこそ、やるべきこと、準備すべきことはちゃんとやっとかないと、後悔することになるのよ」

姫川が「いい？」と人差し指を立てる。

「はい……」

「普通のマル被なんて、そりゃ逮捕するとき現場にいられればいいけど、そうじゃなかったら取調室で『初めまして』ってことだって普通にあるわけでしょ。それでも、弁録とか身上調書とか、少ない手掛かりから会話の端緒を探って、ちっちゃなことから繋げて繋げて、矛盾点穿（ほじく）り出して、突いて叩きつけて揺さぶって落とすんでしょ。でも小谷麻莉子はどうよ」

なるほど。

「雑誌にも出てれば、映像作品だって、残ってます」

「そうよ。でもそれは、全部芝居なの。演技なの。言ったら、全て嘘なのよ。あの女はプロの嘘つきなわけ」

言いたいことは分かった。

「そういった意味では、小谷麻莉子は、非常に手強い相手であると」

姫川が「ハッ」と吐き捨てる。

「……全然、まるっきり逆。小幡、あんたちっとも分かってない。いい？　小谷麻莉子は確かに嘘をつくことを商売にしてきた。それが詐欺師だったら、もしかしたら手強い相手になってたかもしれない。でも彼女は、女優、モデル。その、嘘をついているときの顔は何十通りも、何百通りも何千通りも、ファッション誌や映画やドラマの中で公開されてるのよ。それを事前に見ていいなんて、こんな楽な取調べないでしょ、普通」

そっちか、と合点はいったものの、まだ完全に分かったとは言い難い。

「……楽、ですか」

「楽よ。決まってんじゃない」

「いや、でも、嘘をつくときの顔は分かっても、本当のことを言うときの顔が分かってなかったら、結局、分かんないじゃないですか」

「小幡って、あたしが思ってたのより、三割増くらいで馬鹿なのね……ん、三割、減か？　まあいいけど。だからさ……もう、分かんないかな……さっきので言ったらね、あたしはわざわざ『晩夏の翳り』の演出にケチをつけたわけでしょ。あれ、あたし別に、本気で思って言ったわけじゃないからね」

どういうことだ。

「……そう、なんですか」

「当たり前でしょ。そんな、演出の優劣とか、誰が監督に意見するべきとか、そんなの、あたしに分かるわけないじゃない。あれは適当、ただの当てずっぽうよ。素人が利いたふうな口を利いてみただけ。その結果、あの女はどんな顔した？　日本アカデミー賞新人賞にノミネートされた、現時点では女優として最も評価された出演作品にケチつけられて、あの女はどんな顔をした」

「ちょっと、怒ったような顔、してましたね」

姫川がまた人差し指を立てる。

「それ。ただし、あの怒った顔は芝居じゃなかった。あれは彼女の、素の感情が表われた顔だった。もう一つ、『グラン・ブルー』のとき。ロザンナ・アークエットだの『ニューヨーク恋泥棒』だの、あの手の話をしたときは、笑顔にこそならなかったけど、少し顔から力を抜いた。言ったら、芝居の無表情から、素の無表情になった。ここ、重要だよ」

初めて聞く言葉だ。

「素の無表情、ですか」

「あの娘は、女優としてのキャリアは、まださほどでもない。本当だったら、取調べ中は一瞬たりとも気を抜かないで、ずっと芝居をしているべき……言ったら、小谷麻莉子に徹するべきだった。でもいくつかの話題で、迂闊にも石井麻莉子の顔を覗かせてしまった。先輩モデルの話のときとかね。あれじゃ駄目よ。もう落ちたも同然だわ、あんなの」

缶コーヒーの残りを、姫川が飲み干す。

「……下井さんと話して、あたしが思ってるのと、向こうの持ってるネタが繋がるようだったら、もう、明日には落としちゃうから。こんなケチなネタに、いつまでも係ってらんないわ」

今日の取調べに関して、小幡が読み誤っていた個所はいくつもあったが、一つだけ、これだけは間違いないだろう、というのもある。

おそらく、姫川は小谷麻莉子のことが嫌いだ。

湾岸署を出たところで、姫川は一瞬足を止めた。

「あれ、って……」

そう呟いて正面、歩道の植え込みの方に歩き始める。そこには今も四、五人、マスコミ関係者らしき人影がある。

　姫川が声をかけたのは、そんな中でも左の端っこ、植え込みが終わったところにあるガードレール、そこに腰掛けている、垢抜けないブルゾン姿の中年男性だ。

「……すみません、ソネさん、じゃありません？」

　訊かれた男は、一瞬眉をひそめたが、すぐにガードレールから立ち上がった。

「あれ、姫川さんじゃないですか」

「ご無沙汰してます。お元気ですか」

　ソネと呼ばれた彼が、湾岸署の庁舎を指差す。

「……コロシかなんか、あったんですか」

　明らかに、姫川が捜査一課員であることを承知している口振りだ。おそらく週刊誌か何かの、それも芸能担当の記者が、なぜ。

　姫川はかぶりを振ってみせる。

「そういうことじゃないんですけど……ソネさん、ちょっといいですか」

　ソネの上着の肘辺りを摑み、姫川は半ば強引に、彼を交差点の方に引っ張っていった。

　他のマスコミ関係者も、なんだろうという顔で見てはいるが、わざわざ追いかけてきて話に割り込んでくるまでは、誰もしない。

　姫川が、ぐっと強めにソネの目を覗き込む。

「ソネさんこそ、こんなところで何やってるんですか」

「何って、そりゃ取材……ああ、私、あのあと朝陽新聞辞めたんですよ。今は週刊誌で記者やってます」

彼が差し出してきた名刺には【週刊キンダイ　記者　曽根英明】とあった。

姫川はもらっただけで、自分のは出そうとしない。

「取材って、なんの」

「決まってるじゃないですか。小谷麻莉子ですよ」

姫川が、曽根の胸を突く真似をする。

「ちょうどいいわ。曽根さん、私と情報交換しません？　実は私、今日から小谷麻莉子の取調官になったんですよ」

いや、それはさすがにマズくないか、と思ったが、もう遅い。

相手は、曽根は完全に喰い付いてきていた。

「ほんとですか」

「ほんとほんと。だからさ、まずちょっと教えてほしいの。小谷麻莉子に今、男はいないんですか」

曽根の口元に、微かに笑いが滲む。

「それね……いないと、思うんですよ、私は」

「曽根さんが知らないだけ、じゃなくて？」

「あ、見くびってもらっちゃ困りますな。こう見えて私は、朝陽時代は七回も社長賞獲ってんですから……ってまあ、あんなクソな会社のことはどうでもいいんですが、小谷麻莉子に男がいないってのは、どこの社の誰に訊いてみても一緒だと思いますよ」

姫川が、内緒話のように口元を覆う。

「それって……同性愛者、ってことですか」

それには、曽根はかぶりを振った。

「姫川さん、意外と短絡的だな……そうじゃないですよ。過去には普通に、男性と付き合ってた時期もありました。ただ最近は、仕事面が上り調子だったんで、そんな暇もなかっただろうし、何しろ事務所が、そこら辺はきっちりグリップしてるんでね……」

言いかけて、曽根が表情を曇らせる。

「言ったら、そもそもそこが不思議なんですよね……あんなにいろいろ、仕事も上手くいってて、評判も良くて悪い噂もなくて、マネージャーとも事務所ともいい関係でやってきたのに、なんでシャブになんて手ぇ出したのか、分かんないんですよ、正直な話」

興味深げに姫川が頷く。

「じゃあ、変な友達とかもいなかったんだ」

「変な友達、というのは？」

「危ないクスリを勧めてくるような奴よ」

「絶対に、誰一人いなかったかっていうと、そこまでの断言はできませんがね、でも、いなかったと思いますよ。っていうか、いたらどっかがネタ抜いてると思うしね」

警視庁は今のところ、小谷麻莉子関連の発表で「笛田要」の名前は出していない。よって姫川も「笛田要はどうなの」と訊くことはできない。

姫川が人差し指を立てる。

「じゃあもう一つ。小谷麻莉子の家族関係って、どうなってます？　なんか知ってます？」

恐ろしいことに、姫川は曽根から情報を引き出すだけ引き出しておいて、自分からは「意外と元気でしたよ」というだけで会話を切り上げた。また曽根の方も、それを特に不満には思っていない様子だった。

ギブ・アンド・テイクは、必ずしも同時に成立する必要はない、ということか。

曽根からの情報を引っ提げて、麻布署での会議に挑んだ姫川の勢いは凄まじかった。

「いやいや、だから、笛田との接点は不明なままなんでしょ？　しかも笛田には十六日夜のアリバイがあるんでしょ？　だったら可能性は二つなんじゃないですか？」

中程度の広さの会議室。参加者は、麻布署長、同署組対課長、同課銃器薬物対策統括係長、同係員に姫川と小幡を加えた十三名。むろん下井も銃器薬物対策担当係長として参加している。

姫川は「ロ」の字に組んだ会議テーブルの一辺で、さすがに唾を飛ばすまではしないものの、しかしそれに極めて近い調子で、誰彼かまわず喰って掛かった。

いま餌食になっているのは、下井の部下の玉川巡査部長だ。

「ですから、それ以外の……」

「笛田以外の誰から入手したのかって考えちゃったわけでしょ？　それが駄目だって言ってるんですよ、私は。玉川さん、いいですか。石井麻莉子は最初から笛田の名前を明言している。一方で、十六日って発言をしたときはどうだったんでしたっけ？　ちょっとしどろもどろだったって、報告書にありませんでしたっけ？　だったら可能性は二つなんじゃないですか、ってさっきから私は申し上げているんです。石井麻莉子の勘違いか、あるいは彼女が嘘をついているのか、その二つに限られてくるでしょう。でも勘違いの原因なんて考えたってしょうがないんだから、だったら彼女が嘘をつく理由について考えた方が、効率的だし建設的でしょう。こういう場面で、女が嘘をつくとしたら何が考えられるんですか」

「……」

ほんの一瞬、コンマ一秒言葉に詰まっただけで、もう姫川は相手から発言の機会を引き上げてしまう。

「男でしょ、普通は。男のために嘘をついたんじゃないか、男を庇うために泥を被ったんじゃないかって考えるでしょう。でも出てきましたか？　そういう話。二十七日の午後に自首してきて、二十八、二十九、三十、で今日。三日も四日も時間があって……もちろん、アレですよね、マル被は芸能人なんですから、芸能マスコミか何かに問い合わせて、そういう噂があるかどうかくらいは確かめてんですよね。ありました？　そういう噂。どこそこの誰と付き合ってるらしいみたいな話、聞けましたか。聞けなかったんでしょう？　だから報告に上がってこないんでしょう。ってことはないんですよ、男じゃないんです。だったらなんですか、女ですか。マル被がレズビアンだって、そういう話、誰か拾ってきました？　拾えましたか？　拾えてないんでしょ。だったらそれも違うんですよ。じゃあ、あとはなんですか。何が考えられるんですか。なんだったら考えられるんですか。家族でしょ？　家族については何か特筆するべき点があったんじゃないですか、ねえ、玉川さんッ」

今度はタイミングよく、彼も答えられた。

「四ヶ月前まで、同居していた、妹がおり……」

「そうでしょ。その妹は何をしている人なんですか」

「……地下、アイドル、です」

「今その子はどこにいるの」

「それは、あの……」

「まさか、その妹については誰も調べてないとか言うんじゃないでしょうね」

いやはや、驚いた。

麻布署長以下、十一名の男たちが、完全に凍りついている。署長以外はいわゆる「マルボウ」なので、見てくれはそれなりに厳ついが、こういう、姫川みたいな女を相手にするのは慣れていないのかもしれない。まるでみんな、逆ギレした女房に怯える亭主のように、しょんぼりと下を向いてしまっている。

いや、よく見ると一人だけ様子の違うのがいる。

下井だ。

「……姫川よ、それくらいで勘弁してくれや」

立ち上がるまではしない。背もたれから体を起こし、テーブルに両肘をつく。

姫川も、向かって左手にいる下井に目を向ける。

「下井さんには、分かってるんですか」

「何が」

「石井麻莉子の妹が、今どうなってるのか」

「分かんねえよ。分かんねえから調べてんだろ、必死こいて」

部屋中にある、目という目が下井に集まる。どういうことだろう。下井は、ここ麻布署組対課では、本流ではないのか。

再び姫川が訊く。

「その妹と、笛田要の接点は」

「姉ちゃんよりはあるだろうな、可能性として。なんたって、地下アイドルなんだからよ」

「妹の名前は……ユカコ、でしたっけ」

下井が頷く。

今日、それもついさっき、全員に配られた資料にその名前はある。石井柚香子。「エックスぽっくす」という三人組の中心メンバーで、ステージネームは「ゆかぽん」。活動の拠点は秋葉原だったが、新宿、渋谷、恵比寿、目黒などでもライヴは行っていたという。

下井は何か言いかけ、だが電話がかかってきたのか、内ポケットに右手を入れた。

左手で姫川に詫びつつ、二つ折りのそれを慣れた手つきで開き、耳に当てる。

「はい、もしもし……」

通話は正味、二分程度だった。

「……ありがとうございました。失礼します」

携帯電話を元通りに畳んだ下井は、ストラップを摘み、ブラブラと揺らしてみせた。

「やっぱり、当たりだったよ、姫川」

「分かりました。では、そのように」

何が。小幡にはさっぱり分からない。

翌日の午前中は待機。小幡は姫川と共に、詳しい情報が出揃うのを麻布署で待った。その間、姫川はなぜか、石井麻莉子宅を捜索した際の調書と写真を熱心に見ていた。

特にリビングの写真。

「……ほらほら、やっぱりね」

「何が、ですか」

「教えなーい」

諸々の確認がとれたら、出発。十三時には東京湾岸署に着き、三十分から取調べを始めた。

昨日の今日なので、石井麻莉子の様子にもほぼ変化はない。

変わったのは、むしろ姫川の方だ。

暴れ出しそうな感情を、無理やり抑え込んでいる——そんな表情に見える。

「少し遅くなりましたが、今日の取調べを開始します」

声も、断面が直径五ミリの金属棒くらい、細くて硬い。

当然、麻莉子の返答は恐る恐るだ。

「……はい」

姫川はいきなり、ジャケットの内ポケットに手を入れた。そこから五枚の写真を取り出し、麻莉子に向けて並べる。全て、男の顔写真だ。

「今日はまず、これについてお訊きします。この中に、笛田要はいますか」

全員坊主頭、全員が三十代半ばの男性。だが少しずつ違う特徴を持っている。目が異様にギョロッとした男。逆に、黒目が見えないほど細目の男。唇から乱杭歯(らんぐいば)を覗かせる男。こめかみから頬にトライバルタトゥーを入れている男。左目の上に傷があり、眉が真っ二つに分かれている男。

麻莉子は一枚目、ギョロ目の男を指差した。

姫川は、何かを振り払うように、短くかぶりを振った。

「違います」

麻莉子の指が迷い始める。

次に指したのは、左眉が二つに分かれている男だ。

「……違います」

その次は乱杭歯。

「違います」

さすがにもう、麻莉子もマズいと思ったのだろう。もう四人目を指差そうとはしなかった。

姫川が、麻莉子の目を覗き込む。

「……あなた、本当は笛田要なんて男には、会ったこともないんでしょう」

麻莉子も、一瞬だけ目を合わせる。

「そんなに……親しかったわけでもないんで。印象から言ったら、一番似ているのはこの人ですけど、よく見たら、ちょっと違うかもしれません」

「私はそもそも、どれが笛田要かなんて質問はしていません。この中に笛田要はいますか、と訊いただけです。なので、正解は『いない』です」

麻莉子は黙っている。

「石井さん。笛田要がどんな男かも分からないのに、どうやったら覚醒剤を譲り受けるなんてことができるんですか」

姫川が数秒待っても、麻莉子はやはり反応を示さない。

「この分じゃ、一月十六日に買ったって話も、当てになんないわね」

いま麻莉子が見せているのは、芝居の無表情か、素の無表情か。残念ながら、小幡には見分けがつかない。

「石井さんさ……こういう嘘をつくんだったら、実際に覚醒剤を自分の体に入れるとかね、せめてそれくらいのことしないと、警察は騙せませんよ。あたしたちが日常的に相手にしてる犯罪者は、もっと命懸けの嘘をつきますから。覚醒剤の入った小袋を十個も二十個も丸呑みして、成田の税関を通過したら、死ぬ気で踏ん張って下から取り出す。そうやって密輸した覚醒剤を、売り捌いて儲ける。それくらいのことやる奴、いーっぱいいるんだから。お腹ん中で袋が破けたら、致死量を遥かに超える大量の覚醒剤が体内に回る、そういうリスクも覚悟の上で、彼らはやるんです。それと比べたら……あなたみたいに、お洒落な服を用意してもらってメイクもしてもらって、照明も当ててもらって涙用の目薬も差してもらって、はい本番お願いします、でする泣き真似なんて、取調室じゃ通用しないからね」

まだ、今のところ麻莉子は泣くまでいっていないが。

姫川が机に身を乗り出す。

「もし……あなたが妹さんを守るためにこんなことをしたんだとしたら、それ、完全に失敗だから」

麻莉子が、ハッと視線を上げる。

これは、小幡にも分かった。麻莉子の、演技の仮面にヒビが入ったのは、見ていて完全に分かった。

「それ、どういう意味、ですか……」

「あなたが一之橋交番に自首してきた翌日、二十八日の夜、足立区大谷田（おおやた）三丁目にあるファミリーレストランの駐車場で、二十歳前後の女性の変死体が発見されてるんです。身元を示す所持品はなく、検死の結果、死因は覚醒剤を大量に摂取したことによる、急性覚醒剤中毒と判明。この変死体にいち早く着目した捜査員がいてね。彼がその変死体と、あなたの毛髪を用いてDNA鑑定をしたところ、昨夜になって、その結果が出たってわけ。変

「まさにソレよ。あなた、一体なんのために自首なんてしてきたの。どうやらあなたは、死体は……石井柚香子、あなたの妹さんでした」

姫川もぐっと身を乗り出す。

「じゃあ、私は……なんのために」

麻莉子が机に両肘をつき、両手で頭を抱える。

姫川はこれに、まんまと釣られたわけだ。

「……小谷麻莉子絡みで、変死体が一つ出てる。たぶんコロシだ。小谷の調べを受けてくれたら、そのヤマは姫川班に回るよう、俺が段取る……どうだ。悪い話じゃねえだろう」

という確信も、下井にはあった。

麻莉子の取調官に、姫川玲子を充てるというアイデアが浮かんだ。普通ならあり得ない人選だが、管理官の今泉を通せば不可能ではない。姫川本人には、こう耳打ちすれば「釣れる」

綾瀬(あやせ)署管内で女性の変死体が発見されたとの一報を耳にする。死因は急性覚醒剤中毒。麻莉子の妹と年齢が近い。もしやと思いDNA鑑定の手続きをとる一方で、適任者のいない

下井は麻莉子の自首を受け、その家族構成を確認した。麻莉子には、四ヶ月前まで同居していた妹がいる。だが、その妹との連絡がどうやってもつかない。そんな頃になって、

変死体にいち早く着目した捜査員、というのはもちろん下井のことだ。

自分では覚醒剤を摂取してそうにない。笛田から買ったという話にも信憑性はない。じゃあ自分が自首することによって笛田要という男を陥れようとしたのかというと、そもそも笛田要とは面識すらなさそうだ。じゃあ、あとはなに。自分が罪を被ることによって、誰かを守ろうとした。それは恋人？　違う。あなたにそんな相手はいない。じゃあ親友？　家族？　お父さんは早くに亡くなって、お母さんとは生き別れ状態なんですってね。以後あなたは妹さんの面倒を見ながら高校に通い、でも幸運にも芸能プロダクションからスカウトされ、モデルデビュー。経済的苦境からは逃れることができた……」

麻莉子の両手は、後ろで一つに括っていた髪を掻き乱し、そのままズルズルと伝い下り、胸の前ですれ違い、やがて自らの肩を抱いた。

崩れそうになる「自分」という形を、なんとか今のままに留めようとするかのように。

「私は……あの子を、守るために……」

「うん、柚香子さんを、守るために」

「本当は……人前になんて、出たく、なかったけど……」

「芸能のお仕事は、自分には、向いてないと思ってたけど」

麻莉子が頷く。

「……でも、それしか、生きていく方法がなかったから、我慢して、笑って、ポーズとって、演技して……」

姫川が右手を伸ばし、麻莉子の右手に触れる。

「柚香子さんを育て、守ることに、あなたは必死だった」

「あの子は……私が、い……いないと、駄目な、子だから……でもきっと、私がモデルやったり、女優、やったり、するのに、憧れも、あって……ライヴハウスで、アイドル、やり始めて……そういうところで、笛田と知り合って、あっちが、私と柚香子が、姉妹だってことに、気づいて、柚香子に、クスリを強要して……その上で、小谷麻莉子の妹が覚醒剤中毒だって、バラすぞって、脅されて……」

姫川が、触れていた手を離す。

「……だったら、その時点で柚香子さんが、警察に自首すべきだったんじゃない？　笛田と接点を持ったのも、仮に強要されたのだとしても、覚醒剤を体に入れたのは柚香子さん自身なんだから。何もあなたが……」

麻莉子がかぶりを振る。

「あの子が、あんなことになったのは、私のせいだから」

「なんでよ」

「私が、こんな仕事をしてるから、あんな男に絡まれることになって……」

「でも、柚香子さんだってもう二十二なんだから」

「私が、この仕事をしてることが、あの子の負い目になって」

「いやいや……」

「だったら、だったらもう、私がこの仕事辞めるから、何もかもナシにするからって、でもあの子は、自分はもう、クスリで体が汚れてしまったから、って……でもそれは、私が、こんなだったからで、私がこの仕事を辞めれば、あの子はもっと自由に、正しく生きられるんだから、だから逃げなさいって、あなたは逃げなさいって、お姉ちゃんは大丈夫だから、あとはお姉ちゃんが全部、上手くやるからって、そう言って……」

自首してきた、ということなのか――？

姫川は腕を組み、パイプ椅子の背もたれに体重を預け、少し距離をとりつつ麻莉子を見ていた。麻莉子が喋り終えるまで、じっと待っていた。

麻莉子が泣きながら「ユカちゃん」と漏らし、両手で顔を覆ったのを見てから、姫川は体を起こした。

「あのさあ……まず大前提として、あの子は私がいないと駄目だから、っていう、そういう考え方自体が柚香子さんを駄目にした、ひいては死に追いやったってことは自覚した方がいいわよ、石井麻莉子さん」

麻莉子の、肩の震えが止む。

姫川が続ける。

「あなたは、妹のために妹のためにって、妹のためになるなら私はどんな犠牲を払ってもって、歯ぁ喰い縛って頑張ってきたつもりなのかもしれないけど、そういうのって全然、本人のためにはなってないから。いるのよ、そういう人。駄目だって言ってるのに鉢植えに水あげ過ぎて、根腐れさせて枯らしちゃう人。それってさ、本当は植物のために水をあげてるんじゃないんだよね。植物に、水をあげてる自分が好きなだけなんだよね」

確かに、麻莉子の部屋には葉が黄色くなった鉢植えが何個も置いてあった。

「要は、何かの世話を、誰かの世話を、一所懸命やってる自分に酔ってるだけなんだよね」

麻莉子が両手で机を叩く。

「違うッ」

「違くない」

五枚あった男の顔写真の、二枚が机から落ちる。

だが姫川は、そんなものには目もくれない。

「奇しくもあなたはさっき、人前になんて出たくなかった、でもそれしか生きていく方法がなかった、仕方なかったんだ、って言った。そうなんだろうと思う。あなたはもともと、そんなに自分に自信を持つタイプではなかった。むしろ自己評価は低めな人だった。ところが意図せずして、人前に出る仕事に就くことになってしまった。ストレスを感じつつも、でもなんとか乗り越えてきた。実際、あなたの仕事は評価されてた。ファッション誌の表紙も飾ったし、女優デビューもしたし、大きな賞にノミネートもされた。じゃああなたの受けたストレスは、どこに向かった？」

麻莉子が伏せた目を、姫川はすくい上げるように覗き込む。

「……柚香子さん。あなたのストレスを背負わされたのは、柚香子さんだった。あなたは柚香子さんを、私がいなければ駄目な子、私から離れたら生きられない子にしておく必要があった。自分のストレスを背負わせるためにね。そしてまんまと、柚香子さんはそうなってしまった。あなたから離れた途端、身の回りで起こるトラブルに対処しきれず、クスリに溺れて自滅した。唯一残された道は、きちんと警察に捕まって裁判を受けて、罪を償って更生して、社会復帰して自立することだったけれど、その機会すらも奪われた……姉という名の飼い主によってね。石井麻莉子さん」

もういいだろ、と小幡は思ったが、まだ姫川は終わりにしない。

「あなたにとって、妹を逃がして自分は警察に自首するってのは、最大の自己犠牲を払った、一世一代の大芝居だったのかもしれない。悲劇のヒロインの集大成、最高のフィナーレだったのかもしれない。けど、こっちにしてみたら、とんだ茶番劇よ。三文芝居もいいところだわ」

小幡も、うろ覚えなので間違っているかもしれないが、こういう人間関係を「共依存」という——というのを、何かの本で読んだ記憶がある。

アルコール依存症の夫、その世話をする妻が、いつのまにか夫の世話をすること自体に自己の価値を見出し、依存していく——そういう、相互依存の人間関係だ。

もし、麻莉子と柚香子の関係がその「共依存」状態にあったのだとしたら、今の姫川の調べ方はかなり危険だと思う。

そういうメンタルの持ち主は、下手に現実を突きつけると自殺する恐れがある——とかなんとか、そんなことも一緒に読んだような気がするのだ。

麻莉子を留置場に戻し、またエレベーター乗り場の前で、しばし休憩をとる。

姫川が選んだのは、なんとエナジードリンクだった。自分でも、相当エネルギーを消耗した感覚があるのだろう。

小幡は、今日はブラックの缶コーヒーにした。

「しかし、主任……けっこう今日は、強めに当たりましたね」

ふん、と姫川が鼻息を漏らす。

「なに。感情的になり過ぎてた？」

「いえ、決して、そういうわけでは」

ひと口コーヒーを飲んでから、小幡は付け加えた。

「……むしろ、非常に論理的だったと思います。隙のない論理構成、というか……あれって、麻莉子と妹の関係が、いわゆる『共依存』ってことなんですよね」

意外にも、姫川はそれに首を傾げた。

「どうなんだろう。そういう、専門的なことは、あたしには分かんない」

「そうなんですか。自分はてっきり、石井麻莉子の、そういう性質を見抜いて、話をそっちに持っていったのかと思ってましたが」

今一度、姫川が首を傾げる。

「見抜いた、っていうか……よく似た人、知ってるのよ。特に目がね、よく似てた。ある対象に、過剰に愛情を注ぐことによって、自身が満足しようとする、自分が救われようとする種類の人間……大っ嫌いなんだよね、あたし、そういうの。だから、感情的になってたって言われたら、そうだろうなって思う。自分でも」

訊こうか訊くまいか、小幡は迷った。

でも、訊いてしまった。

「それって、誰なんすか」

また姫川が、ふん、と鼻息を漏らす。

「あたしの母親……水やり過ぎて、根腐れで草花を枯らしちゃう女の典型。そういう癖って、何度言っても直らないの。そりゃそうだよね。草花が可愛くて、元気に育ってほしくて水やってんじゃないんだから。甲斐甲斐(かいがい)しくジョーロで毎日水をやる、その姿が窓ガラスに映る、それを見て、私って草花を愛する心優しい女、って自分のことを思いたいだけなんだから……馬鹿じゃないの、って思う。ザバザバ水ぶっかけられて、溺れそうになってる方の身にもなってみろっツーの」

やはり、訊かない方がよかったな、と小幡は思った。

それよりも、妹の石井柚香子は実際に他殺だったのか、とか、だとしたら犯人は笛田要なのか、とか、そういう話題を振るべきだった。

ブラックの缶コーヒー。これはこれで苦過ぎる。

それって読唇術？

玲子は、その透き通った赤い液体をひと口含み、グラスをコースターに戻した。ウォッカベースの、「オーロラ」という名前のカクテルらしい。

「……うん、美味しい。フルーティーで飲みやすい」

「ありがとうございます」

作ってくれたのは「ユミちゃん」と呼ばれている、若い女性のバーテンダーだ。今のところ、玲子と彼女の他には、カードマジックが得意そうな口ヒゲのマスターがいるだけ。まだ来店四回目の玲子が言うのは失礼かもしれないが、この店はいつも、大体こんな感じだ。他に客が入っているのを見たことがない。

もちろん、もっと深い時間になれば、それなりに客は入るのだと思う。照明は暗め、BGMのジャズはゆったりめ、フードメニューは少なめ、ドリンク単価はやや高め。この手の店を一軒目に選ぶ方が、むしろ変わっているのだ。早くて二軒目、普通は三軒目くらいでちょうどいい。

でも、仕方がない。「カーヴド・エアに夜九時」と指定されているのだから。

さっき携帯電話で調べてみたところ、一般的に「デート」というのは「日時や場所を定めて男女が会うこと」を指すらしい。むろん男性営業マンと顧客の女性とか、女性捜査員と参考人の男性とかいう組み合わせは、排除して考えるべきだろう。要するに、そこには「仕事ではなくプライベートで」という付帯条件が、明文化するまでもなく含まれているというわけだ。

だとすれば、これは紛れもなく「デート」ということになる。あるいはその開始前だ。

玲子の前、カウンターの向こうにいるユミが、溜め息交じりに呟く。

「……遅いですね、武見さん」

そう。玲子をここに呼び出したのは、東京地検公判部の検事、武見諒太だ。

「うん……まあ、いろいろあるんだと思いますよ。この手の仕事は、確認の電話が一本入るだけで、三十分、一時間……予定なんてすぐに狂っちゃいますから」

本来なら「あの手の仕事」と、武見が検事であることについてだけ話せば、事は足りた。でも玲子は今、あえて「この手の仕事は」と前置きした。自分は武見と同じ業界にいる、そういう前提での受け答えをした。なぜか。それは、玲子が警視庁の警察官であることを、ここ「カーヴド・エア」の従業員たちが知っているからだ。

ではなぜ、彼らがそんなことを知っているのか。

それは、武見がバラしたからだ。

「この人、こう見えて警視庁の刑事さんなんだよ」

あのときは、ちょっとそんなこと人前で軽々しく言わないでよ、と思ったし、自分の何が「こう見えて」なのか癪に障りもしたが、もう遅い。後の祭りだ。徒に場の空気を悪くしたくはなかったので、玲子も「ええ、実は」と応じておいたが、正直、いい気持ちはしなかった。

でも今は、あれはあれでよかったのかも、と思い直している。身分を隠さずに飲食ができる、店員と会話ができる、そんな店があるのも悪くないと思えるようになった。

カードマジックが得意そうな、でも実際にはできなそうなマスターが、ふいに玲子の方を向く。

「そういえば、姫川さんは今、一人暮らしですか」

きっちり名字も覚えられている。

「ええ、一人です」

「賃貸？」

そういうことは、あまり根掘り葉掘り訊かれたくない。

「……ええ。普通に、賃貸ですけど」

「ペットは。犬とか猫とか」

ああ、そういう方面の話か。

「いえ、いませんし、確か、ウチは飼っちゃ駄目だと思います」

マスターが、少し悲しげに眉をひそめる。

「そうですか……私んところも駄目なんですよ。ペット、飼いたいんですけどね。ものすごく、飼いたいんですけどね。ウチのマンション、ペット厳禁なんですよ……いっそ、飼えるところに引越そうかな」

要するに、こういうことだ。

自分は守秘義務を厳しく課せられる警察官という立場にあり、かつ一人暮らしをしている独身女性であり——だがそんなことは、相手はさして気にもせず話を振ってくる。そういうケースの方が、実は圧倒的に多い。おそらく、玲子の自意識の方が過剰なのだろう。

ユミが、微笑みながら頷く。

「私も犬飼いたいんですけど、でも絶対に無理だから、ネットの動画見て我慢してます。でも、それでもけっこう癒されますよ。毎日新しいの、必ずチェックするんです」

マスターが、おどけたように両眉を持ち上げる。その顔、ちょっと大阪の「くいだおれ人形」に似てるかもしれない。

「それはなに、動画サイトとかで見るの」

「いえ、SNSですね。私は『もふもふペット動画』っていうのが好きで、毎日、何度も見ちゃいます」

しばらくはその、ユミお勧めの「もふもふペット動画」の話で盛り上がった。たとえばこういうの、と見せてもらった、人間の赤ちゃんが大型犬に抱っこされている動画。あれは可愛かった。確かに癒された。子供だったら「ウチも大きな犬飼いたい」と親にねだるであろうこと請け合いの、傑作動画だった。

なので玲子も、つい余計なことを口走った。

「実は最近、実家が、ポメラニアン飼い始めたんですよ」

これに対する、二人の「エエーッ」という喰い付きぶりは凄まじかった。

特にマスター。目が、真剣過ぎて怖い。

「姫川さん。その、ポメちゃんの動画、持ってないんですか」

ポメちゃん、って。

「……ないです。動画も、写真も」

「ご実家には最近、いつお帰りになったんですか」

そんなことまで答える義務はない。

「お正月に、ちょろっと……ですけど」

「姫川さん、もう二月ですよ」

いかにも、今日は二月の五日だ。

「ええ。ですから、一ヶ月くらい前、ですかね」

だからマスター、目ぇ怖いって。

「……ですかね、じゃないですよ、姫川さん。お休みごとに帰りましょうよ。毎週、ポメちゃんに会いにいきましょうよ。私なら、絶対に毎週帰りますよ」

五十を過ぎているであろうマスターの実家がどこにあるのか、そこに誰が住んでいるのかなどは、面倒だから掘り下げない。

代わりに、ユミが嬉しそうに割り込んできた。

「ポメラニアンって、百パー可愛いですよね。ブチャイクなポメって見たことない」

マスターが「確かに」と頷く。

「しかも最近、柴犬カットっていうの？　なんか流行ってるでしょ。ウチの近所にも、豆柴よりもっとちっちゃな柴犬みたいなのが、お散歩で歩いてて。可愛い柴ちゃんですねって声かけたら、違うんです、ポメラニアンを柴犬風にカットしてるんですって言われて。見ると確かに、お顔はポメちゃんなんですよね……あれはいい。あれは可愛いですよ。姫川さんのご実家のポメちゃんも、柴犬カットですか」

　この人、やっぱりちょっと面倒臭い。

「ウチのは……普通に、フワフワしてました。少なくとも、お正月の段階では」

「お色は」

「色も普通に、薄い茶色です。きつね色、みたいな」

　ユミが「クスッ」と漏らす。分かっている。自分でも、犬の毛色を表現するのに「きつね色」はおかしいな、と思った。

　そのユミが訊いてくる。

「姫川さんも、やっぱりワンちゃんと遊ぶときは、赤ちゃん言葉になるんですか」

　やっぱり、ってなんだ。

「あたしは、ならないですね……っていうか、あたしには全然懐かないんで。ものスッゴい吠えるし、噛もうとするんで、可愛がろうにも、迂闊に手が出せないというか……でも、両親は凄いです。もうデレッデレもいいところで。名前、『ペル』っていうんですけど、特に父親が『ペルちゃぁぁん』なんて、聞いたことないような声出すんですよ」

　あれには玲子も驚いた。

　自分が生まれた頃、親にどんなふうに可愛がられたかなど、むろん玲子自身は知らない。

妹、珠希が赤ん坊だった頃のことも、歳が近いせいかほぼ記憶にない。

でも、つい六、七年前、その珠希が子供を産んだ頃のことなら、さすがに覚えている。両親にとっては初孫だ。さぞ可愛かったはずだが、それでも「おお、ちょーでちゅか、春香ちゃんでちゅか、可愛いでちゅねぇ」みたいにはならなかった。もう少し冷静で、節度があった。三年ほど前に二人目が生まれたときも、似たようなものだった印象がある。

でも、ペルに対しては違った。

もう完全に、のべつ幕なし「ちょーでちゅか、ペルちゃん、可愛いでちゅねぇ」状態なのだ。父、忠幸のあんな姿はいまだかつて見たことがない。犬は娘よりも、孫よりも可愛いのか。まあ、分からないではないが、あまりにもあからさまではないか。

マスターが繰り返し頷く。

「分かります。私もね、犬カフェ、猫カフェ、うさぎカフェ、いろいろ行きますけどね、いいんですよ。可愛いんですよ、これが。実に癒される。ハリネズミくらいだったら、無断で飼っても大丈夫なんじゃないかって、最近、ちょっと真剣に考えてるんです」

はあ。そうなんですか。

武見が現われたのは、二十一時四十分過ぎだった。

「……ごめんごめん、遅くなっちゃった」

片手で詫びながら近くまできて、だがカウンター席には座らず、立ったまま奥のボックス席を示す。そうまでされたら、玲子も動かないわけにはいかない。

ユミが、会釈のように頷いてみせる。

「どうぞ姫川さん、お飲み物はそのままで」

「すみません、じゃあ……」

玲子はスツールから下り、バッグだけを持って移動した。

奥のボックス席。ソファは、若干嫌らしいワインレッドのビロード。でも四回目なので、これにももう慣れた。

背中から倒れ込むようにして座った武見が、フウと息をつく。

「……参ったよ。帰ろうと思ったら、いきなり部長に呼び出されてさ」

武見が言う「部長」だから、当然それは東京地検の「公判部長」を意味するものと思われる。

「何か、怒られるようなことしたんですか」

「いいや、蕎麦（そば）食えって」

「は？」

「部長の部屋に行ったらさ、あるんだよ、天ぷら蕎麦が。あの、冷たい蕎麦と、天ぷらが別々になってる……だから、天ざるってことか。なんですかって訊いたら、食えって。まあ、そんなに苦手な人でもないし、一応上司だからさ、何か、昼間だと話しづらいことでもあるのかなと思って、じゃあ、って座って、いただきますって食い始めたんだよ」

「はあ……で、なんだったんですか」

「いや、何も」

たぶん、そういうことなんだろうと思っていた。

「天ざる、食べ終わるまで？」

「うん。特に、これといった話はなし」

「怒られるわけでも」

「褒められるわけでもなく。ツッコんだ話をされるわけでもなく。ましてや、お前いい加減、身を固める気にはならんのか、みたいな、ツッコんだ話をされるわけでもなく。ま、そういう話だったら、俺にはちゃんと、心に決めた人がいますからって、言ってやるつもりだったけど」

トータルで言ったら、玲子は武見のことが嫌いではない。人柄的にも、男としても社会人としても、充分及第点以上だと思っている。でも、こういうデリケートな話題を冗談めかして言うところは、はっきり言って好きではない。遠回しよりはストレートに、探り探りよりはスパッとひと言で。そういう方が、玲子は好きだ。

だから、今の話には乗ってやらない。

「……なんだ。前代未聞の猟奇殺人事件を担当することになったとか、そういう話じゃないんですね」

「俺、刑事部じゃないから、公判部だから。そんな事件が起こってたら、俺より先に姫川さんの耳に入っちゃうから」

そんなことは、玲子だって分かった上で言っている。

「要するに、一緒に天ざるを食べるはずだった相手が来なくなってしまったから」

「おい武見、ちょっと来いと」

「食べていきなさいと」

「そんな、かしこまった人じゃないけどね。食えって。いいから、食ってから帰れって……俺ってさ、そんな大食漢に見えるのかね。ほれ、って出せばなんでも食うタイプ、みたいに認識されてんのかね」

贔屓目はなしにしても、武見は、細身のスーツがよく似合う、ほどよくシェイプアップされた体形の持ち主だと思う。

「前に武見さんが、オレ天ざる大好きなんですよ、みたいに、部長さんに言ったんでしよ」

「いや、ないね。天ざる……別に嫌いじゃないけど、あえて好物として挙げるほど、好きではないね」

「何か奢(おご)ってもらう約束をしてたとか」

「あの人に俺、貸しなんてあったかな……」

そこにユミが、玲子が飲み残したカクテルと、お絞りを持ってきてくれた。

「武見さん、何になさいますか」

「俺は、いつもの……ブラックブッシュのロック、ダブルで」

ユミが、きゅっと眉をひそめる。

「ごめんなさい、ブラック切らしちゃってまして。ブッシュミルズだと、シングルの十六年になっちゃうんですよ」

「シングル十六年、って……それなら、いいや、水割りにするよ」

「承知いたしました。ブッシュミルズ十六年の水割りで」

「……冗談だよ、ロックでいいよ。ダブルでね」

ユミは笑いながら「はい」と下がっていった。

前にもあった。こういうこと。

武見はまるで笑えない、というより、相手を困らせるためだけの冗談をよく口にする。今のがまさにそうだった。

玲子はよく知らないが、「ブッシュミルズのシングル十六年」というのは、おそらく高いウイスキーなのだ。そんな高い酒は何杯も頼めないから、「水増し」した「水割り」でいいと、そこまでが武見のジョークだった。でもそれを、ユミがあっさり「承知いたしました」と受けたものだから、武見は慌てて「冗談だよ、水割りじゃなくて、ロックでいいよ」とネタを割った。今のやり取りだけで言えば、武見より、むしろユミの方が上手だったわけだ。

武見が、手を拭いたお絞りを舟形のトレイに戻す。

「……そういえば、なんか楽しそうに話してたみたいだけど」

彼が目を向けているのは、マスターとユミがいるカウンターの方だ。

「ああ、武見さんが来るまで？」

「うん。なんの話してたの」

「ずーっと、犬の話」

「犬？　警察犬？」

確かに、前に警察犬の話をしたこともあったけど。

「……じゃなくて、飼う犬。ペットの犬。飼いたいけどなかなか飼えないから、ネットで動画とか見て、紛らわせてるって話。そういう動画を、ユミさんがいくつか見せてくれてたの」

どうも、武見には納得がいかないらしい。

「誰が、犬飼いたいって？」

「マスター」

「中泉さん？」

そういえば、そういう名前だった。

「うん。でも、マンションがペット厳禁だから、無理なんですって。でも、ハリネズミくらいだったら内緒で飼っても大丈夫かなって、考えてるんですって」

武見の顔つきが、どんどん険しくなっていく。

「ハリネズミ、って……飼いたいかな」

「あたしは飼わないですけど、でも分かりますよ。犬が駄目ならハリネズミ、って発想自体は」

「ああそう」

正直、武見とはいろんなことで意見が合わない。むしろ、合わない方が多いかもしれない。玲子はそれで一向にかまわないし、武見もあまり、玲子に同意は求めてこない。強いて言えば、そういうところは少し、居心地がいいかもしれない。

「……失敬」

よっこらしょ、とは言わなかったが、武見は立ち上がり、真っ直ぐ歩いていった。そのままカウンター前も通過していく。トイレか。

入れ違うように、トレイを持ったユミが歩いてくる。

「お待たせいたしました」

コースターをセットし、ブッシュミルズ、シングル十六年の入ったロックグラスをそこに置く。

ぱちくりと、ユミが目を瞬（しばた）かせる。

「姫川さん、お飲み物はまだよろしいですか」

二杯目に頼んだ「マタドール」も、もうあとひと口しか残っていない。

「じゃああたしも、あんまり甘くない、ちょっと強めのをいただこうかな」

「ベースは何になさいますか。オーロラがウォッカ、マタドールはテキーラでした」

「じゃあ次は、すっきりしたのがいいです」

「ジンベースとか」

「はい」

「お勧めは、マティーニ、ギブソン、ギムレット辺りでしょうか」

「ユミさんにお任せします」

「かしこまりました」

向こうを見ると、用を済ませた武見がホールに出てきていた。マスターに何か言っている。ブラックブッシュ切らさないでよ、とか、そんなことかもしれない。

武見は、もう少しこっちまで来て、カウンターに入ろうとしたユミを呼び止めた。何事か話し込む。見た感じは、予定みたいなことを確認しているニュアンスに近い。たとえば、奢るって約束してた天ぷら屋、いつ行こうか、とか。あの三ツ星レストラン、予約できたよ、今週末どう、とか。

応じるユミは、そんなにはしゃいだ感じではないけれど、でも表情は明るい。目はキラッと、明確に、好意的な受け答えをしている。

待て。今、武見もユミも、同じ単語を口にした。

何音節かは分からないが、母音で言ったら最初に「お」と「あ」がきて、そのあとに「ま」がきて、最後の方に母音で「い」がくる単語だ。「ま」はちょっと伸ばす感じかもしれない。

お、あ、まーい。そんなわけはない。むしろ、ドライマティーニ。いやいや、音節が多過ぎるし、「ま」で伸びてもいない。そもそもカクテルを注文するタイミングでもない。

もう少し正面から口元を見られたら、正確に読み取れたのだろうけど。

二十三時を過ぎた辺りで、男性二人、女性一人の三人組が入ってきた。

常連客のようで、マスターともユミとも親しげに言葉を交わしている。男性は四十代と三十代、女性は三十になるかならないか、だと思う。三人ともスーツ着用だが、ひょっとすると、一番年上の彼を接待しているのかもしれない。そんな、ある種の緊張関係が見てとれる。

そうか。自分たち以外の客層は、あんな感じなのか。

他に客が入ったから、とか、夜も遅くなってきたから、とか、理由はいくつかあったように思う。玲子自身も四、五杯飲んで、多少酔いが回ってきたというのも、あるかもしれない。

自分たちのいるボックス席が、いつもよりさらに奥まったような、そんな感覚があった。決して個室にはなっていない。ただフロアの一番奥にあるというだけだが、でもそれでも、何か一枚ヴェールが掛かったというか、カウンターにいる三人組、マスターやユミとは距離ができたような——そんなふうに、玲子は感じていた。

武見が、緑のオリーブを一つ、口に入れる。

その横顔を、見るともなしに見る。

四十四歳にしては、顎のラインがシャープだと思う。少し垂れた目尻の皺は、年相応でむしろ好ましい。髪は、どうだろう。特に剛毛ではないが、でもなんとなく、この先もそんなに薄くはならないのではないか。そんな気がする。別に、薄くなるのが悪いことだとも思わないが。

あの日のことを、思い起こす。

武見が、本所署の森下担当係長と横山主任を東京地検に呼び付け、大村敏彦の不起訴を言い渡した、あの雨の日のことだ。

そのあとで、武見と玲子が交わした会話。場所は都道を跨いで架かる歩道橋の、日比谷公園側の階段下だ。

武見は言った。

「最悪、俺一人だったら、まだなんとか戦える。でも、そんな底なしの泥沼に、あなたを引きずり込みたくはないんです」

武見が何と戦おうとしているのかも、「底なしの泥沼」が何を意味するのかも、玲子には分からない。

何も分からないのに、玲子は訊いた。

「武見さんは……あたしを、守ってはくれないんですか」

敵の正体より、泥沼の意味より、聞きたい言葉があった。

強く抱き締めて、言ってほしい言葉があった。

あなたのことは、俺が守ります――。

だが、武見が口にしたのは、そういうことではなかった。

「守れるものなら、守りたい。でも、もし守りきれなかったら、そのとき俺は、あなたを失うことになる。俺は……おそらく、それには耐えられない。どうしたらいいのか……自分でも、よく分からないんです」

気になっていた。あの言葉の真意を、いつか確かめたいと思っていた。それが今夜になったとしても、これといった不都合はないのではないか。

でも、どう訊いたらいいのか、それが分からない。

「……武見さん」

グラスに手を伸ばそうとしていた武見が、こっちを向く。

「ん？」

ここは慎重に、言葉を選びたい。

「武見さんが、一番耐えられないことって、なんですか」

グラスは摑まず、空っぽのまま、武見の左手が戻ってくる。

「俺が、一番、耐え難いこと……」

「ええ」

「それは、過去のこと？　それとも現在、未来？」

「いつでも」

武見はふざけたように口を尖らせ、鼻息を噴きながら、頷いた。

「それは、さ……やっぱり、守るべきものを、守ろうとしたのに、守れる可能性はちゃんとあったのに、守れなかった、ことかな」

全部、過去形ではないか。

もういい。思いきって訊いてしまえ。

「それはつまり……かつて愛した人を、ということですか」

武見は頷きも、かぶりを振りもしなかった。

「どうしたの、急に」

どうしたのだろう。酒のせいにするのが一番簡単だけど、それは卑怯な気がする。

「急にじゃないです。ずっと気になってたんです。なんで武見さん、あんなこと言ったのかなって」

武見は、一度は惚けてみせるだろう、と思っていた。あんなことってなに、みたいに訊き返してくるだろうと。

だが玲子の予想より、武見は少しだけ、まだ青臭い部分も持ち合わせていたようだ。

「あの……君が、地検の外まで来た雨の日に、俺が言ったことか」

「ええ」

「覚えてたんだ」

「覚えてますよ、そりゃ」

「……そっか」

長い夜になる。そんな予感がした。

なぜ検事になったのかなんて、そんな質問は、玲子はしていない。

ただ、武見は喋りたいようなので、大人しく聞いている。

「司法修習生のときに、やたらと言われたんだよ。お前は検事向きだって……今になってみると、甚だ疑問だけどね。検事は異動が多いから、そもそも志望者が少ないんだ。だから向こうも、方針がはっきりしてない奴には、とりあえず『お前は検事向き』って、言ってたんじゃないかな、って……なんか、今はそんな気がする」

裁判官を目指す者も、検事を目指す者も弁護士を目指す者も、まずは同じ司法試験に合格しなければならない。その上で司法修習という、やはり共通の、研修期間のような補習プログラムを受け、それの卒業試験のようなものに合格して、初めて判事や検事の見習いになれる。弁護士なら登録資格が得られる。

法廷では敵同士になる検事と弁護士、さらに言えばその事件を裁く裁判官も、元を正せば同じ試験の合格者。これを最初に知ったとき、玲子は「裁判って、なんか八百長臭い」と思ったものだ。今はもう、そういうものだと当たり前のように納得しているが。

どちらにせよ、その辺の感覚は、明らかに警察官とは違う。

「本当は、検事志望じゃなかったんですか」

「どっちかって言ったら、弁護士だったかな。でも、弱者の味方をしたいとか、そういうんじゃなかったからな。途中からまんまと、検事の方が面白そうだって、思っちゃったんだろうな……思わされ、ちゃったんだろうな」

二十六歳で司法試験に合格し、二十九歳で初任の東京地検に配属。その一年後に初めての異動があり、和歌山地検に入ったときは三十歳になっていたという。

「和歌山なんて、検事、副検事、合わせても二十人いない、ちっちゃな地検だからね。東京みたいに、刑事部と公判部になんて分かれてないし、いろいろ、仕事の進め方も違ってて、最初は戸惑ったよ」

確かに、検察官が合計で二十人いないのは少ない。

「ちなみに、東京地検には、何人くらいいるんですか」

「東京は、検事だけで、五百……六百はいないけど、でもまあ、それに近いくらい。副検事が、二百人くらいかな」

「合わせて、八百人の検察官」

「そんなにはいないけどね。七百、何十人かだと思うけど」

和歌山県の人口は、うろ覚えではあるが、たぶん百万人くらい。東京が約千四百万人。検察官の定員を人口に比例させるならば、和歌山にも五十人超は置かなければならない勘定になるが、実際にそうはなっていないようだ。

「最初の、地方の任地だからね。幸い、最初は事件もそんなに多くなかったし、伸び伸びやらせてもらったよ。休みの日には、観光もけっこう回ったな。那智（なち）の滝とか、熊野古道（くまのこどう）とか……あとあれ、なんだっけ。尖った岩が、海岸線にずーっと立ってるやつ」

「ああ、橋杭岩ですか」

「よく知ってるね。それそれ」

誰と行ったんですか？　というのは、訊くまでもなかった。

「でも、一人で行ったんだよ」

「確か、夕日だか朝日だかが、すごく綺麗なので有名なんですよね、橋杭岩って」

「おやおや、何が言いたいのかな」

「そんなところに、一人で行ったんだな、って思って」

「嬉しいな。疑ってくれるんだ」

「……どうぞ。次の任地に行ってください」

鼻息を噴きながら、武見はかぶりを振った。

「待ってよ。まだ和歌山の話は終わってないんだよ」

まあまあ話し好きな人だとは思っていたが、今夜はまた特別、武見は喋りたい気分のようだ。

「俺は直接関わってないんだけど、ちょっと大きな贈収賄事件が和歌山であったの、知らないかな。県発注のトンネル五件と、下水道四件の入札で、談合が行われてたっていう」

申し訳ないが、賄賂だの談合だのという「捜査二課マター」に、玲子はあまり興味がない。報道されれば一応チェックはするが、すぐに忘れてしまう。

特に、和歌山みたいな地方の事件は。

「ごめんなさい、全然記憶にないです」

「そうなの？　大阪地検特捜部が大々的に動いて挙げた、大事件なんだけどね」

和歌山地検は大阪高等検察庁の下位に位置するが、独自に特捜部は持っていないので、動くとすれば大阪地検特捜部ということになる。

それくらいは、玲子でも分かる。

「いや、覚えてないですね。その事件が、どうかしたんですか。武見さんは、直接は関わってないんでしょ」

「うん、そう。俺が直接、ではないんだけど……それがさ、やっぱり全国紙に載るような大事件だからさ、マスコミもけっこう動いてたわけ。支局の人間だけじゃ足りなくて、東京本社からとかね、かなりの人数が和歌山に乗り込んできてて……でもまあ、勝手も分からないのに、無茶なことするんだよね、そういう中央の人たちは」

あなただって今は東京地検、思いっきり「中央の人」でしょ、とは思ったが、茶々は入れなかった。

「無茶って、たとえば」

「手当たり次第に、土建業者を取材したりするわけよ……むしろ俺は、そういうのを扱う方が多かったな、当時は。ちょっとした小競り合いから、その業者の若いのが、東京の記者をぶん殴ったとかさ」

ふと、この人は一体、なんの話をしようとしているのだろう、と疑問に思ったが、ちょうどそこで、武見が照れたように、鼻の頭を人差し指で掻いた。

「そんな中に、いたんだよね……いきなり胸を触られたからって、土木作業員の股間を蹴り上げて、病院送りにしたって女が」

なかなか、好感の持てるエピソードの持ち主だ。他でもない玲子も、電車痴漢の指を十七本、腕を二本折っている。ただし、腕二本というのは、言ったら事故みたいなものだ。逆関節を極めている、まさにそのときに急ブレーキが掛かり、倒れまいと玲子が力んだら「ボクッ」と折れてしまった、というのが一本。電車から引きずり降ろした途端逃げようとしたので、玲子が足を出したら相手が勝手に大転倒し、それで腕を折ってしまった、というのが一本。計二本。

じゃあ、十七本の指は？　もちろん、全部わざとだ。でも十一本に関しては、完全なる不問。相手が勝手に逃げていって終わりだった。残りは、一緒に下車して、鉄道警察隊への説明を要したのが四本。本署まで行って説明したのが二本。むろん逮捕も起訴もされていない。悪いのは全部痴漢の方だ。

「やだ、病院送りなんて……怖ぁい」

「いやいや、姫川さん、全然怖いって顔してないじゃない」

「暴力はよくないですよ。いくら相手が、いきなり胸を触ってきたからって」

「まあね。ちょっと過剰防衛気味な案件ではあったけど、結果的には不起訴で済んだから、それはよしとして……でもなんか、俺もちょっと、その人のこと、面白いなって思っちゃってさ」

分かっている。今の「不起訴で済んだから」という言い回しに、武見の心情がそのまま表われていた。

「どんな方、だったんですか」

「そのときは、読日新聞、大阪本社社会部の記者」

「歳は」

「五つ上だから、当時三十五か六、だったはず」

年上とは意外だ。三十五、六なら、ちょうど今の玲子と同じくらい。この歳でその「ヤンチャ」は、なかなかだと思う。

「……で、その方と、付き合っちゃったんですか」

「んー、まあ、向こうにしてみたら、談合事件の情報を取りたいってのも、あったと思うんだよね。いっぺん飲みにでも行きますか、くらいは普通にあったよ」

「現役の検察官と、不起訴になったとはいえ、加害者だった女性がですか」

「不起訴になったら、もうごく普通の、善意の一般人だよ」

「大の男の、股間を蹴り上げて病院送りにした人ですよ」

「俺、いきなり胸触ったりしないから。その点は大丈夫」

なるほど。それはそうかもしれない。

もう何杯目かも覚えていないが、いま玲子の手元にあるのはブランデーだ。それをほんの少しずつ、舐めるように飲んでいる。

意識して、沈黙を作ったわけではない。ただブランデーの熱が、ゆっくりと喉の奥を伝い下りていく、その重力と戯(たわむ)れていただけだ。

だが武見は、そのようには思わなかったようだ。

「……セキ、アツミっていうんだ」

なぜ名前まで、とは思ったが、聞いてしまったら、確認せずにはいられない。

「どういう字、書くんですか」

「名字は普通に、関所の『セキ』、名前は篤姫の『アツ』に、美しい……で、関篤美。本人は『篤』の字が気に入ってなくてね。よく、男みたいな字面でしょって、自分で言って笑ってた」

さっきの、犬の話のときのマスターを真似てみる。

「写真とか、持ってないんですか」

「姫川さん、そんなに俺のこと好きだったっけ」

「そういう誤魔化し方、ちょっと鼻につきますよ」

「誤魔化してるのは姫川さんだよ。昔の女の写真を見たがるって、けっこうなジェラシーだろう」

そんなんじゃありません、持ってるかどうかを訊いただけで、見せてくれだなんて言ってません、というのは、言わせてもらえなかった。

武見はもう携帯電話を構え、写真を探し始めている。

「ああ、これこれ……ちょっと古いけど、こんな感じ」

ディスプレイを向けられてしまったら、もう手で押し退けるわけにも、目を背けるわけにもいかない。

クリッとした目と、口角の上がった大きめの口が印象的な、美人というよりは「可愛い」が勝っている感じの女性だった。どこで撮ったのかは分からないが、ストレートのロングヘアが、なんとも誇らしげに風になびいている。

この人の胸を、不埒で迂闊な男が触ろうとした場面は容易に目に浮かぶし、だからこそ、この人が怒りに任せてその男の股間を蹴り上げた場面は、周りで見ていた女性たちにとってはさぞかし痛快だったろうとも思う。その場に女性がいたかどうかは知らないが。

だが写真を見て、玲子は急に怖くなった。

守るべきものを、守ろうとしたのに、守れる可能性はちゃんとあったのに、守れなかった――。

つまり武見は、関篤美を守ることができなかった。これはそういう話だ。守れなかったって、具体的にはどういうことだ。

関篤美は、もう亡くなってしまったということか。

まさか、誰かに殺されたのか。

武見は、自分でも数秒写真を見て、携帯電話の表示を消した。

ひと言、何か言わなきゃ。いま言わないと、自分が、負けたみたいになってしまう。

「自分を、信じてる……そういう笑顔ですね。羨ましい」

羨ましい、は余計だったかもしれない。

武見が、浅く頷く。

「でもそれは……姫川さんも、同じでしょ」

それには、かぶりを振るしかない。

「あたしは、自信なんて」

「だったら篤美も、同じだったんじゃないかな。自信なんてない。ないけど、ないって言っちゃったら、自分で認めてしまったら、もう一歩も、前に進めなくなってしまう……ただ、これは間違ってる、絶対に糺さなきゃ、みたいな正義感は、強く持ってる人だった。だから、自信っていうより、信念、みたいなもんだよね……お祖父さんに当たる人が、広島の原爆で亡くなっててね。その影響もあったんだと思う。アメリカに対するものの見方は、かなり厳しいものがあったよ」

玲子の中に、関篤美という女性の像が、徐々に結ばれていく。輪郭が、確かなものになっていく。

それが、意外なほど不愉快ではない。

武見が続ける。

「そのうち、彼女の方が、名古屋総局に異動になってね。それでも、なんとなく付き合いは続いてたから、じゃあ俺も、名古屋に異動の希望出してみよっかなって、軽い気持ちで書いて出したら、それが通っちゃってさ。いっとき、一緒に住んだりもしてたんだ」

昔の女と、同棲していた頃の、思い出話。

それを大人しく聞いている、恋人でもなんでもない、自分。

「それが、何年前？」

「十……二年前、になるかな。俺が三十三になる年だよ。ところが、彼女自身は、社会部より政治部が本命でね。そういう希望も出してたのに、通らなかった。それどころか、経済部に横すべりなんて話まで聞こえてきた。さすがに、それはもう我慢ならなかったんだろうな。いきなりある日、辞めてきちゃった、って。明日からどうしよう、って……俺、別に亭主でもなんでもないからさ、どうしようって言われてもね。俺の方が年下で、稼ぎも少なかったし……ま、半日も落ち込んではいなかったよ。すぐにオピニオン誌の、契約記者の座を射止めてね……でもまあ、それがまたね」

武見が、すっかり色の薄くなったウイスキーのロックで口を湿らせる。

「……人生なんて、分かんないもんだよな。彼女自身は、嬉々として仕事をしていたわけだよ。もともと、対米論調厳しめの人だったし、内政に関しても、六四、七三で批判が強めだったからな。官僚の不正とか、行政の矛盾とかカラクリとか、政治家との癒着とかさ、大好物だった。それでどんどん……深い方に深い方に、足を踏み入れていっちゃったんだよな」

いよいよ、そういう話になるか。

「篤美さんが何を取材してたか、武見さんは聞いてたんですか」

「ある程度はね。彼女も、俺の仕事とバッティングしそうなネタのときは、言わなかったと思うけど、そうじゃなければ、何か知らない？　みたいに、軽く探り入れてきたりもしてた」

足を踏み入れるべきではない、深い、何か。

「それって、武見さんも知ってそうなネタだったんですか」

「いや、それに関しては、俺は全くの門外漢だった。ただ、普通に考えたらヤバいだろう、って筋のネタだよ」

「あたしでも、知ってる話ですか」

「あとでなら、知ったかもしれないね」

苦そうに、武見がいったん口を結ぶ。

「……元警察庁長官、名越和馬（なごしかずま）と、右翼団体『國永会（こくえいかい）』のドン、堂島慎一朗（どうじましんいちろう）。あの二人の繋がりを、なんとか暴こうと動いてた」

名越和馬と堂島慎一朗なら、玲子も知っている。

「でも、あの二人は……」

「まあ、聞きなよ。当時はまだ、あの辺のコネクションについてきちんと摑んでる人は、ほとんどいなくてね。俺も、右翼なんてヤバくないの、大丈夫かよ、くらいにしか思ってなかったし、そこまで真剣に止めもしなかった。でも、政権中枢と水面下で取引して、マスコミを操作するために事件を……捏造(ねつぞう)ならまだいいよ。わざわざ事件を起こしてるって言うんだから、それはさすがにヤバ過ぎだろ。政治から国民の関心を逸らすために無関係な事件を起こすなんて、狂気の沙汰としか思えない」

それは、その通りだと思う。ただしそれは、あくまでも「一説」に過ぎない。真実は、いま以て明らかにはなっていない。人によっては「都市伝説」と一笑に付すこともあるだろう。

「そこまで聞いて、武見さんは」

「止めたさ、さすがに。俺なりに情報収集もしてみた。まあ、フリー同然の彼女と違って、当時の俺は、あくまでも名古屋地検の人間だからね。立場的にも時間的にも、地理的にも制約がある。決定的証拠なんてものには、到底たどり着けやしなかったけど、でも、オピニオン誌の契約記者が単独で切り込んでいいネタじゃないってのは、間違いないと思った。それも、アラフォーの子持ちの女が」

ちょっと待った。

「え、子供……いたんですか」

「あれ、言わなかったっけ」

つまりそれは、武見の子供でも、あるわけで——。

「聞いてません」

「そんな、怒るなよ。じゃ、それについてはあとでゆっくり話すとして……だから、やめろって言ったよ。やめてくれって、一所懸命頼んださ。やめてくれないんだったら、俺がこのネタを他所に流すぞって、柄にもなく、脅し文句まで使ったりしてね……でも、駄目なんだな、ああいうタイプは。いったん火が点くと、止まんないんだよ。止められないんだろう、自分でも……そういうところ、あるでしょう。姫川さんにも」

なんだ、いきなり。

「あたしは、そんな……猪突猛進タイプじゃないですよ」

「嘘だね。あんなに俺が動くなって言ったのに、結局、まんまと森下と横山のあとを追って、日比谷公園に入っていってたじゃないか」

そんな、嫌味な目つきで見なくてもいいだろう。

「だから、それは誤解ですって……あたしは、公園内のトイレに行ってただけで、そのあとからあの二人が公園に入ってきたんで、決して二人を追って入ったんじゃないんですって、何度も言いましたよね」

「信じられない」

「いいですけど、別に信じてもらえなくても」

武見が「やってられない」とでも言いたげにかぶりを振る。

「そういうところが怖いんだよ……君の。急に俺の意見なんて、なんにも聞いてくれなくなる」

つまり、こういうことか。

「そういうところが……篤美さんと似てるって、そう言いたいわけですか」

「ああ、その通りだ」

なんと、デリカシーに欠ける物言いだろう。

「そういう言い方をされて、あたしがどう思うかとか、どう感じるかとか、そういうことは、全然考えてもらえないんですね」

「考えてるさ。考えた結果、あえて口に出してるんだよ……俺はもう二度と、大切に想う人を、目の前で亡くすような真似はしたくないんでね」

目の前で亡くす、とはどういう意味だ。

武見が、残っていたウイスキーを一気に呷る。

「……当時住んでたマンションの近くで、夜中、交通事故が起こった。車道に飛び出してきた女性が、タクシーに撥ねられて死亡した……篤美だった。多少酒は入ってたみたいだが、そんな、よろけて車道に躍り出るほどの酩酊状態では決してなかった。酒には強かったからね、彼女は。他にも不審な点はいくつもあった……名越の周辺では、それまでにもいくつか不審死が起こっていた。俺は今でも、篤美は名越に殺されたんだと思ってる。まあ、いくら恨みを募らせてみたところで、なんの意趣返しもできやしないがね……名越も堂島も、とっくに土の下なんだから」

そう。名越和馬や堂島慎一朗もまた、数年前に不可解な死を遂げている。さすがに、あの一連の事件については玲子も覚えている。

そうか。関篤美は、あの事件に絡んで、命を落としたのか。

これは、どうしたものだろう。

今さら武見にお悔やみを言うのも変だし、かといって、あんたも同じ目に遭う可能性がある、と言われているのを、ですよね、と受け入れたくもない。

いや、ちょうどいい話題があるではないか。

「それで……その、お子さんについては」

「ああ、篤美の子」

どういう意味だ。

「えっと……そのお子さんは、武見さんと、篤美さんのお子さん、ではないんですか」

「あー、そうじゃない。篤美はもう、俺と出会った時点でバツイチだった。子供も大きかったんだ。その頃でもう十歳だった」

そういうパターンは、ちょっと考えていなかった。

「けっこう、大きいですね」

「だから篤美は、二十……六とか、それくらいで産んでるんだよね」

マズい。ちょっと、読めてきた。

「その子は、男の子？　女の子？」

「女の子」

篤美が二十六で産んだということは、その頃、武見は二十一歳。いま武見は四十四歳だから、その女の子ももう二十三歳とか、それくらいになっている計算になる。

なるほど。そういうことだったか。

「だから武見さんは、このお店によく来るんですね」

「あれ、なんでバレたの」

「だって、さっき……」

武見と彼女が交わした言葉。

お、あ、まー、い。

本当は、もう少し音節があった。

たぶん、お、あ、あ、まー、い。これくらい。

つまり。

「二人で、『お墓参り』をどうするとか、話してたでしょ。つまりそれは、ユミさんにとってはお母さん、篤美さんのお墓参りなわけで。それを武見さんに、いつなら一緒に行けますか、みたいな」

武見が、こんなに目を丸くするのは初めてではないか。

「え、あの、さっきの……あれ、聞こえてたの」

「いえ、聞こえたわけではありません」

「じゃ、なんで分かったの」

「教えません」

「ちょっと、そこは教えてよ」

「まだ話は終わってないんでしょ。最後まで聞いたら、あたしもタネ明かししてあげます」

別に、勿体ぶるほどのタネでもないが。

武見は当然、不満顔だ。

「話って……だから、篤美が亡くなって、ユミコはあの通り、すくすくと育ったんだから、まあ、その点はよかったと思ってるけど」

「ユミコさん、と仰るんですね」

「うん。優しいに美しい子で、優美子。関優美子。ちなみに、関って名字に『ユミコ』って名前、多いんだよね……知ってる？　アニメの『ちびまる子ちゃん』の『ゆめいっぱい』っていう、最初のオープニング曲。あれを唄ってたのも、関ユミコって歌手なんだよ」

すぐそうやって話を脱線させる。

「知りません、そんな曲……で、篤美さんが亡くなって、優美子さんはその後、どうされたんですか」

「まあ、縁がないわけではないから、俺が引き取るって手も、なくはなかったんだけど、でももう、あの子も中学生になってたしね。名古屋で一年、一緒に暮らしたってだけの、父親でもない男の世話になるってのは、なんか違うなって、本人も思ったんじゃないの。

施設に入るって言うからさ、俺がそのように手続きして。もちろん、身元保証人は俺がなるって、約束した上でね」

当たり前でしょ、とは思ったが、口には出さなかった。

武見が、それとなく優美子に目を向ける。

「高校卒業と同時に施設を出て、自立して……メール室の代行サービスの会社に、就職してね。そこで働きつつ、二十歳過ぎてからは、ここでのバイトも始めて……けっこう、頑張ってると思うよ。今の若いもんにしては」

玲子の感じたところを言葉にするとしたら、「これは複雑だな」というのが適当だろうか。

血が繋がっているから愛しいとか、繋がってないから愛せないとか、そんなのは全くのナンセンスだ。実家のポメラニアンを例にとるまでもなく、人間は人間以外の生き物に対しても、我が子以上に愛情を注ぐことができる稀有な生き物だ。武見が、低く見積もっても実親と同等の愛情を優美子に抱いているというのは、充分にあり得ることだし、そうあってほしいと玲子も思っている。人として、そこはフェアに認めたい。

ただ、優美子が武見をどう思っているのかとなると、ちょっと話は変わってくる。あの、墓参りの話をしているときの、優美子の目。あの目に「女」の色は全くなかったかというと、そうとは言いきれないと、玲子は思うのだ。

亡くなった母親の、かつての恋人。年齢差はおよそ二十歳。まあまあのギャップではあるが、当人同士がその気なら、決して越えられない障壁ではないだろう。特に若い方が「それでいい」と肚を括ってしまえば、それこそ親の反対でもない限り、年齢差なんてなんの問題にもならない。

だから、なのかもしれない。

玲子がここに来るときは、必ず優美子も店にいる。そういう日を武見はあえて選んでいる。その可能性は充分考えられる。

それって一体、どういう心境なのだろう。

俺にはこういう女性がいる、君は俺のことなんか忘れて、もっと自分に相応しい相手を探しなさい、みたいな感じか。そうはいっても、玲子も武見とは九歳差があるので、全くジェネレーションギャップがないわけではないが、今それはさて措く。

それとも、俺はこの人と付き合おうと思っているが、君はどう思う？　みたいな感じだろうか。要は、より「実の娘」に近い扱いだ。君がもし賛成してくれるなら、俺ももう少しこの話を進めたいと思っている、みたいな。

あー、嫌だ嫌だ。ダメダメ。馬鹿馬鹿しい。

何も言われないうちから、ああでもない、こうでもないと相手の気持ちを推し量り、勝手に一喜一憂するなんて、女の中でも一番馬鹿の部類がすることではないか。物事はもっと現実的に、論理的に見なければ——などと玲子が言ったら、それはお前が一番苦手とするところだろう、と日下統括に嫌味を言われるだろうか。

優美子がカウンターから出てきて、ちらりとこちらを見、でも何も用はなさそうだと思ったのだろう。すぐにまた引っ込んだ。

確かに、よく働くし、気遣いもある、感じのいい子だ。嫌味のない自然な笑顔も、綺麗だなと素直に思う。

でも、そうか。

「武見さん、東京地検に来て、どれくらい経つんでしたっけ」

「もうすぐ一年。さすがに、この四月で異動ってことはないだろうけど、でも、あと二年もいられるかな……あと一年くらいで、また地方に出されちゃうかもな」

「じゃあこの一年って、優美子さんにとっては、武見さんが近くにいてくれる、貴重な時間だったんですね」

「おかしな言い方しないでよ。俺なんかいたっていなくたって、大して変わりゃしないよ。就職するときに保証人がいて……まあ、その点に関して言えば、俺が検事ってのは通りがよかっただろうな。でもまあ、その程度よ……それ言ったら、姫川さんだって、本部あとどれくらいよ」

玲子の場合、いろいろとイレギュラーな事情もあるが。

「あたしは、この四月で二年半かな。だからちょうど、折り返し点って感じ……いや、それよりも、日野さんって女性の巡査部長が、この春で異動になるんですよ。ようやく最近、ちょっとだけ仲良くなれたんですけど、なったらなったで、途端にこれですから。公務員の異動って、いろいろ切ないですよね」

武見が「ふぅん」と、微妙な頷き方をする。

「姫川さんが二年半ってことは、その日野さんは、もっと前から捜査一課にいたってこと？」

「ええ。係は違いましたけど、でも捜一にはいました。それが、この春で五年の満期を迎えると」

「その日野さんとは、二年半もあったのに、ようやく最近、ちょっとだけ仲良くなったの？」

嫌なところをツッコんでくるものだ。

「……ええ、そうですけど」

「じゃあ、仲良くなるまでの二年半は、仲悪かったの？」

「別に、悪くはなかったですけど……まあ、良くもなかったですね。一緒に飲みになんて、滅多に行かなかったし」

「仕事面でも、良くなかったの」

「仕事面は……ってそれ、どうでもよくないですか」

「全然、どうでもよくないよ。姫川さんが女性の同僚や部下とどういうふうに付き合ってるのか、ちょっと想像つかないから、むしろ興味ある」

「いいですよ、そんなの、どうでも」

「だから、俺がよくないんだって」

異動だのなんだの、余計な話題、振らなきゃよかった。

「だから、その……まあ、あたしも、よくなかったんだと思いますよ。ちょうど、二十歳差になるのかな。年上の、同性の部下を持つことになって……だとしても、いろんな意味で先輩なわけですから。警察官としても、女性としても。日野さんはご結婚もされてて、お子さんももう就職して、自立されてて……だからなんか、イケ好かなかったんじゃないですか、片意地張った、年下の女警部補なんて。可愛げなかったと思いますよ、あたしも。それは、自分でも分かるんです」

また「ふぅん」と、武見が妙な頷き方をする。

「でもその日野さんは、近々異動になると」

「そうですね。それはもう、決定事項ですね」

「ということは、同時にその欠員を埋める誰かも、入ってくるわけだ。捜査一課殺人班十一係に」

もちろん、そうなる。

「それなんですけどね、どういう経緯かは分かんないんですけど、なんかもう、次に入る人も決まってるらしいんですよ」

「へえ、珍しいね。まだ二月に入ったばっかりなのに。たいていそういうの、ギリギリまで決まらないものなんじゃないの。警察の、そういう人事まで詳しく知ってるわけじゃないけど」

それは、武見の言う通りだ。

「珍しいと思います。でも、ちょっと有名な人らしくて。だからっていうのは、あると思うんですよね。その人をたぶん、ウチの管理官辺りが、口説き落としたってことなんだと思います」

「へえ。俺でも知ってる人かな」

「いや、そこまで有名かどうかは、分からないですけど。魚住久江さんっていう、やっぱり巡査部長です」

武見は「聞いたことないな」と小首を傾げた。

もう少し説明が必要か。

「まあ、有名っていっても、警視庁の、刑事畑の中だけの話ですけど。なんか、取調べがすごく上手みたいで……ああ、富士見フーズの役員と社員が企てた、狂言誘拐事件。あれを解決したのが、その魚住さんらしいんですよね。詳しくは知らないですけど」

武見は「ああ」と、今度は分かりやすく頷いた。

「それなら、なんとなく知ってるな。あの頃はまだ甲府にいたから、テレビとか新聞で見ただけだけど……へえ、あの事件の捜査にね。それはちょっと、興味深いかもな……やっぱり、ちょっと怖い系なのかね。取調べが得意ってことは、『落としの魚住』みたいな通り名があって」

「いや、そういう、脅かして落とすとか、そういうんじゃないと思います。それよりもっと『人情派』みたいな……私も、全然会ったこともないですし、知らないんですけど」

どうでもいいことを話しているな、という感覚は、武見にもあったのだろう。

武見が「そういえば」と話題を変えようとする。

「さっき……なんで俺と優美子が、墓参りの話してたって、分かったの」

余計なことを思い出されてしまった。

「いや、別に……大したことじゃありませんよ」

「そんな、ここまで聞こえるような声では、話してなかったはずだけど」

「ええ、ですから、聞こえたわけではないです」

「じゃあなに」

こんなことなら、さっき勿体ぶらずにタネ明かししておけばよかった。

「まあ……女もね、三十半ばまで独りでいると、いろんな能力が、身についてくるってことですよ」

「姫川さん。それってもしかして、未婚って意味の『独身』と、唇の動きで言葉を読み取る『読唇』を、かけてたりする?」

名づけて「独身術」みたいな。

駄目かしら。

解説

宇田川拓也（うだがわたくや）
（ときわ書房本店　文芸書・文庫担当）

一期一会（いちごいちえ）の連なりが人生なんだとしたら
言い得て妙だね　乗合馬車みたいなもんってことだ

ある楽曲の一節なのだが、誉田哲也『オムニバス』を手に深く頷いてしまった。「警察小説」と称されるジャンルにおいて、トップクラスの人気を誇る〈姫川玲子（ひめかわれいこ）〉シリーズ。その第一弾『ストロベリーナイト』の単行本刊行が二〇〇六年二月であり、シリーズ十冊目にして短編集としては三冊目となる『オムニバス』単行本の刊行が二〇二一年二月のこと。この十五年という時間のなかで築き上げられた絶大な人気と記録的なセールス。姫川玲子というタフで優秀な刑事にして辛い過去を秘めたひとりの女性が、様々な犯罪捜査を通じて経験してきた忘れがたい場面と壮絶な悲劇。そして物語の展開にあわせて登場し、なかには衝撃的な形で退場していった人物たちが脳裏に甦り、深い感慨を覚えずにはいられない。

　オムニバスというと、小説や映画がお好きな方なら、複数の創作者の作品をひとつにまとめたものを思い浮かべるかもしれないが、この短編集のタイトルが意味するのは、〝乗合馬車〟〝乗合自動車（バス）〟の方だ。自分はどこに向かっているのか、あとどれだけ乗れば降りるべき地にたどり着けるのか。答えのないまま今日も車に揺られ、遥かに続く道を進み続ける。そのなかで、同乗している者たちのほかに、新しく乗車してくる者もいれば、降車して去っていく者もいる。姫川玲子の刑事人生の喩えとして、これほど的を射たイメージは、ほかに見つかりそうにない。本書は、そんな印象的な名を冠した、全七話からなる作品集の文庫版である。

　収録されている各話に触れていくと、まず「それが嫌なら無人島」は、シリーズ九冊目『ノーマンズランド』の内容とリンクした一編だ。

　葛飾区青戸三丁目で起きた女子大生殺害事件の容疑者である大村敏彦を追っていた姫川は、大村が別の殺人事件の容疑ですでに逮捕され、本所署に留置されていることを知らされる――という場面が先の作品にあったが、本編では描かれなかった女子大生殺しの真相が、ここで詳らかにされる。ようやく留置を解かれた大村と、わざと砕けた口調で取り調べを進める姫川のコミカルなやり取りをはじめ、たびたび読み手の頬を緩ませる可笑しみを含んだエピソードになっているが、終盤に至り垣間見える、善悪では割り切れない人間という存在を相手にするからこそ直面する、刑事という仕事の虚しさが胸に重く響く。刑事である限りどこまでも人間と向き合わねばならない過酷な現実を示した、一風変わったタイトルセンスも秀逸だ。

「六法全書」では、捜査一課十一係〝姫川班〟のメンバーである巡査部長――中松信哉が視点人物を務める。在庁時の暇潰しに六法全書を繙く男の目から見た、ひと回り以上年下の上司である姫川の印象と周囲の人間たち各々との接し方。西多摩郡日の出町で起きた不可解な死体遺棄事件の捜査で大いに力を発揮する姫川の優れた観察眼が、最後の最後に中松が舌を巻くことになるセリフによって、いっそう際立つ心憎い演出が素晴らしい。

収録作中もっとも目を引く、いささか不謹慎とも思えるタイトルの「正しいストーカー殺人」は、いわゆるストーカーによる殺人ではなく、狙っていた相手にストーカーが殺されてしまった――という事件の構図に意表を突かれる。尾け狙われていた被害者にしてストーカー殺しの犯人でもある女性を目にした姫川が抱く疑問点を糸口に、捜査によってさらにその構図が大きく変化していく展開が読みどころだ。また、このエピソードでは姫川に〝ラッキー〟な状況が複数回訪れるのだが、あるチャンスを逃さないために十一係統括主任の日下（くさか）を相手に繰り出す彼女にしかできない秘技は、やはり何度読んでも笑いを禁じ得ない。ラスト直前に姿を見せ、さらに笑いを誘う某人物にも注目だ。

続く「赤い靴」は、〝姫川班〟で中松と並ぶベテランメンバー組に数えられる女性刑事――日野利美（ひのとしみ）が視点人物を務める。今泉（いまいずみ）管理官の判断で、滝野川（たきのがわ）署に勾留（こうりゅう）中の自称〝ケイコ〟と名乗る若い女性容疑者の取り調べを担当することになった姫川と利美。大晦日（おおみそか）の夜、交番に自首してきたケイコのいうとおり、アパートの部屋には確かに男の死体があったものの、死因に関して供述が食い違い、なぜかそれ以上口を開こうとしないのだった。ケイコを取り調べた姫川は「あの子、殺（や）ってる……それは間違いない」と断言するが、利美はそこまでズバリといい切るほどの確信には至らなかった。姫川が見えたという、ケイコのなかにある殺人の「メ」と「カク」とはいったい何なのか――。

この「赤い靴」は、次に控える姫川視点のエピソード「青い腕」と連作になっており、同じ事件の捜査を手掛ける利美と姫川、それぞれの相手の見方と内面を比べ合わせするような描かれ方をしていて、収録作のなかでもとくに興味深い内容になっている。加えて、小説の創作が事件解決の重要なカギとなっている点にも注目で、書くことに取り憑（つ）かれ小説に生きるしかなかった者の身の上と、ひとの心を動かす小説とそうでないものの違いについての言及が忘れ難（がた）い。

ひょんなことから姫川が、覚醒剤所持を理由に自首してきた人気モデルの取り調べを担当することになる「根腐れ」の視点人物は、十一係のなかでもとくに彼女を慕う巡査部長――小幡浩一。美貌の芸能人を前に浮ついた態度を見抜かれないよう必死な小幡だったが、姫川の取り調べは脱線ばかりで一向に覚醒剤や売人について踏み込もうとせず、なかなか意図がつかめない……。

小幡が気付く、姫川が人気モデルに向ける強い嫌悪。さらなる取り調べで相手をこれでもかと追い詰めていく、タイトルにもつながる姫川の怒りの理由について、深く考えさせられる。

そして本書の掉尾を飾る「それって読唇術?」には、『ノーマンズランド』以降も重要な役割を務めるであろう印象を残した、東京地方検察庁所属の検事――武見諒太が再登場。武見行きつけのバー〈カーヴド・エア〉に呼び出された姫川が知ることになる、彼の苦い過去。ふたりの関係性が深まり始めた夜に、武見と若い女性バーテンダーが言葉を交わした際の唇の動きから姫川が導き出した真相。さらに誉田作品の別シリーズ(ひとつとは限らない!)との接点も盛り込まれた、読み逃せない内容となっている。

改めて全体を見てみると、バラエティに富んでいることはもちろんだが、まさにコロナ禍の時期に単行本として刊行されたこともあってか、重いテーマ性や息を呑む緊張感よりも、鬱々とした閉塞感を和らげるような面白さが意識されているように思える。〈姫川玲子〉シリーズは、これからも世相や時代の空気を敏感に捉えながら、且つ色褪せない魅力を備えたトップランナーとしてますます進化していくことだろう。

ところで、本作品集には、作詞・作曲のみならず、演奏・歌唱も誉田哲也氏ご本人が手掛けられたイメージ・ソングが存在する。じつは本稿の冒頭に掲げた〝ある楽曲の一節〟とは、そこからの引用である。単行本発売にあわせて光文社オフィシャルサイト内にオープンした『オムニバス』特設ページにて公開されたもので、〝乗合馬車〟をモチーフに、喪失の痛手を引きずりながら今日もまた事件に立ち向かう姫川玲子の芯の強さと切なさを歌い上げた聴き逃せない一曲となっている。特設ページがいつまで閲覧できるのか定かではないが、こちらもあわせてお愉しみいただきたい。

最後に、本書刊行時――二〇二三年夏現在の本シリーズについて触れておくとしよう。

光文社が電子で配信しているミステリー専門誌「ジャーロ」にて、新作長編「マリスアングル」が大好評連載中だ。日本橋人形町にある廃屋内で発見された男性の腐乱死体。後頭部を鈍器のようなもので執拗に殴打されており、現場となった六畳間は被害者を監禁する目的で改築を施しているように思われた……。

この事件を皮切りに、捜査によって浮かび上がる思いも寄らないつながり。『ルージュ硝子の太陽』『ノーマンズランド』に続き、センシティブなテーマを内包しつつ、さらに『ドルチェ』『ドンナ ビアンカ』で主役を務めた魚住久江（うおずみひさえ）が〝姫川班〟の新メンバーに加入するなど、シリーズとしても大きな動きがあって予断を許さない。

様々な人物の登場と退場を繰り返しながら疾走するオムニバス〈姫川玲子〉シリーズ。御者・誉田哲也は、その手綱（たづな）さばきで、どこへ向かっているのだろうか。行き先が掲げられていないこの乗合馬車からは、われわれ読者も当分降りられそうにない。

〈初出〉

それが嫌なら無人島　「宝石 ザ ミステリーBlue 小説宝石特別編集」（二〇一六年一二月）

六法全書　「U-NEXTオリジナル書籍」（二〇二〇年八月配信）

正しいストーカー殺人　「Kindle Single」（二〇一七年一一月配信）

赤い靴　「小説宝石」二〇一八年一〇月号

青い腕　「小説宝石」二〇一九年六月号

根腐れ　「U-NEXT オリジナル書籍」（二〇二〇年九月配信）

それって読唇術？　「小説宝石」二〇二〇年一〇月号

二〇二一年二月　光文社刊

光文社文庫

オムニバス

著者　誉田哲也（ほんだてつや）

2023年7月20日　初版1刷発行

発行者　三宅貴久
印刷　萩原印刷
製本　ナショナル製本

発行所　株式会社 光文社
〒112-8011　東京都文京区音羽1-16-6
電話 (03)5395-8147　編集部
8116　書籍販売部
8125　業務部

ISBN978-4-334-79551-1　Printed in Japan

組版　萩原印刷